D1541719

Romain Gary
(Émile Ajar)

L'angoisse
du roi Salomon

Mercure de France

pour Anne

Né en Russie en 1914, venu en France à l'âge de quatorze ans, Romain Gary a fait ses études secondaires à Nice et son droit à Paris.

Engagé dans l'aviation en 1938, il est instructeur de tir à l'École de l'air de Salon. En juin 1940, il rejoint la France libre. Capitaine à l'escadrille Lorraine, il prend part à la bataille d'Angleterre et aux campagnes d'Afrique, d'Abyssinie, de Libye et de Normandie de 1940 à 1944. Il sera fait commandeur de la Légion d'honneur et Compagnon de la Libération. Il entre au ministère des Affaires étrangères en 1945 comme secrétaire et conseiller d'ambassade à Sofia, à Berne, puis à la Direction d'Europe au Quai d'Orsay. Porte-parole à l'O.N.U. de 1952 à 1956, il est ensuite nommé chargé d'affaires en Bolivie et consul général à Los Angeles. Quittant la carrière diplomatique en 1961, il parcourt le monde pendant dix ans pour des publications américaines et tourne comme auteur-réalisateur deux films, *Les oiseaux vont mourir au Pérou* (1968) et *Kill* (1972). Il a été marié à la comédienne Jean Seberg de 1962 à 1970.

Dès l'adolescence, la littérature va toujours tenir la première place dans la vie de Romain Gary. Pendant la guerre, entre deux missions, il écrivait *Éducation européenne* qui fut traduit en vingt-sept langues et obtint le prix des Critiques en 1945. *Les Racines du ciel* reçoivent le prix Goncourt en 1956. L'œuvre de Gary comprend une trentaine de romans, essais, souvenirs.

Romain Gary s'est donné la mort le 2 décembre 1980. Quelques mois plus tard, on a révélé que Gary était aussi l'auteur des quatre romans signés Émile Ajar.

L'angoisse du roi Salomon (1979) est le quatrième et dernier roman d'Émile Ajar. La même année, Gary publie une pièce de théâtre, *La Bonne Moitié*, et une nouvelle version de son roman *Les Couleurs du jour*, intitulée *Les Clowns lyriques*.

Salomon Rubinstein, 84 ans, ancien roi du prêt-à-porter, lutte contre l'angoisse de la mort, qu'il refuse. Pour calmer celle des autres, il emploie des jeunes gens qui répondent aux appels des désespérés.

Montant dans un taxi, il se prend d'amitié pour le chauffeur, Jean. Comme s'il lui trouvait une ressemblance avec quelqu'un, il l'engage à son service : Jean portera des cadeaux, tricots, gâteaux, postes de télévision, etc. que M. Salomon envoie aux gens seuls ou malades.

Jean est intrigué par M. Salomon, par exemple par sa manière de rechercher des cartes postales sur lesquelles, il y a trente ou soixante ans, des inconnus se sont écrit des mots tendres, conseillé de mettre une ceinture de flanelle, donné rendez-vous à tel endroit. M. Salomon met les cartes dans sa poche puis achète la ceinture de flanelle ou va aux rendez-vous. « Ça me faisait froid dans le dos comme solitude », dit Jean.

Un matin M. Salomon envoie Jean porter des fruits confits de Nice à Madame Cora Lamenaire, une ancienne chanteuse genre Fréhel ou Lys Gauty, avec défense de dire que le cadeau vient de lui. C'est une femme pas jeune, ridicule et touchante, terriblement paumée, qui veut faire quelque chose pour Jean, le lancer dans le spectacle, parce qu'il a un « vrai physique, le magnétisme animal ».

Ce n'est qu'après beaucoup d'aventures, de chassés-croisés, de malentendus, que Jean comprendra que M. Salomon et Cora Lamenaire se sont aimés autrefois qu'ils s'aiment encore, mais qu'ils ne peuvent pas se rabibocher. M. Salomon a passé les années d'occupation allemande caché dans une cave près des Champs-Élysées, et Cora Lamenaire considère qu'elle lui a « sauvé la vie comme juif » parce qu'elle ne l'a pas dénoncé, alors qu'en fait elle l'a abandonné dans son trou.

Jean arrivera-t-il néanmoins à réunir M. Salomon et Cora, qui prendront ensemble le train pour Nice ?

I

Il était monté dans mon taxi boulevard Haussmann, un très vieux monsieur avec une belle moustache et une barbe blanches qu'il s'est rasées après,
quand on s'est mieux connu. Son coiffeur lui avait
dit que ça le vieillissait, et comme il avait déjà
quatre-vingt-quatre ans et quelques, ce n'était pas la
peine d'en rajouter. Mais à notre première rencontre il avait encore toute sa moustache et une courte
barbe qu'on appelle à l'espagnole, car c'est en
Espagne qu'elle est apparue pour la première
fois.

J'avais tout de suite remarqué qu'il était très
digne de sa personne, avec des traits bien faits et
forts, qui ne s'étaient pas laissé flapir. Les yeux
étaient ce qui lui restait de mieux, sombres et
même noirs, un noir qui débordait et faisait de
l'ombre autour. Il se tenait très droit même assis, et
j'ai été étonné par l'expression sévère avec laquelle
il regardait dehors pendant qu'on roulait, un air
résolu et implacable, comme s'il ne craignait rien ni
personne et avait déjà battu plusieurs fois l'ennemi
à plate couture, alors qu'on était seulement boulevard Poissonnière.

Je n'avais encore jamais transporté quelqu'un
d'aussi bien habillé à son âge. J'ai souvent remarqué que la plupart des vieux messieurs en fin de

parcours, même les plus soignés par les personnes qui s'en occupent, portent toujours des vêtements qu'ils avaient déjà depuis longtemps. On ne se commande pas une nouvelle garde-robe pour le peu de temps qui vous reste, ce n'est pas économique. Mais monsieur Salomon, qui ne s'appelait pas encore comme ça à ma connaissance, était habillé tout neuf des pieds à la tête, avec défi et confiance, un costume princier de Galles avec un papillon bleu à petits pois, un œillet rose à la boutonnière, un chapeau gris à bords solides, il tenait sur ses genoux des gants en cuir crème et une canne à pommeau d'argent en forme de tête de cheval, il respirait l'élégance de la dernière heure et on sentait tout de suite que ce n'était pas un homme à se laisser mourir facilement.

J'ai été aussi étonné par sa voix qui grondait, même pour me donner l'adresse rue du Sentier, alors qu'il n'y avait pas de raison. Peut-être qu'il était en colère et ne voulait pas aller à sa destination. J'ai cherché dans le dictionnaire le mot qui convenait le mieux à notre première rencontre historique, et à l'impression qu'il m'avait faite en entrant dans mon taxi la tête la première en me donnant l'adresse rue du Sentier, et j'ai retenu *gronder, produire un bruit sourd et menaçant sous l'effet de l'indignation et de la colère*, mais je ne savais pas à ce moment que c'était encore plus vrai pour monsieur Salomon. Plus tard, j'ai cherché mieux et j'ai trouvé *courroux, irritation véhémente contre un offenseur*. Le grand âge lui donnait des raideurs et des difficultés de reins, de genoux et d'ailleurs, et il est monté dans mon taxi avec cet ennemi qu'il avait sur le dos et son irritation contre cet offenseur.

Il y eut une coïncidence, quand il s'est assis et que j'ai démarré. J'avais la radio ouverte et, comme par hasard, la première chose qu'on a entendue, c'était les dernières nouvelles sur le naufrage et la marée noire en Bretagne, vingt-cinq mille oiseaux morts dans le mazout. J'ai gueulé, comme d'habitude, et monsieur Salomon s'est indigné lui aussi, de sa belle voix grondante.

— C'est une honte, dit-il, et je l'ai vu soupirer dans le rétroviseur. Le monde devient chaque jour plus lourd à porter.

C'est là que j'ai appris que monsieur Salomon avait été dans le prêt-à-porter toute sa vie, surtout dans le pantalon. Nous avons parlé un peu. Il avait pris depuis quelques années sa retraite du pantalon et il occupait ses loisirs à des œuvres de bienfaisance, car plus on devient vieux et plus on a besoin des autres. Il avait donné une partie de son appartement à une association qui s'appelait *S.O.S. Bénévoles*, où l'on peut téléphoner jour et nuit quand le monde devient trop lourd à porter et même écrasant, et c'est l'angoisse. On compose le numéro et on reçoit du réconfort, ce qu'on appelle l'aide morale, dans le langage.

— Ils étaient en difficulté financière et n'avaient plus de local. Je les ai pris sous mon aile.

Il a ri en parlant de son aile, et là aussi c'était un grondement, comme si le rire était ce qu'il avait dans ses profondeurs. Nous avons parlé des espèces en voie d'extinction, ce qui était normal, vu qu'à son âge il était le premier menacé. Je roulais très lentement, pour ne pas arriver trop vite. Je connaissais déjà *S.O.S. Amitié* mais je ne savais pas qu'il y en avait d'autres et que les secours s'organisaient. J'étais intéressé, ça peut arriver à n'importe qui, sauf qu'il ne me viendrait pas à l'idée d'appeler *S.O.S. Amitié* ou autres au téléphone, vu qu'on ne peut pas rester accroché au téléphone toute sa vie. Je lui ai demandé qui étaient les personnes qui répondaient aux appels et il m'a répondu que c'étaient des jeunes de bonne volonté, et que c'étaient aussi surtout les jeunes qui appelaient, car les vieux s'étaient habitués. Il m'a expliqué qu'il y avait là un problème, il fallait trouver des bénévoles qui viennent pour aider les autres et pas pour se sentir mieux eux-mêmes sur leur dos. On n'était pas loin du Sentier, je n'avais pas compris, je ne voyais pas comment un appel au secours peut soulager celui qui le reçoit. Il m'a expliqué avec bienveillance que c'était assez fréquent en psychologie. Il y a, par exemple, des psychiatres qui n'ont pas été aimés dans leur jeunesse ou qui s'étaient toujours sentis moches et rejetés et qui se rattrapent en devenant psychiatres et s'occupent des jeunes drogués et des paumés et se sentent d'importance et sont très recherchés, ils règnent, ils sont entourés d'admiration et de belles mômes qu'ils n'auraient jamais connus autrement et ils ont ainsi un sentiment de puissance et c'est ainsi qu'ils se soignent eux-mêmes et se sentent mieux dans leur peau.

— Nous avons eu des bénévoles à *S.O.S.* qui étaient des angoissés, ce qu'on appelle des « dépourvus affectifs » et lorsqu'ils reçoivent un appel désespéré, ils se sentent moins seuls... L'aide humanitaire n'est pas sans poser des problèmes.

J'ai roulé encore plus lentement, j'étais vraiment intéressé, et c'est là que j'ai demandé à monsieur Salomon comment il était passé du prêt-à-porter à l'aide humanitaire.

— Le prêt-à-porter, mon jeune ami, on ne sait pas très bien où ça finit et où ça commence...

On était arrivés rue du Sentier, monsieur Salomon est descendu, il m'a réglé, avec un très bon pourboire, et c'est là que c'est arrivé, sauf que je ne sais pas très bien quoi. En me réglant, il m'a regardé avec amitié. Et puis il m'a regardé encore, mais d'une drôle de façon, comme si j'avais quelque chose dans le visage. Il a même eu un haut-le-corps, mouvement brusque et involontaire marquant un vif étonnement. Il n'a rien dit, un moment, sans cesser de me dévisager. Ensuite il a fermé les yeux et il s'est passé la main sur les paupières. Puis il a ouvert les yeux et il a continué à me contempler fixement sans mot dire. Il a détourné ensuite son regard et je voyais qu'il réfléchissait. Il m'a jeté encore un coup d'œil. Je voyais bien qu'il avait une idée en tête et qu'il hésitait. Alors il a eu un curieux sourire, un peu ironique mais surtout triste, et il m'a invité à prendre un verre d'une manière inattendue.

Ça ne m'était encore jamais arrivé dans mon taxi.

On s'est assis dans un tabac et il a continué à me dévisager avec étonnement, comme si ce n'était pas possible. Après il m'a posé quelques questions. Je lui ai dit que j'étais dépanneur de mon métier, bricoleur plutôt, j'étais doué des mains pour arranger toutes les choses qui ne marchent pas, la plomberie, l'électricité, la petite mécanique, je ne connaissais pas la théorie mais j'avais appris par la pratique. J'avais aussi pris une part dans le taxi, avec deux copains, Yoko, qui faisait des études de chiro-masseur pour rentrer chez lui en Côte d'Ivoire où ça manque, et Tong, un Cambodgien qui avait réussi à se sauver grâce à la frontière thaïlandaise. Le reste du temps j'étudiais à titre personnel dans les bibliothèques municipales, comme autodidacte. J'avais quitté l'école après la communale et depuis je m'instruisais tout seul, surtout dans les dictionnaires, qui sont ce qu'il y a de plus complet, puisque ce qui ne s'y trouve pas ne se trouve pas ailleurs. Le taxi n'était pas encore à nous, on avait emprunté, il manquait encore une brique et demie mais on avait la licence et bon espoir de rembourser.

Et c'est là que j'ai été étonné comme je ne l'ai encore jamais été dans ma vie, parce que cette fois c'était agréable. Monsieur Salomon était assis devant son café et il tapotait distraitement du bout des doigts, ainsi qu'il en avait l'habitude quand il méditait, je l'ai vu plus tard.

— Eh bien, je pourrais peut-être vous aider, dit-il, et il faut savoir que le mot *aider* est celui que le roi Salomon préfère, vu que c'est celui qui manque le plus. Je dis « le roi Salomon » sans expliquer, mais ça va venir, on ne peut pas être partout à la fois.

— Je peux peut-être vous aider. Justement, je souhaiterais avoir un taxi à ma disposition prioritaire. J'ai une voiture familiale mais je n'ai pas de famille et je ne conduis plus moi-même. J'aimerais mettre aussi un moyen de transport à la disposition des personnes démunies, qui ont du mal à se déplacer pour des raisons physiques, cœur, jambes, yeux *et caetera*...

J'étais baba. Il y avait autrefois des rois légendaires qui laissaient le bonheur sur leur passage et de bons génies dans les bouteilles ou ailleurs qui faisaient cesser le malheur d'un geste plein d'autorité, mais c'était pas rue du Sentier. Evidemment, ce n'était pas dans les moyens de monsieur Salomon de faire cesser le malheur d'un geste plein d'autorité, vu que sa fortune avait un peu souffert de la hausse des prix et de la chute des valeurs françaises et étrangères, mais il faisait de son mieux et, devenu riche dans le pantalon, il continuait à prodiguer ses largesses et à se manifester brusquement à ceux qui n'y croyaient plus, pour leur prouver qu'ils n'étaient pas oubliés, et qu'il y avait quelqu'un, boulevard Haussmann, qui veillait sur eux.

Chuck, qu'on n'a pas encore rencontré ici, vu que chacun son tour, dit que monsieur Salomon ne fait pas ça tellement par bonté de cœur mais pour donner des leçons à Dieu, pour Lui faire honte et Lui montrer le bon chemin. Mais Chuck se moque toujours de tout, c'est son intelligence qui l'exige.

– Vous pourriez également être utile à notre association *S.O.S. Bénévoles*, car ils ont parfois des visites à domicile à faire, dans des cas urgents... On ne peut pas toujours aider les gens par téléphone...

Et pendant ce temps, il continuait à me dévisager méticuleusement, en tapotant, avec un sourire un peu triste et de petites lueurs ironiques dans ses yeux sombres.

– Alors? Ça vous va?

J'en avais la chair de poule. Quand il vous arrive quelque chose de tellement bon que ça ne s'est jamais vu, sauf peut-être dans les temps légendaires, il faut se méfier, car on ne peut pas savoir ce que ça cache. Je ne suis pas croyant, mais même quand on ne croit pas, il y a des limites. On ne peut pas ne pas croire sans limites, vu qu'il y a des limites à tout. Je voyais bien que monsieur Salomon n'était pas surnaturel, même s'il avait un regard qui brûlait, alors que normalement c'est plutôt éteint à cet âge. Il devait avoir au moins quatre-vingts ans et des poussières. C'était un homme en chair et en os et qui tirait à sa fin, ce qui expliquait son air sévère et courroucé, car ce n'était pas une chose à nous faire. Mais je comprenais pas ce qui m'arrivait. Un très vieux monsieur que je ne connaissais ni d'Eve ni d'Adam – c'est mon expression favorite, à cause du paradis terrestre, comme s'il y avait encore un rapport – qui vous offre de rembourser le reste du taxi, c'est ce qu'il me proposait, en plein jour, à la terrasse d'un tabac rue du Sentier. Chuck me dit que ça ne s'était plus vu depuis Haroun al-Rachid, qui se déguisait pour se mêler au peuple et faisait ensuite pleuvoir ses bienfaits sur ceux qui lui avaient paru dignes. Je sentais que j'avais rencontré quelqu'un de spécial et pas seulement un marchand de confection qui avait réussi au-delà de toute espérance. J'en ai parlé le soir même avec Chuck et Tong, avec qui je partage la piaule, et ils m'ont d'abord écouté comme si j'étais tombé sur la tête et avais eu des visions religieuses entre le boulevard Poissonnière et le Sentier. Mais c'est vrai que monsieur Salomon avait quelque chose de biblique, et pas seulement à cause de son grand âge, mais comme Moïse dans *Les Dix Commandements* de Cecil B. de Mille qu'on a donnés à la cinémathèque, et qui est ce que j'ai vu de mieux comme ressemblance. Même plus tard, lorsque j'ai bien connu monsieur Salomon et me suis mis à l'aimer comme on ne peut pas aimer un simple homme, et que je leur racontais comment mon employeur se dépensait en bontés comme personne, Chuck a tout de suite trouvé quelque chose d'intelligent à dire. Pour lui, monsieur Salomon voulait être universellement aimé, vénéré et entouré de gratitude, à la place de quelqu'un d'autre qui aurait dû y penser et qu'il remplaçait ainsi au pied levé, avec un cinglant reproche, pour appeler l'attention de Jéhovah sur tout ce qu'il y avait à faire et qu'IL ne faisait pas et Lui faire honte. Pour le reste, Chuck disait que la philanthropie a toujours été une façon de régner et un truc pour se faire pardonner son pognon, et qu'en 1978, c'est du plus haut comique. Mais Chuck peut tout expliquer, alors il faut s'en méfier comme de la peste. Au moins, lorsqu'on ne comprend pas, il y a mystère, on peut croire qu'il y a quelque chose de caché derrière et au fond, qui peut soudain sortir et tout changer, mais quand on a l'explication, il reste plus rien, que des pièces détachées. Pour moi, l'explication, c'est le pire ennemi de l'ignorance.

J'étais donc assis là et je devais faire une drôle de tête, parce que monsieur Salomon s'est mis à rire, il voyait bien que je n'étais pas croyant, alors il a sorti son carnet de chèques et il m'en a signé un d'une brique et demie sans hésiter, comme si c'était la moindre des choses. Un homme que je ne connaissais ni d'Eve ni d'Adam une demi-heure auparavant. Là alors j'en ai eu les genoux qui se sont mis à trembler, parce que si des inconnus se mettent à vous signer des chèques d'une brique et demie, n'importe quoi peut vous arriver, et c'est l'angoisse. J'étais même devenu tout blanc, le chèque à la main, et monsieur Salomon m'a commandé une fine. J'ai bu, mais ne m'en remettais pas. C'était incompréhensible. Moi, il n'y a rien qui me fait plus d'effet que l'incompréhensible, parce que ça ouvre toutes sortes d'espoirs, et l'apparition de monsieur Salomon dans mon taxi était ce que j'avais vu de plus incompréhensible dans le genre. Après, quand on s'est quittés, je me suis dit que les temps légendaires n'étaient peut-être pas complètement idiots.

– Nous pourrons vous rembourser en dix-huit mois, lui dis-je.

Il parut amusé. Il a toujours aux lèvres une espèce de sourire, pas vraiment, mais plutôt comme une trace du sourire qui était passé par là il y a très longtemps et en a laissé un peu pour toujours.

– Mon cher garçon, je ne compte plus du tout être remboursé, mais évidemment, d'ici dix-huit mois, ou, encore mieux, d'ici dix ou vingt ans, il me serait agréable de pouvoir en reparler et peut-être de remettre le remboursement à encore quelques années plus tard, dit-il, et cette fois, il s'est mis franchement à rire à l'idée d'être là encore dans dix-huit mois ou dans dix ans, à son âge.

C'était l'humour. Il devait se réveiller chaque matin, le cœur battant, se demandant s'il était encore là.

J'avais pris le chèque et je regardais la signature, *Salomon Rubinstein*, d'une main ferme. Après son nom, il y avait une virgule et le mot *Esq.* avec un point, ce qui faisait *Salomon Rubinstein, Esq.* Je ne savais pas ce que cela voulait dire, j'ai appris plus tard d'un professeur d'anglais dans mon taxi que *Esq.* signifie *Esquire*, qu'on emploie dans les adresses après le nom, au Royaume-Uni, pour indiquer des personnes de bonne qualité. Monsieur Salomon mettait donc *Esq.* après son nom pour indiquer qu'il était encore de bonne qualité. Il avait vécu deux ans en Angleterre, où il avait fait prospérer plusieurs magasins.

Quand j'ai fini de regarder le chèque pour enfin y croire, j'ai vu que mon bienfaiteur inattendu s'était remis à m'observer avec la plus grande attention.

— Je me vois obligé de vous poser une question, dit-il, et j'espère que je ne vous offenserai pas, ce faisant. Avez-vous déjà fait de la prison ?

Voilà. C'est toujours la même chose, avec la gueule que j'ai. Le malfrat. Le maquereau. Un vrai voyou, celui-là. Je ne sais pas d'où me viennent ma tête et ma dégaine, vu que mon père a été poinçonneur de métro pendant quarante ans et maintenant il est à la retraite. Ma mère a été plutôt mignonne et elle s'en est même servie pour rendre mon père malheureux. Je dois tenir ça de quelqu'un parmi mes ancêtres les Gaulois.

— Non, j'ai encore jamais fait de la prison, j'ai même pas essayé. J'ai pas ce qu'il faut. Vous savez, je ne me ressemble pas du tout. J'ai mauvais genre.

Quand j'allais chez des personnes seules pour des dépannages, j'ai souvent remarqué qu'elles étaient un peu nerveuses, surtout les femmes. Remarquez, moi, j'aimerais bien être un truand qui n'a pas froid aux yeux et qui a tout le confort.

– Tout le confort?

– Le confort moral. Qui s'en fout, quoi.

J'ai vu qu'il était un peu déçu. Merde, je me suis dit, est-ce qu'il s'est fié à ma gueule pour me recruter et que c'est un chef de gang, un trafiquant de drogue ou un receleur? Evidemment, je ne pouvais pas savoir ce qu'il avait en tête, et même maintenant qu'il est depuis longtemps à Nice, Dieu ait son âme, je n'en suis pas sûr, je ne peux pas croire qu'il l'avait prémédité depuis le début, avec encore plus d'ironie et de rancune qu'on ne peut imaginer. Et il avait beau être le roi Salomon, il ne pouvait quand même pas tirer les ficelles avec une telle toute-puissance. L'idée l'avait peut-être effleuré, comme c'est normal quand on pense à quelque chose tout le temps, et qu'on n'arrive pas à s'en remettre, ni oublier ni pardonner. Et c'est bien connu que l'amour est parfois une vraie tête de cochon. Monsieur Salomon était ce qu'on appelle mal éteint, chez les volcans. Il était encore volcanique à l'intérieur, il bouillonnait et fulminait avec passion, et alors, allez savoir. C'était notre première rencontre, je ne le connaissais pas et je me suis demandé pourquoi il paraissait un peu contrarié de savoir que je n'avais pas fait de la prison. Mais j'étais trop remué pour me poser des questions. Je tenais à la main un chèque de un million et demi, pour parler comme les anciens, et on pouvait presque dire que je venais de faire une expérience religieuse.

Il a sorti de sa poche intérieure un portefeuille en vraie peau et il m'a tendu une carte sur laquelle était imprimé, à ma surprise : *Salomon Rubinstein, Esq., roi du pantalon.*

— C'est une de mes anciennes cartes, car je n'exerce plus, dit-il. Mais l'adresse est toujours valable. Venez me voir.

II

Je l'ai vu. L'appartement était boulevard Haussmann sur rue, dans un immeuble qui n'était pas
neuf mais faisait encore une bonne impression de
solidité. En entrant sans frapper, on se trouvait
devant le standard téléphonique de cinq places où
les bénévoles de l'association *S.O.S.* répondaient
aux appels. Il y en avait toujours un ou deux en
permanence, car il n'y a rien de pire dans les cas de
détresse morale que lorsque ça ne répond pas ou
sonne occupé. Ils disposaient encore d'une pièce,
de café et de sandwichs. Monsieur Salomon était
dans le reste de l'appartement avec le plus grand
confort. Il n'hésitait pas à payer de sa personne et à
se mettre lui-même au standard, surtout au milieu
de la nuit, quand l'angoisse est dans sa meilleure
forme.

La première fois que je suis venu, ils étaient tous
à parler à ceux qui étaient au bout du fil, sauf un,
qui venait de terminer, un grand rouquin, avec un
visage à lunettes. Il s'appelait Lepelletier quand on
s'est connus.

– Vous désirez?

– Monsieur Salomon Rubinstein, Esq.

– Vous êtes nouveau?

J'allais lui dire que j'étais taxi et que monsieur

21

Salomon m'avait engagé pour faire des courses, mais il ne m'en a pas laissé le temps.

— C'est assez difficile, vous verrez. Finalement, tout ça se réduit à un excès d'informations sur nous-mêmes. Autrefois, on pouvait s'ignorer. On pouvait garder ses illusions. Aujourd'hui, grâce aux médias, au transistor, à la télévision surtout, le monde est devenu excessivement visible. La plus grande révolution des temps modernes, c'est cette soudaine et aveuglante visibilité du monde. Nous en avons appris plus long sur nous-mêmes, au cours des dernières trente années, qu'au cours des millénaires, et c'est traumatisant. Quand on a fini de se répéter mais ce n'est pas moi, ce sont les nazis, ce sont les Cambodgiens, ce sont les... je ne sais pas, moi, on finit quand même par comprendre que c'est de *nous* qu'il s'agit. De nous-mêmes, toujours, partout. D'où culpabilité. Je viens de parler à une jeune femme qui m'avait annoncé son intention de s'immoler par le feu pour protester. Elle ne m'a pas dit contre quoi elle voulait protester ainsi. C'est évident, d'ailleurs. Le dégoût. L'impuissance. Le refus. L'angoisse. L'indignation. Nous sommes devenus im-pla-ca-ble-ment visibles à nos propres yeux. Nous avons été brutalement tirés en pleine lumière et ce n'est pas jojo. Ce que je crains, c'est un processus de désensibilisation, pour dépasser la sensibilité par l'endurcissement, ou en la tuant, par le dépassement, comme les Brigades rouges. Le fascisme a toujours été une entreprise de désensibilisation.

— Excusez-moi, je ne suis pas venu pour ça, lui dis-je. Je viens voir monsieur Salomon pour le taxi.

— Par là.

Après ça, je passais à côté du standard sur la pointe des pieds, comme à l'hôpital ou chez les personnes décédées qui commandent le respect et j'allais tout droit chez monsieur Salomon, qui me donnait chaque jour une liste de courses à faire, de cadeaux à porter, car il faisait pleuvoir ses bontés sur tous les cas humains qui lui étaient signalés, contrairement à quelqu'un d'autre que je ne connais pas et ne prends donc pas fait et cause, je ne veux pas offenser les personnes croyantes et d'ailleurs ils ont eu à G 7 un chauffeur qui a été frappé par la foi religieuse dans le seizième, au coin de la rue de l'Yvette et du Docteur Blanche.

III

Monsieur Salomon m'envoyait surtout chez les personnes âgées. Je n'arrivais jamais seul mais avec une grande corbeille de fruits et les compliments de monsieur Salomon, Esq., épinglés à la cellophane. Il avait un magasin de luxe spécial qui le fournissait et c'était toujours des fruits qui ne tenaient pas compte des saisons et venaient des quatre coins du monde pour faire plaisir à une vieille personne seule dans un coin de Paris et qui n'avait jamais imaginé qu'il y avait quelqu'un qui veillait sur elle et lui envoyait des raisins de toute splendeur, des oranges, des bananes et des dattes exotiques, comme dans des temps très anciens, qui se déroulaient alors principalement en Orient.

Mon premier visité, c'était monsieur Geoffroy de Saint-Ardalousier, rue Darne, qui était auteur. Il n'avait encore rien fait imprimer, parce qu'il travaillait à l'ouvrage de sa vie et il devait encore attendre pour aller jusqu'à la fin, il avait plus de soixante-quinze ans mais il voulait que son livre soit complet, et comme il était encore vivant et qu'il lui restait peut-être encore des choses à voir et à sentir, il avait un problème qui n'était pas facile à résoudre, parce que, s'il mourait à l'improviste, l'ouvrage serait incomplet, et s'il l'arrêtait avant, il ne serait pas vraiment terminé puisqu'il y aurait encore un bout de vie qui manquerait. Monsieur Salomon l'encourageait beaucoup à terminer son livre avant, même s'il devait manquer la dernière page. Moi je crois que monsieur de Saint-Ardalousier avait peur de finir. J'allais chaque semaine prendre de ses nouvelles, il n'avait personne et c'était bon pour son moral de sentir qu'il y avait quelqu'un qui s'intéressait à lui, car il était athée. Il ressemblait à Voltaire que j'avais vu à la télé, et il portait une calotte qu'il avait achetée aux enchères à Anatole France, qui était athée aussi. Il était férocement contre la religion et ne parlait que de ça, comme s'il n'y avait rien d'autre.

Il y avait aussi madame Cahen, qui n'avait pas loin de cent ans et que monsieur Salomon entretenait avec espoir, car s'il y avait une chose qui l'intéressait, c'était la longévité. Il y avait encore beaucoup d'autres ci-devant – c'est ainsi que monsieur Salomon appelait les vieilles personnes qui avaient perdu ce qu'elles étaient et ne comptaient plus comme avant. Monsieur Salomon me disait qu'il m'avait choisi parce que j'ai un physique qui dégage ce qu'ils appellent à S.O.S. de « bonnes vibrations », qui se communiquent à ceux qui n'ont pas le moral. Mais à la façon dont il me regardait parfois pensivement, en tapotant, et avec dans ses yeux noirs de petites lueurs ironiques, je commençais à sentir qu'il avait peut-être une autre raison en tête.

J'entrais chez une dame dans son fauteuil d'infirme, je lui disais que je venais de la part de monsieur Salomon, le roi du prêt-à-porter, qui voulait avoir de ses nouvelles et lui faisait demander si elle n'avait besoin de rien. Comme elle ne connaissait monsieur Salomon ni d'Eve ni d'Adam, c'était une surprise doublée de mystère et le mystère ouvre toujours la porte à l'espoir, c'est ce qu'il faut avant tout quand il n'y a rien d'autre. Mais il ne fallait pas en donner trop non plus. J'expliquais que monsieur Salomon n'était que le roi du prêt-à-porter et pas plus, pour ne pas faire croire à des manifestations d'instances supérieures. Monsieur Salomon tenait énormément à l'expression *prêt-à-porter*, elle avait pour lui un sens qui allait de la naissance à la mortalité. Parfois aussi c'était comme s'il se moquait ainsi de tout ce qu'on pouvait trouver et offrir comme réconfort. Plus tard, quand on s'est mieux connus, je lui ai posé une question à ce sujet, qui sortait du domaine vestimentaire. Il ne m'a pas répondu tout de suite mais s'est promené un peu de long en large sur la moquette vert pâturage de son bureau, et puis il s'est arrêté devant moi avec une expression de bonté un peu triste. L'expression de bonté est toujours un peu triste, car elle sait à quoi elle a affaire.

– Dès qu'un enfant vient au monde, que fait-il? Il se met à crier. Il crie, il crie. Eh bien, il crie parce que c'est le prêt-à-porter qui commence... Les peines, les joies, la peur, l'anxiété, pour ne pas parler d'angoisse... la vie et la... enfin, tout le reste. Et les consolations, les espoirs, les choses que l'on apprend dans les livres et qu'on appelle philosophies, au pluriel... et qui sont du prêt-à-porter aussi. Quelquefois celui-ci est très vieux, toujours le même, et quelquefois on en invente un nouveau, au goût du jour...

Et puis il m'a mis, comme il le fait souvent, une main sur l'épaule d'un geste éducatif, et il s'est tu pour m'encourager, car, des fois, la pire des choses qui peut arriver aux questions, c'est la réponse.

Quand je parlais des bontés que le roi Salomon dispensait aux personnes oubliées sans joie ni petits plaisirs qu'on avait portées à sa connaissance, Chuck m'expliquait que c'était sa façon d'adresser d'amers reproches à Celui dont les bontés brillaient par leur absence. Il insistait tellement et paraissait tenir tellement à son explication que j'en venais à me demander si Chuck n'avait pas lui-même un problème de ce côté-là. Un problème avec l'absence de roi Salomon, du vrai, celui-là. Il soutenait aussi que c'était chez le patron de *S.O.S.* l'effet de son angoisse, qu'il cherchait à se faire remarquer de Dieu, comme c'est souvent le cas chez les bons Juifs, et peut-être recevoir en échange quelques années de plus. Chuck dit que les Juifs qui sont restés croyants ont avec Dieu des rapports personnels d'homme à homme, qu'ils discutent souvent avec Dieu et se querellent même avec Lui à voix haute et cherchent à faire avec Lui des affaires, moi je te donne ça et toi tu me donnes ça, je donne aux autres sans compter et tu me prodigues la bonne santé, la longévité et plus tard quelque chose d'encore meilleur. Allez savoir.

Lorsque je venais prendre des nouvelles d'une vieille dame en attente et que je lui remettais, de la part de monsieur Salomon, des fruits, des fleurs, ou un poste radio à prendre la terre entière, cette personne était émue et même parfois effrayée, comme s'il y avait eu une manifestation surnaturelle. Il fallait faire attention de ne pas causer de joies trop fortes et nous avons perdu ainsi monsieur Hippolyte Labile, à qui monsieur Salomon avait fait remettre le titre d'une rente à vie, et qui est mort sous le coup de l'émotion.

IV

Je ne savais toujours pas pourquoi monsieur Salomon m'avait choisi et pourquoi il continuait parfois à m'observer en souriant, comme s'il avait pour moi quelque chose en tête. Il semblait m'avoir pris en amitié et aimait quand je venais le voir sans raison, car avec lui il n'y avait pas de fin à tout ce que je pouvais apprendre. Il faut dire surtout qu'il me rassurait par son exemple, si on pouvait vivre si vieux, je n'avais pas encore du mouron à me faire. Je m'asseyais en face de lui et je me rassurais, pendant qu'il examinait ses timbres-poste.

Je me suis vite aperçu que, bien que très riche, monsieur Salomon était seul au monde. La plupart du temps, je le trouvais assis devant son grand bureau de philatéliste, une loupe dans l'œil, et il regardait les timbres avec plaisir, comme de vrais amis, et aussi les cartes postales qui lui parvenaient du passé et de tous les coins de la terre. Elles ne lui avaient pas été adressées personnellement, car il y en avait qui avaient été mises à la poste au siècle dernier, quand monsieur Salomon existait à peine, mais c'est chez lui qu'elles sont arrivées pour finir. Je l'ai plusieurs fois conduit aux puces et chez les brocanteurs où il les achète et les commerçants lui mettent tout spécialement de côté celles qui sont les plus personnelles et qui ont été écrites avec le plus d'émotion. J'en ai lu quelques-unes par indiscrétion, car monsieur Salomon les cache plutôt, à cause de leur caractère privé. Il y en avait une qui représentait une jeune fille habillée comme au début des temps modernes, avec quatre petits garçons en costumes de matelots et en chapeaux de paille canotiers, qui disait *chéri chéri nous pensons à toi jour et nuit reviens vite et surtout couvre-toi bien et mets ta ceinture de flanelle, ta Marie.* Et le plus bizarre est que monsieur Salomon a lu cette carte et puis il est allé s'acheter une ceinture de flanelle. Je n'ai rien demandé, j'ai fait celui qui n'a rien remarqué, mais j'en ai eu froid dans le dos comme solitude, rien et personne. C'était une carte de 1914. Je ne sais pas si monsieur Salomon avait mis la ceinture de flanelle à la mémoire de cette Marie ou du mec qu'elle a aimé, ou s'il faisait semblant que c'était à lui qu'elle avait pensé si tendrement, ou s'il faisait ça pour la tendresse tout court. Je ne savais pas que monsieur Salomon ne pouvait pas souffrir l'oubli, les oubliés, les gens qui ont vécu et aimé et qui sont passés sans laisser de traces, qui ont été quelqu'un et qui sont devenus rien et poussière, les ci-devant, comme je sais maintenant qu'il les appelait. C'est contre qu'il protestait avec la plus grande tendresse et la plus terrible colère, que l'on appelait courroux chez les personnes bibliques. Parfois, j'avais l'impression que monsieur Salomon voulait y remédier, qu'il voulait prendre les choses en main et changer tout ça. Evidemment, quand on est déjà pas loin de ne plus laisser de trace soi-même, il y a de quoi. Sur le coup, donc, je n'ai pas voulu demander, mais je n'en suis jamais revenu. Et pas seulement ça, mais alors là vous n'allez pas me croire, sauf que je ne suis pas capable d'inventer plus fort que la vie, qui n'a pas à se gêner et à se faire croire. Monsieur Salomon avait trouvé chez Dupin frères, impasse Saint-Barthélemy, une carte postale avec la photo d'une odalisque qu'ils avaient alors en Algérie qui était encore française, et au dos il y avait des mots d'amour *je ne peux pas vivre sans toi tu es ce qui me manque le plus au monde je serai à sept heures vendredi sous l'horloge place Blanche, je t'attends de tout mon cœur, ta Fanny.* Monsieur Salomon a tout de suite mis cette carte dans sa poche et puis il a regardé l'heure et le jour sur sa montre suisse de grande valeur. Il a froncé les sourcils et il est rentré à la maison. Le vendredi suivant, à six heures trente, il s'est fait conduire place Blanche et il a cherché l'horloge, sauf qu'il n'y en avait pas. Il parut mécontent et il s'est renseigné dans le quartier. On a trouvé une concierge qui se souvenait de l'horloge et de l'endroit. Il est ressorti vite pour ne pas être en retard et à sept heures pile il était à l'emplacement, et là encore je n'ai pas su s'il faisait ça à la mémoire de ces amants disparus ou si c'était pour protester contre le vent biblique qui emporte tout comme des futilités et des poussières. Une chose est sûre, selon Chuck, et là je crois qu'il a raison : c'était un homme qui protestait, c'était un homme qui manifestait. A la fin, je me suis enhardi, et quand il est allé se recueillir et déposer un bouquet de roses rouges devant l'immeuble qui donnait dans sa carte postale avec sapeur-pompier son nom et adresse en 1920, avec de bons baisers et bonheur de se revoir dimanche prochain, je lui ai demandé, quand il est entré dans le taxi :

— Monsieur Salomon, excusez-moi, mais pourquoi faites-vous ça? Cette môme, il n'y a plus rien qui en reste, alors enfin quoi?

Il a incliné la tête comme pour dire bien sûr, bien sûr.

– Mon petit Jean, on va bien se recueillir sur les lieux où ont vécu Victor Hugo, Balzac ou Louis XIV, n'est-ce pas?

– Mais c'étaient des gens très importants, monsieur Salomon. Victor Hugo, c'était quelqu'un. C'est normal qu'on pense à eux et qu'on se recueille avec émotion à leur mémoire. Ils étaient historiques!

– Oui, tout le monde se souvient des hommes illustres et personne ne se soucie des gens qui n'ont été rien, mais qui ont aimé, espéré et souffert. Ceux qui ont reçu humblement notre prêt-à-porter commun à leur naissance et qui l'ont traîné humblement jusqu'au terminus. Et cette expression même, « ceux qui n'ont été rien » est odieuse, vraie et intolérable. Je ne puis l'accepter, dans toute la mesure de mes modestes moyens.

Là, il a souri un peu mystérieusement, et il a levé la tête, le visage devenu soudain sévère, en serrant fortement dans sa main sa canne à pommeau hippique.

– Je ne le fais pas seulement pour cette « môme », comme vous dites. Je le fais pour l'honneur de la chose.

J'ai rien compris. Je ne voyais pas quelle était la chose et quel honneur elle pouvait avoir. Et ce n'est pas en se penchant sur ces traces postales des vies depuis longtemps effacées et des amours évanouies que monsieur Salomon pouvait les faire revivre. Peut-être qu'il n'avait jamais été aimé personnellement et qu'il prenait un peu pour lui les mots *mon chéri mon amour* écrits d'une encre qui était déjà elle-même en cours de disparition, pour recueillir de la tendresse. Allez savoir. Plus tard, Chuck, quand je lui ai parlé de ces cartes postales que monsieur Salomon ne cessait d'accueillir à son domicile comme si c'étaient des S.O.S. que les gens depuis longtemps oubliés avaient envoyés et qui pour lui étaient toujours valables, Chuck s'est donc lancé dans une théorie. D'après lui, mon employeur avait un problème avec l'éphémère, avec le temps qui passe et l'usage qu'il fait de nous en passant, vu qu'il se sentait lui-même menacé d'imminence et qu'il exprimait sa protestation à son opposition dans toute l'étendue de ses moyens.

– Il gesticule, voilà. C'est comme s'il brandissait le poing et faisait des signes pour protester et pour faire comprendre à Jéhovah que c'est injuste de tout faire disparaître, de tout emporter, et, en premier lieu, lui-même. Imagine-le debout sur une montagne, vêtu de lin blanc, il y a cinq mille ans, il regarde le ciel et il gueule que la Loi est injuste. Tu ne comprendras jamais le vieux tant que tu ne sauras pas qu'il a avec son Jéhovah des rapports personnels. Ils discutent, ils s'engueulent. C'est très biblique, chez lui. Les chrétiens, dans leurs rapports avec Dieu, ils ne vont jamais jusqu'à l'engueulade. Les juifs si. Ils Lui font des scènes de ménage.

J'avais présenté Chuck au roi Salomon qui l'a fait tester par des spécialistes psychologiques, ce qui lui a permis, grâce à leurs chaleureuses recommandations, de devenir bénévole à *S.O.S.*, car c'est un des grands mystères que Chuck, qui n'a que des idées en tête, se met à avoir du cœur dès que quelqu'un s'adresse à lui dans le malheur. Et il a un léger accent américain, ce qui rassure beaucoup, car c'est une grande puissance. Il est devenu en quelques semaines le meilleur soutien moral à *S.O.S.*, et il a même réussi à empêcher une fille de se suicider, en lui prouvant que ce serait encore pire après.

Les cartes postales, monsieur Salomon en avait des milliers et des milliers. Il les classait soigneusement dans des albums qui occupaient tout un mur. Il en avait toujours un d'ouvert sur son bureau, jamais le même, car chacun son tour. Un matin, je l'ai trouvé penché sur la photo d'un poilu français 14-18, fièrement photographié de son vivant, avec au dos des mots qui ont dû être émouvants à l'époque. *Ma chère femme j'espère que vous allez bien tous car ici c'est la guerre. Embrasse les enfants. Ils me manquent plus qu'il n'est possible de dire. Ton Henri.* En bas dans le coin, il y avait *tombé au champ d'honneur le quatorze août 1917.* J'étais venu ce jour-là avec Tong qui devait conduire monsieur Salomon chez son dentiste à ma place. Monsieur Salomon l'aimait bien, ils parlaient ensemble de la sagesse orientale qui leur est d'un grand secours, là-bas, quand on ne les a pas tués avant. Il avait fait admirer à Tong son album, où il y avait des cartes postales des pays aussi éloignés que possible de monsieur Salomon, comme par exemple Manille et les Indes, ce qui lui permettait de se rapprocher encore plus loin.

— Pourquoi collectionnez-vous des messages qui ne vous sont pas adressés de gens qui ne sont rien pour vous? Comme ce soldat tué que vous n'avez pas connu?

Monsieur Salomon leva les yeux vers Tong et retira de l'un d'eux sa loupe de philatéliste.

— Je crois que vous ne pouvez pas comprendre, monsieur Tong.

C'était la première fois que j'entendais monsieur Salomon faire une remarque raciste.

— Vous ne pouvez pas comprendre. Vous avez perdu toute votre famille au Cambodge. Vous avez à qui penser. Mais moi je n'ai jamais perdu personne. Je n'ai eu personne, pas un quelconque cousin, parmi les six millions de Juifs exterminés sous les Allemands. Même mes parents n'ont pas été tués, ils sont morts prématurément, en tout bien tout honneur, avant Hitler. J'ai quatre-vingt-quatre ans et je n'ai personne à déplorer. C'est une terrible solitude de perdre un être aimé, mais c'est une solitude encore plus terrible de n'avoir jamais perdu personne. Alors, quand je feuillette cet album...

Il tourna une page de sa belle main un peu roussie, car la vieillesse donne des taches de rouille. Il détacha une photo de famille, père, mère et six enfants en tout. Dans un coin, c'était imprimé : *1905. Une famille bretonne.*

J'en suis resté baba. L'idée que monsieur Salomon, Esq., s'était fait adopter par une famille bretonne et se penchait parfois sur elle avec amitié était ce que je connaissais de plus triste, comme comique. Il replaça sa famille bretonne dans l'album de ses belles mains qui font plaisir.

Les mains de monsieur Salomon cachent une tragédie.

Quand il avait quatre ans, ses parents avaient pour lui une vocation de virtuose. Il y a encore sur la commode de sa chambre à coucher la photo de monsieur Salomon enfant dans lequel personne n'aurait reconnu le futur roi du pantalon. Sur la photo, il était écrit d'une plume qui ignorait encore le stylo : *Le petit Salomon Rubinstein devant son piano à l'âge de quatre ans.* Il y avait aussi une personne au buste maternel qui se penchait sur l'enfant avec un sourire heureux. Lorsque monsieur Salomon me traduisit l'inscription, qui était encore en russe, il a ajouté :

— Mes parents comptaient sur moi pour être un *wunderkind,* ce qui signifie enfant prodige. Le piano jouissait dans le ghetto d'une grande réputation.

Il y avait aussi une photo de monsieur Salomon à sept ans, le pied posé sur une trottinette. C'était dans un autre ghetto, en Pologne, celui-là. Les photos allaient jusqu'à douze et quinze ans, après elles disparaissaient, peut-être parce que les parents de monsieur Salomon s'étaient découragés, ils avaient dû comprendre qu'il n'y avait rien à tirer de lui du point de vue enfant prodige. Ils lui avaient pourtant fait porter des culottes courtes jusqu'à l'âge de vingt ans, dans l'espoir d'en faire un *wunderkind*. Monsieur Salomon riait beaucoup là-dessus.

— Je me sentais terriblement coupable, me dit-il. A l'âge de quinze ans j'écrivis une lettre à un philatéliste japonais, car je me consolais déjà avec les timbres-poste, pour lui demander de se renseigner auprès des jardiniers japonais qui connaissaient l'art d'arrêter la croissance des plantes. Je voulais à tout prix m'arrêter de grandir pour ne pas décevoir mes parents, en restant dans les limites de taille permises à un enfant prodige. Je passais onze heures par jour au piano. La nuit je me rassurais en me disant que je manquais de précocité et que ça pouvait encore venir. L'espoir dans le ghetto, autrefois, était toujours de chercher le génie de virtuose chez leurs enfants, qui permettait d'en sortir. Le grand Arthur Rubinstein qui avait les traits exigés par les antisémites, s'en était sorti, et il était reçu comme virtuose par les plus grands aristocrates, il a même écrit un livre pour le prouver. Le génie excuse tout.

Je commençais à savoir reconnaître dans l'œil sombre de mon ami les petites lueurs moqueuses. C'était comme s'il y avait à l'intérieur quelque chose de douloureusement drôle qui s'allumait.

— J'avais déjà seize et dix-huit ans et je ne faisais que grandir. Mon professeur de piano devenait de plus en plus triste. Mon père, qui était depuis des générations tailleur, d'abord à Berditchev en Russie et puis à Swieciany en Pologne, se montrait tellement affectueux avec moi que j'avais envie de

36

me noyer. Ils n'avaient pas d'autres enfants et ne pouvaient avoir d'autre virtuose. Puis finalement vint le jour. Mon père est entré dans le salon où j'étais assis en culottes courtes devant le piano. Il tenait un pantalon sur son bras. J'ai tout de suite compris. C'était la fin des grandes espérances. Mon père se rendait à l'évidence. Je me suis levé, j'ai ôté ma culotte et j'ai mis le pantalon. Je n'allais plus jamais être un enfant prodige. Ma mère pleurait. Mon père faisait semblant d'être de bonne humeur. Il m'a même embrassé et il m'a dit en russe « *nou, nitchevo*, ça ne fait rien ». Mes parents ont vendu le piano. Je me suis placé chez un marchand de tissus à Bialystok. Quand mes parents sont morts, je suis venu à Paris pour voir les lumières de l'Occident. Je suis devenu un bon coupeur et j'ai fait de la confection. J'ai quand même continué à regretter un peu. Sur la vitrine de mon premier magasin, rue Thune, j'avais mis *Salomon Rubinstein, le virtuose du pantalon*, puis simplement *L'autre Rubinstein*, mais, de toute façon, mes parents étaient morts et ce n'était plus la peine. Et c'est ainsi que, de fil en aiguille, je suis devenu roi du pantalon, d'abord au Sentier, puis un peu partout. J'ai eu une chaîne de magasins connus de tous et je me suis étendu jusqu'à l'Angleterre et la Belgique. Je ne me suis pas étendu à l'Allemagne, pour mémoire. Je crois que j'étais destiné au prêt-à-porter, voyez-vous, car ce rêve de mes parents de faire de moi un virtuose n'était guère autre chose. Un rêve tout prêt qu'on se transmettait de génération en génération dans le ghetto, pour qu'il vous tienne chaud.

Monsieur Salomon avait en tout cas fait une belle fortune et il se dépensait en bienfaisance, et s'il pouvait être élu et mis à sa vraie place, il aurait fait bénéficier l'humanité entière de ses bontés et peut-être obtenu pour elle de meilleures conditions.

V

Je continuais avec le taxi, je faisais un peu de dépannage et parfois monsieur Salomon m'appelait pour se faire transporter ou pour aller tenir compagnie à des personnes en détresse que *S.O.S.* lui signalait comme ne pouvant pas être tirées de leur état uniquement par l'assistance vocale. Quelquefois il louait un minibus et organisait une excursion collective au sein de la nature pour les victimes de l'âge, que je conduisais se rafraîchir dans la verdure en Normandie ou dans la forêt de Fontainebleau. Il y avait aussi l'aide domestique à domicile pour ceux que leurs enfants ou autres proches ont été obligés de laisser seuls pour partir en vacances. Quand j'avais du temps libre, j'allais dans les bibliothèques municipales, ici et là, selon le quartier où j'étais, je me faisais donner un tas de bouquins avec des noms célèbres, Dumas, Balzac, la Bible, ce qu'il y avait de mieux, et je me mettais à lire pendant des heures, pour ne penser à rien. Je n'aime pas aller dans les librairies, je ne sais jamais quoi demander, pour acheter un livre il faut le connaître, il faut savoir ce qu'on cherche, et ça me gêne de sortir sans consommer. Et quand ils vous demandent là-dedans : « Est-ce que je peux vous aider? », qu'est-ce que vous voulez répondre. Mais j'allais souvent dans une grande librairie rue Ménil, où il y a toujours beaucoup de monde et où ils vous laissent tranquilles. Ils ont un rayon de dictionnaires et je consulte. Il y a une vendeuse, une grande blonde, qui ne m'adresse jamais la parole quand je traîne là, et fait comme si je n'existais pas, pour ne pas me décourager. J'y suis peut-être allé vingt fois, dans cette librairie, et rien, jamais. Pas un regard. C'est sûrement quelqu'un de bien. Les autres l'appellent Aline, et moi aussi, parfois, je l'appelle ainsi quand j'y pense. Un soir, j'ai attendu la fermeture dehors, et quand elle est sortie, je lui ai fait un petit signe de la main. Elle m'a répondu gentiment sans s'arrêter. On a fait ça chaque soir pendant cinq jours, et le dernier jour, elle s'est arrêtée.

— Vous habitez par ici?

— Pas vraiment, non.

Elle m'observait amicalement, en souriant, je l'amusais.

— Vous avez vraiment une passion pour les dictionnaires.

— Je cherche quelque chose.

Elle ne m'a pas demandé quoi. Si je savais ce que je cherchais, c'était comme si je l'avais trouvé.

— Nous avons reçu le nouvel Ibris en vingt-quatre volumes, c'est peut-être là-dedans.

Elle m'a fait un petit signe *ciao*, et j'ai répondu. Et puis elle m'a encore souri.

— Mais non, je ne crois pas que ce soit là-dedans.

Après, j'y suis allé de plus en plus souvent, dans cette librairie, et chaque fois on se faisait un petit signe.

Je me suis aperçu que monsieur Salomon me regardait comme s'il voulait me demander quelque chose mais était gêné. Et puis un jour il m'a fait venir et je l'ai trouvé assis devant son bureau de philatéliste. Il portait sa robe de chambre magnifique et tapotait. Il tapotait souvent de sa main très belle, quand il réfléchissait.

— Voilà, mon bon ami. Je voulais d'abord vous féliciter, la gentillesse et la bonne volonté se font rares et je ne m'étais pas trompé sur votre compte. Vous avez la vraie vocation de bénévole, vous aimez aider les gens à vivre dans toute la mesure du possible. J'ai eu du flair, car à première vue, il faut l'avouer, vous avez une physionomie et une allure qui font plutôt mauvais garçon et il faut vous chercher à l'intérieur...

Il se tut et retapota.

— Nos amis à côté ont reçu plusieurs appels d'une dame qui voudrait me voir, il paraît que je l'ai connue autrefois. Son nom me dit vaguement quelque chose, en effet. Cara... non, c'est Cora... Cora Lamenaire, c'est ça. Je me souviens, à présent. Elle a été une chanteuse... il y a longtemps, avant guerre, dans les années... voyons... les années trente. Elle est tombée dans l'oubli et ne semble pas avoir d'amis, ce qui s'aggrave toujours sous l'effet de l'âge. Je ne sais pas pourquoi elle s'adresse à moi personnellement, alors allez la voir et renseignez-vous un peu. Nous ne devons jamais laisser ce genre d'appel sans réponse, c'est imprudent.

Monsieur Salomon se plongea dans une méditation sévère, les sourcils froncés.

— Cora Lamenaire, oui. Ça me revient. Une chanteuse assez connue ou sur le point de le devenir... Un de mes amis... enfin, c'est une longue histoire. C'était une chanteuse réaliste, comme on les appelait autrefois.

Et là, j'ai eu une surprise. Le visage de monsieur Salomon s'éclaira d'humour et il chanta :

C'est mon homme!
Sur cette terre, ma seule joie, mon seul bonheur
C'est mon homme!
J'ai donné tout c' que j'ai mon amour et tout mon
[*cœur*

A mon homme!

Il connaissait par cœur toute la chanson.

— C'était les années vingt. Mistinguett. Je n'ai pas oublié. Paroles d'Albert Willemetz et Jacques Charles. Musique de Maurice Yvain.

Il parut tout content d'avoir si bonne mémoire, laquelle chez les personnes âgées s'en va toujours la première. Il m'a donné l'adresse.

— Apportez-lui une belle corbeille de fruits confits de Nice, dit-il, et ça l'a mis de bonne humeur, il a eu un petit rire, je me demandais pourquoi. D'habitude monsieur Salomon offrait de beaux fruits qui venaient directement de la nature, et j'étais un peu étonné qu'il fasse porter à cette dame des fruits confits de Nice qui font un peu conserve et ne procurent pas le même bon effet de fraîcheur.

VI

Elle habitait rue d'Assas et quand j'ai sonné au deuxième à gauche comme c'était indiqué en bas, je me suis trouvé devant une petite dame qui avait de la gaieté dans ses yeux et qui était pimpante pour son âge, malgré les rides du visage et surtout la peau du cou, qui n'était plus de première qualité. On ne pouvait pas dire qu'elle était une petite vieille, ce n'était pas une expression qui venait à l'esprit quand on la voyait. Elle portait un pyjama rose et des chaussures à hauts talons et avait une mèche acajou coupée tout droit au milieu du front qu'elle touchait du doigt en me regardant, comme pour jouer. Il y avait à l'intérieur un disque de monsieur Charles Trenet qui tournait, c'était *Mamselle Cléo*, j'ai reconnu, c'est une chanson qui se fait encore entendre.

– Vous désirez?

– Mademoiselle Cora Lamenaire.

Elle a ri, en jouant avec sa mèche.

– C'est moi. Evidemment, ça ne vous dit rien, ce n'est pas de votre âge.

J'étais étonné. Je voyais bien qu'elle n'était pas de mon âge et je ne voyais pas le rapport.

– Vous n'étiez pas encore né, dit-elle, et là non plus, je n'ai pas saisi.

Je lui ai tendu la corbeille de fruits confits de Nice.

— On m'a chargé de vous remettre ça.

— De la part de qui?

— Vous avez appelé plusieurs fois *S.O.S. Bénévoles*. Vous avez pensé à nous, c'est gentil, alors on a pensé à vous.

Elle m'a regardé comme si je me moquais d'elle.

— Mais je n'ai jamais appelé *S.O.S.*! Jamais! En voilà des idées! Pourquoi voulez-vous que j'appelle *S.O.S.*?

Elle n'était pas contente.

— Est-ce que j'ai l'air de quelqu'un qui a besoin de secours? Non mais qu'est-ce que ça veut dire?

Et puis elle s'est pointée.

— Ah, je sais! Je n'ai pas appelé *S.O.S.*, j'ai appelé monsieur Salomon Rubinstein et...

— C'est le même standard, dis-je. Et il répond parfois lui-même, quand c'est son plaisir!

— C'était personnel. Je voulais savoir s'il est encore en vie, c'est tout. J'ai pensé à lui un soir, et je me suis demandé s'il était encore là. Alors, j'ai téléphoné pour avoir de ses nouvelles.

Je ne comprenais plus rien. Monsieur Salomon m'avait dit qu'il ne la connaissait pas. Il avait même eu un trou de mémoire et s'était tapoté le front pour se rappeler son nom.

— C'est lui qui m'envoie cette jolie corbeille?

Monsieur Salomon m'avait prié de garder l'anonymat. Quand il faisait pleuvoir ses bienfaits, il ne cherchait pas les remerciements. Il aimait faire plaisir, faire entrer un petit rayon de soleil dans la vie des gens chez qui elle n'était pas rose. Un billet de vacances tout compris à une personne qui n'avait jamais vu la mer, un joli transistor par-ci par-là, et j'ai même livré une télé à un vieux monsieur qui n'avait plus de jambes et dont on lui avait dit beaucoup de tristesse. Chuck était très intéressé par ces largesses. Pour lui, le roi Salomon faisait du remplacement, de l'intérim. *Intérim : espace du temps pendant lequel une fonction est remplie par un autre que le titulaire.* C'est dans le petit Larousse. Pour Chuck, le roi Salomon fait du remplacement et de l'intérim, vu que le titulaire n'est pas là et il se venge de lui en Le remplaçant, pour Lui signifier ainsi son absence. J'avais essayé de ne pas continuer cette conversation avec Chuck, on ne sait jamais ce qu'il va vous sortir, et des fois ça vous affole complètement, ses trucs. Pour lui, le roi Salomon faisait de l'intérim pour donner une leçon à Dieu et Lui faire honte. Pour monsieur Salomon, Dieu aurait dû s'occuper des choses qu'Il ne s'occupait pas et comme monsieur Salomon avait des moyens, il faisait de l'intérim. Peut-être que Dieu, en voyant qu'un autre vieux monsieur faisait pleuvoir ses bontés à Sa place serait piqué au vif, cesserait de se désintéresser et montrerait qu'Il peut faire beaucoup mieux que le roi du prêt-à-porter, Salomon Rubinstein, Esq. Voilà comment Chuck expliquait la générosité de monsieur Salomon et sa munificence. *Munificence : disposition qui porte aux libéralités.* Je m'étais bien marré à l'idée que monsieur Salomon faisait des signaux lumineux à Dieu et essayait de Lui faire honte. Après quoi, Chuck traita le roi Salomon de Harein al-Rachid à la manque. Se prononce aussi Haroun al-Rachid, il fut un héros des contes des *Mille et Une Nuits* et était aimé pour sa munificence.

— Il veut être aimé, ce vieux schnock.

Voilà ce que Chuck m'a sorti à propos du roi Salomon et de ses cadeaux. Moi, tout ce que je voyais c'était un très vieil homme qui pensait aux autres, vu qu'il ne restait plus grand-chose de sa vie et de lui-même. J'étais donc là devant cette petite dame qui voulait savoir si c'était monsieur Salomon Rubinstein en personne qui lui avait envoyé la corbeille de fruits confits de Nice et je ne savais pas comment m'en tirer, vu que celui-ci désirait rester incognito dans son intérim.

— Je vous ai demandé si c'était monsieur Salomon qui...

— Non, pas vraiment, nous aimons faire un petit signe d'amitié de la part de notre association.

Là, elle a compris.

— Ah, je vois, c'est de la publicité, dit-elle.

Elle devait pourtant savoir qu'on était bénévoles et qu'on n'avait pas de publicité à nous faire. On n'était pas aussi célèbres que *S.O.S. Amitié* mais on recevait des centaines d'appels et monsieur Salomon était reconnu d'utilité publique. Il avait même fait encadrer un diplôme de remerciements de la Ville de Paris et avait aussi les meilleurs témoignages de province.

Je lui ai expliqué tout ça un peu et j'ai remarqué qu'elle me regardait très attentivement mais pas comme quelqu'un qui écoute. C'était bizarre. Elle paraissait m'étudier en détail, les épaules, le nez, le menton, toute la gueule, quoi, et soudain elle a fermé les yeux, elle a mis la main sur son cœur et elle est restée comme ça un bon moment. Après, elle a poussé un grand soupir et elle est redevenue normale. Je ne voyais pas pourquoi je lui avais fait cet effet.

— Entrez, entrez.

— Non, merci, je ne peux pas stationner, je n'ai pas mis le drapeau noir.

— Quel drapeau noir, mon Dieu?

— Je suis taxi.

Et la voilà encore qui part faire le tour de mon visage. C'était comme si elle hésitait entre mon nez, mes yeux et ma bouche et elle est devenue triste, comme si quelque chose manquait.

– Vous en faites des métiers! Taxi, *S.O.S.*, et quoi encore?

– J'ai fait surtout du bricolage et du dépannage et puis ça a pris des proportions. Monsieur Salomon s'est adressé à moi parce qu'il lui faut quelqu'un pour livrer à domicile.

Elle avait posé la corbeille de fruits confits sur la table, à côté d'une danseuse gitane d'Espagne qui montrait ses dentelles.

– Alors, ce n'est pas monsieur Salomon qui m'envoie ça? Vous êtes sûr?

– Il y a toujours une carte pour dire d'où ça vient.

La carte était épinglée à la cellophane derrière et mademoiselle Cora l'a vite trouvée. Tout ce que ça disait c'était *S.O.S.* en caractère d'imprimerie. Monsieur Salomon l'avait mise là lui-même. *S.O.S.*

Mademoiselle Cora a laissé tomber la carte sur la table. Elle paraissait dégoûtée.

– Quel vieux chameau! C'est parce que je lui ai sauvé la vie comme Juif, sous l'occupation. Il n'aime pas s'en souvenir.

Je ne voyais pas comment monsieur Salomon pouvait en vouloir à quelqu'un qui lui avait sauvé la vie comme Juif et pourquoi il en voulait tellement à cette personne qu'il lui envoyait même des fruits confits de Nice sans dire son nom. Il devait y avoir de vieilles salades entre eux, sans quoi monsieur Salomon ne m'aurait pas délégué de sa part incognito et il n'aurait pas fait celui qui connaissait à peine cette dame. J'allais partir mais elle a insisté pour que je reste un peu, histoire de boire un verre de cidre, que je n'apprécie pas, et qu'elle est allée chercher à la cuisine dans une carafe avec deux verres sur le plateau. On s'est assis et on a parlé un peu. Je ne savais pas si elle m'avait demandé de m'asseoir pour la compagnie parce qu'elle se sentait seule, je ne pense pas qu'elle était dans le besoin de ce côté-là, vu que l'appartement était vraiment bien et qu'elle ne devait pas manquer de moyens. On trouve toujours à qui parler quand on a des moyens. Elle s'était assise sur un pouf blanc, sorte de siège capitonné bas et large, et elle est d'abord restée un moment le verre de cidre à la main à m'observer attentivement, comme elle l'avait déjà fait, en jouant avec sa mèche, avec un drôle de petit sourire et sans se gêner de me détailler ainsi, parce qu'à son âge elle pouvait se permettre. C'est là que j'ai compris brusquement que je devais lui rappeler quelqu'un et je me suis souvenu aussi que lorsque j'avais rencontré monsieur Salomon la première fois et qu'il m'avait invité au café il avait paru étonné, comme si j'avais une gueule qui l'avait frappé pour des raisons à lui. Je buvais mon cidre pendant que mademoiselle Cora me dévisageait et souriait pensivement à une idée qu'elle avait en tête et je n'aime pas le cidre du tout mais il faut être correct. Après trois bonnes minutes où je commençais à me dire enfin quoi merde, elle m'a demandé si je connaissais monsieur Salomon depuis longtemps et s'il m'avait parlé d'elle, et quand j'ai nié, elle parut pas contente du tout, comme si elle n'avait pas d'importance. Elle m'a dit qu'elle avait été chanteuse réaliste, comme ça s'appelait autrefois, quand on chantait autrement qu'aujourd'hui. La chanson réaliste est un genre qui demande beaucoup de malheurs, parce que c'est un genre populaire. C'était surtout à la mode au début du siècle, quand il n'y avait pas la sécurité sociale et qu'on mourait beaucoup de misère et de la poitrine, et l'amour avait beaucoup plus d'importance qu'aujourd'hui car il n'y avait ni la voiture, ni la télé, ni les vacances, et lorsqu'on était enfant du peuple, l'amour était tout ce qu'on pouvait avoir de bien.

– Après, il y a eu encore Fréhel et Damia, dans les années vingt et trente, et surtout Piaf, bien sûr, qui venait vraiment de la rue et avait le cœur comme au temps des cousettes et des marlous. J'étais dans cette tradition, tiens, écoute...

Elle m'a tutoyé. Après, elle s'est levé et elle est allée mettre un disque, *Soupirs Barbès*, et c'était bien sa voix. Je voyais qu'elle était contente de s'entendre. J'en ai eu pour une bonne demi-heure. Dans *Soupirs Barbès*, elle était tuée à coups de surin par son julot parce qu'elle avait rencontré un fils de famille qui voulait la sauver du trottoir; dans *La Lionne*, c'est elle au contraire qui le tuait pour sauver sa fille du même trottoir. Il n'y avait que des putes malgré elles, là-dedans, ou des filles mères qui sont répudiées et se jettent dans la Seine avec leur nouveau-né, pour se sauver du déshonneur. Je ne savais même pas que ça avait existé, des temps pareils. Ce qui m'a le plus ému, c'est *L'Archiduc*, où une môme se retire dans un claque par désespoir d'amour et, *Encore une*, où les amants dansent la dernière java ensemble, avant d'être tués par un caïd du milieu. J'avais envie de me lever et d'arrêter le disque, on n'a pas idée d'avoir des malheurs pareils, alors que ce n'est pas le choix qui manque. Il y avait aussi beaucoup d'hôpitaux dans ces chansons, quand ce n'est pas le bagne, la guillotine ou les Bat' d'Af. Elle me regardait toute heureuse, mademoiselle Cora, pendant qu'on écoutait, je sentais que c'étaient ses meilleurs moments et qu'elle était contente d'avoir encore un public. Je lui ai demandé si elle chantait toujours et elle m'a expliqué que c'était un genre qui était passé de mode, parce qu'aujourd'hui ce sont de vieux malheurs d'autrefois, il faudrait en trouver de nouveaux, mais les jeunes n'ont plus l'inspiration et ce sont maintenant les jeunes qui commandent, surtout dans la chanson. Et puis de toutes les façons elle était maintenant trop vieille.

– Ça dépend de ce qu'on entend par vieux ou vieille, mademoiselle Cora. Monsieur Salomon va sur ses quatre-vingt-cinq ans et il est encore là, vous pouvez me croire.

Je ne disais pas ça pour être poli, elle tenait bien le coup, comme présentation. Rien qu'à la voir marcher, on ne lui aurait pas donné plus de soixante-cinq piges, on sentait qu'elle était encore femme et qu'elle gardait son assurance féminine. Quand une femme a été très courue dans sa jeunesse, ça lui reste, ça lui laisse de l'assurance. Quand elle se déplaçait, une main sur la hanche, on voyait qu'elle ne s'était pas encore déshabituée. Elle avait gardé la même idée de son corps, c'est ce qu'on appelle avoir le moral, elle se souvenait encore bien d'elle-même, mademoiselle Cora. J'ai regardé un peu autour de moi pendant qu'elle rangeait les disques mais il y avait trop de trucs de toutes sortes, de babioles et d'objets qui ne servent à rien sauf à être là et je n'ai rien pu voir sauf les photos sur les murs où il n'y avait que des célébrités historiques. J'ai reconnu Joséphine Baker, Mistinguett, Maurice Chevalier, Raimu et Jules Berry. Elle a remarqué que je m'intéressais et elle m'a présenté les autres, Dranem, Georges Milton, Alibert, Max Dearly, Mauricet et encore quelqu'un. Je lui ai expliqué que j'allais souvent à la cinémathèque où le passé est bien conservé et reconstitué, ce qui est une bonne chose pour les célébrités. L'appartement était tout blanc, sauf là où il était rose et était plutôt gai, malgré toutes ces personnes disparues sur les murs. J'étais déjà là depuis une bonne heure et on n'avait plus rien à se dire. Mademoiselle Cora est allée porter le plateau à la cuisine, et j'ai jeté un coup d'œil dans la chambre voisine où il y avait un lit couvert de soie rose avec une espèce de grand polichinelle noir et blanc, couché d'un côté comme pour laisser de la place à côté de lui. C'était curieux qu'elle n'ait pas de petit chien. On voit souvent dans la rue de vieilles dames avec un tout petit chien parce que plus on est petit et plus on a besoin de quelqu'un. Il y avait d'autres poupées ici et là et un grand ours koala dans un fauteuil comme en Australie où ils mangent des feuilles d'eucalyptus et sont très connus.

– C'est Gaston.

Mademoiselle Cora était revenue et j'étais un peu gêné d'avoir regardé dans sa chambre mais au contraire, elle était toute contente.

– C'est Gaston, mon vieux polichinelle. On me l'a offert en 1941, après un gala à Toulon. Ça fait un bout de temps et parfois il faut le rhabiller de neuf.

Elle s'était mise encore à me regarder bizarrement, comme tout à l'heure, en jouant avec sa frange.

– Tu me rappelles quelqu'un, dit-elle, et elle a eu un petit rire gêné et est revenue s'asseoir sur le pouf.

– Assieds-toi.

– Il faut que je parte.

Elle ne m'écoutait pas.

– Tu n'as pas un physique d'aujourd'hui... Tu t'appelles comment, au fait?

– Jean.

– Tu n'as pas un physique d'aujourd'hui, Jeannot. T'as une vraie petite gueule d'autrefois. Même que ça fait de la peine de te voir avec des jeans et un polo. Les Français ne se ressemblent plus. Ils n'ont plus l'air populaire. Toi, c'est encore la rue, la vraie, celle des faubourgs. On te regarde et on se dit tiens, il y en a un qui a réchappé.

– Réchappé à quoi, mademoiselle Cora?

Elle a eu un mouvement d'épaules.

– Je ne sais pas, moi. Il n'y a plus de vrais mecs, aujourd'hui. Même les truands, ils ont des têtes d'hommes d'affaires.

Elle soupira. J'étais debout, j'attendais pour partir, mais elle m'avait perdu de vue. Elle rêvait, mademoiselle Cora, en turlupinant sa frange. Elle était partie dans une de ses chansons réalistes, avec des apaches et des trottoirs. Mais je comprenais ce qu'elle voulait dire, pour ma gueule. Comme cinéphile, je connaissais. J'avais vu *Casque d'Or* et *Les Enfants du Paradis* et *Pépé le Moko*. C'est curieux à quel point je peux ne pas me ressembler.

– Mademoiselle Cora...

Elle ne voulait pas que je parte. Il y avait une boîte de chocolats sur la commode et elle s'est levée pour m'en offrir. J'en ai pris un et elle a insisté pour que j'en prenne encore et encore.

– Je n'en mange jamais. Dans mon métier, il faut garder la ligne. C'est la mode rétro, maintenant, alors je vais peut-être faire une tournée en province. Il en est question. Les jeunes s'intéressent à l'histoire de la chanson. Prends-en encore un.

Elle en a pris un, elle aussi, en riant.

– Vous avez tort de vous priver, mademoiselle Cora. Il faut profiter de la vie.

– Il faut que je garde la ligne. C'est pas tellement pour le public, c'est pour moi-même. C'est déjà assez d'être une femme outragée.

– Comment, outragée?

– Les outrages des ans, dit-elle, et on a ri, tous les deux, et elle m'a accompagné à la porte.

– Reviens me voir.

Je suis revenu. Je sentais qu'elle était sans personne, ce qui est souvent le cas quand on a été quelqu'un et qu'on ne l'est plus. Il fallait toujours boire du cidre avec elle et elle me parlait de ses succès, s'il n'y avait pas eu la guerre et l'occupation, elle aurait été une gloire nationale, comme Piaf. Elle me faisait écouter ses disques et c'est une bonne façon de se parler quand on n'a rien à se dire, ça vous donne tout de suite quelque chose en commun. Je me souviens d'une chanson de Monsieur Robert Maleron, musique de Juel et Marguerite Monnot, car il ne faut pas oublier ceux qui vous donnent leur talent. Pendant que le disque tournait, mademoiselle Cora chantonnait elle-même pour l'accompagner avec plaisir :

> *Il avait un air très doux*
> *Des yeux rêveurs un peu fous*
> *Aux lueurs étranges*
> *Comme bien des gars du Nord*
> *Dans les cheveux un peu d'or,*
> *Un sourire d'ange...*

Mademoiselle Cora me souriait en chantant comme si c'était moi le gars en question, mais on fait toujours ça pour son public.

> *Il avait un regard très doux,*
> *Il venait de je ne sais où...*

Elle me souriait, mais je savais bien que ce n'était pas personnel, sauf que j'étais un peu gêné quand même.

Une fois, elle m'a demandé :

– Et le roi Salomon? Tu es sûr que c'est pas lui

qui t'envoie? Il aime faire des cadeaux, à ce qu'il paraît!

— Non, mademoiselle Cora, je viens tout seul.

Elle but un peu de cidre.

— Il va avoir quatre-vingt-cinq ans bientôt, celui-là.

— Oui. C'est quelque chose.

— Il ferait bien de se dépêcher.

Je ne voyais pas pourquoi monsieur Salomon devait se dépêcher, à son âge. Il avait au contraire intérêt à ne pas se presser. Je l'aimais beaucoup et je voulais le voir en vie aussi longtemps que possible.

VII

Je n'ai pas revu mademoiselle Cora un bout de temps, deux ou trois semaines. Je pensais à elle parfois, c'est dur pour une femme de se laisser dépouiller par la vie, et surtout pour quelqu'un qui avait connu les faveurs du public. Un soir elle a téléphoné à *S.O.S.* pour m'avoir comme taxi mais ce n'était pas mon tour et quand c'est Tong qui y est allé, il m'a dit qu'elle n'était pas contente et ne lui avait pas adressé la parole, sauf pour l'interroger sur ce que je faisais dans la vie, si c'était vrai que j'étais dépanneur et qu'est-ce que j'avais à voir avec *S.O.S.*, où il fallait des compétences de psychologie et intellectuelles que je ne possédais pas. Ça m'a fait rire et je me suis rappelé que monsieur Salomon m'avait demandé si j'avais fait de la prison. On me jugeait sur ma bonne mine, quoi. Tong lui avait expliqué que j'étais le genre de mec qui ne pouvait pas se fixer sur lui-même et que j'avais des problèmes avec l'environnement. C'était vrai, et aussi que je m'intéressais beaucoup aux autres espèces et surtout à celles qui étaient en voie d'extinction, et que je m'étais pris d'amitié pour monsieur Salomon pour cette raison. Il avait essayé de parler à mademoiselle Cora de la religion orientale où la vie est considérée comme sacrée et pas seulement chez les vaches du même nom comme en Inde mais jusqu'au moindre moucheron. Ça n'avait pas intéressé mademoiselle Cora, elle pensait à autre chose et il avait laissé tomber la conversation pour ne pas l'embêter. Nous en avons parlé après dans la piaule et Chuck, qui faisait des études sur la table près de la fenêtre, nous a demandé de quoi il s'agissait. Je lui ai expliqué un peu.

— C'est une personne qui va sur ses soixante-cinq piges ou plus et qui a été quelqu'un autrefois. Elle est marrante parce qu'elle a encore gardé ses habitudes.

— Quelles habitudes?

— D'être jeune et belle. De plaire, quoi. Il y en a chez qui tout passe mais pas ça.

— Il n'y a rien de plus triste qu'une femme qui s'accroche.

— Alors là tu es à côté de la plaque. Mademoiselle Cora ne s'accroche pas, elle ne minaude pas, elle a toute sa dignité. Elle a un visage un peu ravagé, bien sûr, le temps lui a marché dessus, comme il se doit, et c'est sans doute pour ça que monsieur Salomon lui a envoyé des fruits confits de Nice. Il paraît qu'elle lui a sauvé la vie comme Juif sous l'occupation.

— Celui-là, alors! dit Chuck, que monsieur Salomon aimait beaucoup comme phénomène. Ils m'ont dit à la centrale qu'il en a au moins pour une brique de munificence, chaque mois, et c'est toujours pour les vieux, les ci-devant, comme il les appelle. Il ne pense qu'à lui-même.

— Si tu veux dire qu'il sait ce que c'est d'être très vieux et seul...

— C'est de la volonté de puissance, chez lui. C'est toujours le besoin de régner, chez les bienfaiteurs. Il a été roi du pantalon pendant si longtemps que maintenant il se prend pour un roi tout court. Le

56

roi Salomon. Comme l'autre, celui des temps bibliques.

Quand Chuck est parti, j'ai cherché dans le dictionnaire. J'ai trouvé que l'autre roi Salomon était le successeur de David, qui construisit des forteresses, équipa son armée de chars et s'assura des alliances, mais qu'il est mort quand même et est devenu rien et personne. Le petit Larousse disait que sa sagesse était restée légendaire dans tout l'Orient et dans l'Ancien Testament. Il était aussi connu pour ses fastes et c'est là qu'il ressemblait encore à monsieur Salomon, qui faisait pleuvoir ses largesses, lui aussi. Je pensais à cela parfois en allant porter de sa part des cadeaux à quelqu'un qui n'attendait plus rien. Il y en avait qui étaient tellement habitués à être oubliés que lorsqu'on déposait à leur porte des dons anonymes, ils croyaient que c'était tombé du ciel et qu'il y avait Quelqu'un qui s'était souvenu d'eux, là-haut. Moi je ne trouve pas que c'est de la volonté de puissance et de la folie des grandeurs mais peut-être que Chuck a raison lorsqu'il dit que c'est chez monsieur Salomon une façon polie de critiquer le ciel et de lui causer des remords.

Un jour, j'ai fait des courses avec mademoiselle Cora qui m'avait commandé la veille et je l'ai aidée à monter les paquets. J'ai encore eu droit au cidre et comme j'allais partir, elle m'a dit :

— Assieds-toi. J'ai à te parler.

Je me suis assis sur une chaise, elle sur le pouf blanc et j'ai attendu, pendant qu'elle buvait son cidre à petits coups, en réfléchissant d'un air préoccupé et même grave, comme si elle allait me proposer une affaire.

— Ecoute-moi, Jeannot. Je t'ai bien observé. C'est pour ça que je t'ai fait venir plusieurs fois, pour être sûre. Tu as le physique. Je l'ai tout de suite remarqué. Tu as ce qu'on appelle le magnétisme animal. Crois-moi, je m'y connais. Je suis du métier, j'ai fait le tour. Des physiques comme ça, il n'y en a plus aujourd'hui dans le spectacle. C'est devenu le show-business, ça s'est perdu. Depuis le jeune Gabin, y a plus rien eu. Belmondo aurait pu, mais il a perdu le poids. Lino, oui, mais il n'a plus l'âge. Je vais m'occuper de toi. Je vais faire de toi une vedette, tu vas crever l'écran. Le magnétisme animal, il n'y en a plus. C'est tous des minets, maintenant. Des poids mouche. Laisse-moi faire. Il y a longtemps que je pense à m'occuper de quelqu'un, pour lui donner une chance. Seulement, les jeunes que je vois, c'est du toc. Il n'y a plus de vrais mecs. Toi, tu as une nature. Je l'ai senti dès que je t'ai vu. Je peux t'aider.

J'étais emmerdé. C'était gênant de sentir une vieille personne tellement dans le besoin qu'elle vous proposait de vous aider. Elle ne pouvait plus rêver à elle-même, alors elle se mettait à rêver à ma place. La célébrité, les queues devant les salles, les photos partout. C'était ce qu'elle aurait encore voulu pour elle-même mais c'était trop tard.

– T'as une vraie nature, Jeannot. Le vrai physique populaire. C'est quelque chose qui se fait rare, ça fout le camp, je ne sais pas pourquoi. Regarde, dès qu'il y a un travail physique, tu trouves plus de Français, là-dedans. C'est des Algériens, des Noirs, tout ce que tu veux, mais pas de Français. Dans le spectacle, il n'y a plus que des mauviettes. Ils n'ont pas d'haleine, pas de sueur, pas de tripes, ils n'ont pas de quartier, de rue, derrière eux. Donne-moi un an ou deux et tu auras tous les producteurs à tes pieds.

J'étais là avec mon sourire le plus con et je serrais même les genoux comme une vraie jeune fille. Je savais bien qu'elle rêvait seulement un peu sur mon dos et qu'il ne fallait surtout pas la décourager, car on ne peut rien faire de mieux comme bénévole que d'aider à rêver.

— Tu sais, Piaf, elle a fait Aznavour, elle a fait Montand, elle a fait... l'autre, enfin, je ne me souviens plus, tellement elle en a aidé, des mecs. Il n'y a rien de plus beau que d'aider un jeune.

— Ecoutez, mademoiselle Cora, moi, je veux bien, mais...

— Mais quoi?

Elle a rigolé.

— Non mais sans blague, tu ne vas pas t'imaginer, par hasard? Tu ne t'imagines quand même pas que j'ai du cochon en tête, à mon âge? Des mecs, j'en ai eu, c'est pas ça qui m'a manqué dans la vie, va. C'est fini depuis longtemps, ces conneries. Je te prendrai vingt pour cent sur tes cachets et ça s'arrête là. Pas dix, comme les autres, mais vingt, parce que j'aurai des frais.

J'étais tout à fait d'accord pour l'aider. J'ai toujours été prêt à faire n'importe quoi pour diminuer, quand ça souffre. J'ai ce truc, la protection de la nature et des espèces menacées par l'environnement, et il n'y a rien à faire. Je ne sais pas d'où je tiens ça. Chuck dit que j'aurais été le premier chrétien, si c'était possible. Mais moi je crois que c'est par égoïsme et que je pense aux autres pour ne pas penser à moi-même, qui est la chose qui me fait le plus peur au monde. Dès que je pense à moi-même, c'est l'angoisse.

— Moi, je suis assez d'accord, mademoiselle Cora. J'aime beaucoup le cinéma.

— Alors fais-moi confiance. Je connais encore beaucoup de monde dans le spectacle. Mais tu comprends bien qu'il ne faut pas être trop pressé, ça ne peut pas se faire du jour au lendemain. Viens me voir de temps en temps et il faut que je sache toujours où te joindre, s'il y a une occasion qui se présente. Tu gagneras des millions et tu auras ta photo partout. Crois-moi, j'ai du flair pour ces choses-là.

Elle était contente.

— J'ai tout de suite vu. T'as ce qu'on appelle une gueule d'amour.

— Il y a un film comme ça avec Jean Gabin, *Gueule d'amour.*

— Gabin, je l'ai connu avant la guerre, quand il tournait *Pépé le Moko.* Mireille Balin, c'était une copine. On l'a oubliée aussi, celle-là, elle est morte inconnue. Tu es bien tombé, va. Tu ne pouvais pas mieux tomber. T'as la baraka.

J'ai dit prudemment, pour faire plus réaliste :

— Il faut voir.

Et j'ai même ajouté, pour bien montrer que j'y croyais :

— Vingt pour cent, vous y allez un peu fort.

— J'aurai des frais. Pour commencer, il faudra te faire faire de bonnes photos. Et pas par n'importe qui.

Elle est allée chercher son sac à main. Quand elle marchait sur ses hauts talons, elle était encore très féminine. Elle n'était pas raide des jambes, comme une personne de son âge, et elle tenait une main sur une hanche, en remuant. C'est seulement au visage que ça se voyait. Elle a pris des billets dans son sac et elle me les a tendus, comme ça, sans même les compter. J'en ai eu mal au ventre et c'est tout juste si j'ai pu garder mon sourire bien connu sur ma gueule. C'était vraiment la panique, chez elle, et n'importe quoi, pour y croire encore un peu.

— Tiens. Je connais un bon photographe, Simkin. Je crois qu'il vit encore. C'est le meilleur. Il les a tous faits. Raimu, Gabin, Harry Baur.

Elle avait la voix qui tremblait. C'était presque comme si elle me demandait l'aumône, en me tendant le pognon. Je l'ai empoché.

– Je ne vais pas te faire prendre des leçons de diction, ça non. T'as la voix. La vraie, celle qui sent encore Paris, qui vient de la rue, faut qu'elle y reste. La diction, c'est comme si on te les coupait. Sauve-toi, maintenant. Et sois tranquille...

C'est là qu'elle a dit quelque chose d'énorme.

– Je ne te laisserai pas tomber.

Je suis parti. Je suis entré dans un bistro et je me suis tapé deux fines, pour me remonter le moral, et, si ça pouvait se matérialiser, j'aurais saigné sur le comptoir. C'était comme un chien à la fourrière qui vous regarde à travers la grille. Ils ont ça dans le regard. Suppliant. C'est ce qu'on appelle sentimentalisme, chez les salauds.

VIII

Je n'ai pas vu mademoiselle Cora pendant dix
jours. Elle m'avait appelé trois fois à *S.O.S.* mais je
voulais laisser passer du temps, pour ne pas trop
l'habituer. Il ne fallait pas trop l'encourager à rêver,
un peu seulement, parce qu'après on se casse
toujours la gueule. Je pensais souvent à elle, j'aurais
voulu l'aider à trouver un endroit public pour chanter, remonter sur les planches, ça s'appelle chez
eux. Une fois, j'ai été commandé un jour à l'avance
par monsieur Salver, le grand producteur qui m'aimait bien, on parlait toujours de cinéphilie pendant
le parcours, je venais de revoir au Mac-Mahon
La Soupe aux canards, où il y a cette séquence de
dédain royal quand le boulet de canon entre par
une fenêtre et traverse la pièce et Groucho saute
sur une chaise avec le cigare et tire le rideau pour
empêcher le boulet suivant d'entrer. C'est vraiment
une attitude de mépris invincible, on ne peut pas
faire mieux. Il faut un culot inouï et sacré pour
traiter ainsi les boulets de canon et le péril mortel
et Groucho en avait plus que n'importe qui. S'il y a
une chose que la mort doit détester par-dessus
tout, c'est qu'on la traite par-dessus la jambe, avec
un dédain royal, et c'est ce que Groucho Marx
faisait. D'ailleurs, il est mort. Eh bien, quand j'ai eu

monsieur Salver dans mon taxi pour Roissy, on a eu le temps de parler, et j'en ai profité pour lui demander s'il connaissait une vedette de la chanson d'avant-guerre qui s'appelait Cora Lamenaire. Monsieur Salver est lui-même d'avant-guerre et il s'est occupé du spectacle toute sa vie.

— Cora Lamenaire? Ça me dit quelque chose.

— Elle était chanteuse réaliste.

— Elle est morte?

— Non, mais elle ne chante plus. Je pense que c'est parce qu'il y a trop de malheurs dans ses chansons. Ça fait démodé.

— Cora Lamenaire, Cora... Mais oui, voyons! C'était dans les années trente, l'époque de Rina Ketty. *J'a-tten-drai tou-jours ton re-tour...* Elle existe encore?

— Elle n'est pas si vieille que ça, monsieur Salver. Soixante-cinq ans à tout casser.

Il rit.

— Plus jeune que moi, en tout cas... Pourquoi? Vous la connaissez?

— J'aimerais la faire rechanter, monsieur Salver. Devant un public. Vous pourriez peut-être lui trouver un engagement quelque part.

— Mon petit, la chanson, aujourd'hui, c'est les jeunes. Comme tout le reste, d'ailleurs.

— Je pensais que le genre rétro était à la mode.

— C'est passé aussi.

— Ça coûte cher, de louer une salle?

— Il faut la remplir, et ce n'est pas une vieille dame que personne ne connaît plus que le public irait voir.

— Une petite salle en province, juste une fois, ça ne doit pas coûter des millions. J'ai des économies. Et j'ai un ami qui a des moyens, le roi Salomon, vous savez...

— Le roi Salomon?

– Oui, il était roi du pantalon, avant. Le prêt-à-porter. Il est très large. Il aime faire pleuvoir ses bienfaits, comme on dit.

– Tiens. On dit ça où? Je ne connaissais pas cette expression.

– C'est un homme qui est d'une grande largesse. On pourrait peut-être louer une salle et réunir un public. C'est dégueulasse, monsieur Salver, d'oublier les gens qui ont existé, comme Rita Hayworth, Heddy Lamar ou Dita Parlo.

Monsieur Salver paraissait frappé.

– Eh bien, dites donc, vous avez de la piété, comme cinéphile!

– On pourrait peut-être la faire chanter encore, au moins une fois, je suis prêt à payer la location.

Je voyais le visage de monsieur Salver dans le rétroviseur. Il faisait des yeux ronds.

– Mon ami, vous êtes le plus étonnant chauffeur de taxi que j'aie jamais rencontré!

J'ai rigolé.

– Je fais exprès, monsieur Salver. Ça me fait des clients.

– Je ne plaisante pas. Etonnant! Déjà que vous connaissiez les noms de Heddy Lamar et... l'autre...

– Dita Parlo.

– Oui. Mais laissez cette pauvre femme tranquille. Elle va faire un bide épouvantable et ne s'en remettra pas. Laissez-la à ses souvenirs, c'est bien mieux. C'était une chanteuse de deuxième ordre, d'ailleurs.

Je me suis tu pour ne pas l'antagoniser, mais je n'ai pas aimé ça. Il connaissait à peine le nom de mademoiselle Cora et ne pouvait donc pas savoir si elle était du premier, du deuxième ou du troisième ordre. Quand on a oublié quelqu'un complètement, on n'a qu'à fermer sa gueule. Et mademoiselle Cora avait encore toute sa voix, une drôle de voix, avec de la rocaille dedans, marrante. Je ne voyais pas sur quoi il se permettait de juger.

Ça m'a vraiment démoralisé de ne pas pouvoir rattraper mademoiselle Cora et de penser qu'elle ne pouvait plus redevenir. Monsieur Salver était peut-être un grand producteur mais ce n'était pas un vrai cinéphile, puisqu'il ne s'était même pas souvenu de Dita Parlo. J'étais furieux et je ne lui ai plus parlé. Je l'ai laissé à l'aéroport et après j'ai laissé la voiture au garage pour Tong, j'ai pris mon solex et j'ai été à la bibliothèque municipale d'Ivry où je me suis fait donner un gros dictionnaire. J'ai passé quatre bonnes heures à lire des mots pleins de sens. Je suis un fana des dictionnaires. C'est le seul endroit au monde où tout est expliqué et où ils ont la tranquillité d'esprit. Ils sont complètement sûrs de tout, là-dedans. Vous cherchez *Dieu* et vous le trouvez avec des exemples à l'appui, pour moins de doute : *être éternel, créateur et souverain, maître de l'univers (en ce sens, prend une majuscule), être supérieur à l'homme, chargé de la protection bienveillante de toutes choses vivantes*, c'est là en toutes lettres, il suffit de regarder à *D* entre *diététique* et *diffa, nom donné en Afrique du Nord à la réception des hôtes de marque, accompagnée d'un repas*. Ou un autre mot que j'aime beaucoup et dont je me délecte souvent dans mon Budé de poche que j'ai sous la main dans le taxi, *immortel, qui n'est pas sujet à la mort*, c'est un mot qui me fait toujours plaisir, il est bon de savoir que c'est là, dans le dictionnaire. C'est ce que je voudrais procurer à mademoiselle Cora et à monsieur Salomon et je pense que pour les quatre-vingt-cinq ans de ce dernier, je lui offrirai un dictionnaire.

IX

Tous les soirs à sept heures j'allais attendre Aline rue Ménil. Elle me souriait toujours en passant, comme ça, amicalement. Et puis brusquement elle a cessé de me sourire et passait à côté, le regard tout droit devant elle, comme si elle ne me voyait pas. C'était bon signe, ça voulait dire que maintenant elle faisait vraiment attention à moi. Je ne voulais pas la draguer, je laissais grandir. C'est toujours bon d'avoir quelque chose qu'on peut imaginer. Il est vrai que des fois ça monte trop haut et après on se casse la gueule. Moi j'ai souvent remarqué qu'il y a quelque chose avec la réalité qui n'est pas encore au point. Et puis un soir elle est sortie et elle est allée tout droit à moi, comme si elle savait que je serais là, qu'elle y avait pensé.

— Bonjour. Nous avons reçu un nouveau dictionnaire qui pourrait vous intéresser. Entièrement mis à jour.

Elle a souri.

— Mais évidemment, si vous ne savez pas ce que vous cherchez au juste...

— C'est normal, non? Quand on sait ce qu'on cherche, c'est déjà un peu comme si on l'avait trouvé...

— Vous êtes étudiant?

– Moi? Non. Enfin, si, comme tous et chacun... Je suis autodidacte.

J'ai rigolé pour désamorcer.

– J'ai un copain, Chuck, qui dit que je suis un autodidacte de l'angoisse.

Elle m'a bien examiné. Des pieds à la tête. Un de ces regards qui vous foutent à poil. C'est tout juste si elle ne m'a pas demandé un échantillon d'urine.

– Intéressant.

Et puis elle s'en est allée. Je suis resté là à me tortiller. Intéressant. Merde.

J'ai mal dormi et le lendemain matin je suis allé chercher monsieur Salomon pour le conduire chez son dentiste, comme convenu. Il avait pris la décision de se faire recouvrir les dents du commencement à la fin, pour faire neuf. Il m'avait expliqué qu'on faisait maintenant des jaquettes qui pouvaient durer vingt ans et même davantage, grâce aux progrès dans le domaine de la jaquette. Ce qui aurait fait à monsieur Salomon cent dix ans, quand il faudrait les changer encore. Je n'ai jamais vu un mec aussi décidé à ne pas mourir que lui. Les nouvelles jaquettes allaient lui coûter deux briques et demie et je me demandais à quoi elles pourraient lui servir, là où il était attendu. Il se fait tout sur mesure de meilleure qualité, comme s'il valait encore la peine. Quand on le voit se mettre au point devant sa glace, on dirait qu'il veut encore plaire comme un homme plaît à une femme. Il s'ajoute une grosse perle dans la cravate, pour se donner plus de valeur.

Je lui ai parlé de mademoiselle Cora, pendant qu'il se préparait.

– Ah oui, c'est vrai, j'avais oublié... Comment ça s'est passé entre vous?

– Elle m'a dit que j'ai un physique comme dans ses chansons et que je lui rappelais quelqu'un. Elle m'a fait écouter des disques où il n'y a que des malheurs populaires. C'était avant son temps, mais c'est ce qu'elle aime chanter. Les apaches, la rue de Lappe, la dernière java et une balle dans le cœur pour finir. Moi je trouve que c'était plutôt le bon temps, car ils ne devaient pas avoir beaucoup de vrais soucis pour s'inventer des trucs pareils.

Monsieur Salomon parut amusé. Il a même eu un petit rire tout content, comme si je lui avais fait plaisir. Et puis, à ma surprise, il s'est vraiment marré de bon cœur, comme je ne l'avais jamais entendu faire, après quoi il a déclaré :

— Cette pauvre Cora. Elle n'a pas changé. C'est ce que je pensais. Je ne me suis pas trompé.

C'est là que j'ai compris qu'il connaissait mademoiselle Cora bien plus qu'il ne voulait l'admettre. Je me suis souvenu qu'elle lui avait sauvé la vie comme Juif pendant les Allemands et j'aurais bien voulu comprendre pourquoi il lui en voulait, comme si ce n'était pas une chose à faire.

— Je pense que vous devriez continuer à aller la voir, mon petit Jean.

Je lui ai demandé si mademoiselle Cora avait vraiment été quelqu'un.

— Elle a été assez connue, je crois. Il n'y a rien de plus triste que la célébrité et l'adulation des foules, lorsqu'on ne les a plus. Apportez-lui donc un bouquet de fleurs, de temps en temps, ça lui fera plaisir... Tenez...

Il a pris des billets de cent francs dans son portefeuille et me les a tendus entre deux doigts.

— Ça doit être difficile pour elle. Les années passent et quand on n'a personne... Elle avait fait une jolie carrière, avec sa drôle de voix un peu rauque, un peu éraillée...

Il se tut, comme pour mieux écouter la voix de

mademoiselle Cora dans ses souvenirs, un peu rauque, un peu éraillée.

— J'ai retrouvé un de ses vieux disques, l'autre jour, aux puces. Je suis tombé dessus par hasard. Elle avait un genre à elle. Ce n'est pas facile de s'oublier, vous savez. Oui, apportez-lui des fleurs, pour l'aider à se souvenir. Elle aurait pu faire une assez jolie carrière, mais elle avait le cœur bête.

— Je ne vois pas comment on peut avoir le cœur autrement, monsieur Salomon. Quand on n'a pas le cœur bête, c'est qu'on n'a pas de cœur du tout.

Il parut surpris, et m'a observé un moment attentivement, ce qui m'a fait penser qu'il ne m'avait encore jamais remarqué vraiment.

— C'est assez juste, assez vrai, Jeannot. Mais avoir le cœur bête est une chose et avoir le cœur complètement idiot en est une autre. Un cœur idiot peut causer beaucoup de malheurs et pas seulement à soi-même... aux autres. Cela peut briser une vie ou même deux. Je l'ai fort peu connue.

— Il paraît qu'elle vous a sauvé la vie, monsieur Salomon.

— *Quoi?*

— Oui, il paraît qu'elle vous a sauvé la vie comme Juif, sous les Allemands.

Je n'aurais jamais dû dire ça, jamais. J'en ai encore froid aux fesses, quand j'y pense. J'ai cru que monsieur Salomon allait avoir une attaque. Il s'est raidi, il a eu une espèce de tremblement convulsif de la tête, et pourtant c'est un homme qui ne tremblait jamais, au contraire. Son visage est devenu gris et puis il est devenu de pierre, tellement dur que j'ai vu le moment où il n'allait plus jamais bouger, comme si j'en avais fait un monument historique. Ses sourcils s'étaient rapprochés, ses mâchoires s'étaient serrées, il avait un air d'un tel courroux implacable que je m'attendais à le voir jeter la foudre du ciel dans sa colère auguste.

— Monsieur Salomon! gueulai-je. Ne faites pas cette tête-là, vous me faites peur!

Il s'est détendu un peu et puis un peu plus et puis il a eu un rire silencieux que je n'ai pas aimé non plus car il était bien amer.

— Oui, enfin, elle raconte n'importe quoi, dit-il. Portez-lui donc des fleurs quand même.

Il se leva de son fauteuil en s'aidant un peu des deux mains mais sans trop d'effort et il fit un pas ou deux pour se détendre. Il se tenait au milieu de son grand bureau, vêtu de son costume gris à carreaux princier de Galles. Il prit son chapeau impeccable, ses gants et sa canne à pommeau d'argent à tête hippique, car monsieur Salomon était un peu turfiste. Il médita encore un moment en regardant à ses pieds.

— Enfin, ce sont là des choses qui arrivent, dit-il, et il n'a pas précisé quelles choses, car on n'en finirait plus s'il fallait énumérer toutes les choses qui peuvent arriver.

Il soupira et se tourna un peu vers la fenêtre qui donne sur le boulevard Haussmann et sur une école de danse de l'autre côté au deuxième au-dessus du coiffeur. On voyait des couples qui dansaient depuis cinquante ans, lorsque monsieur Salomon avait élu domicile ici, au début de ses grands succès dans le pantalon. Il disait qu'il était stupéfait en pensant à tout ce qui s'était passé dans le monde et ailleurs pendant ce temps-là, les dimanches exceptés, car c'était jour de fermeture. On n'entendait pas la musique, on voyait seulement les couples qui dansaient. Cette école de danse avait été créée par un Italien de Gênes que monsieur Salomon avait bien connu quand il était encore vivant, et qui s'était suicidé en 1942 pour

71

des raisons antifascistes, alors que les voisins croyaient que c'était un simple gigolo. Monsieur Salomon avait sa photo dans un cadre en argent massif sur son bureau de philatéliste, car il aurait pu avoir là un ami s'il n'y avait pas eu les événements historiques pendant lesquels il était resté quatre ans dans une cave aux Champs-Elysées comme Juif, et l'autre s'était pendu. Personne ne ressemblait moins à un antifasciste que ce monsieur Sylvio Boldini. Il était entièrement pommadé avec une raie au milieu et il aurait pu ressembler à Rudolf Valentino s'il avait été moins moche. C'était lui qui avait arrangé la cave aux Champs-Elysées pour monsieur Salomon avant de se pendre et cela avait créé entre eux des liens d'amitié et de gratitude éternels. Monsieur Salomon racontait qu'il s'habillait voyant avec des chemises roses et était plutôt petit pour un homme qui vivait des femmes, puisqu'on était formel là-dessus. Ce fut seulement plus tard qu'on découvrit qu'il était en réalité antifasciste, à cause d'une presse clandestine qu'on avait trouvée sous Vichy. Mais l'école de danse a continué par d'autres soins. On s'étonnera peut-être que je mentionne ici sa mémoire alors qu'il y a tant d'autres malheurs dans le monde qui attendent leur tour, mais il faut toujours se rappeler qu'une vie d'homme commence et finit n'importe où, c'est pourquoi il ne faut pas trop y compter.

— Il faut aller la voir, il faut aller la voir, répéta encore monsieur Salomon, distraitement, en tenant dans une main son chapeau élégant et dans l'autre ses gants et sa canne hippique, déjà tout préparé à quitter les lieux et en suivant encore des yeux les couples qui tournaient depuis cinquante ans dans l'école de danse.

Il mit son chapeau d'un geste vif et plein d'allant,

un peu sur le côté, pour plus de panache, et nous sommes sortis pour aller chez le dentiste où il allait se faire faire des jaquettes immuables et qui pouvaient ainsi lui durer toute la vie. Dans le taxi, pendant qu'il se balançait derrière, les mains et les gants posés sur la belle tête de son cheval, monsieur Salomon fit une remarque.

— Vous savez ce qu'on découvre, mon petit Jean, lorsqu'on s'apprête à voir la vieillesse poindre à l'horizon, comme ça va être bientôt mon cas?

— Monsieur Salomon, vous avez encore le temps de penser à la vieillesse.

— Il faut y penser, pour s'habituer à cette perspective. Je vais probablement — sauf imprévu — avoir quatre-vingt-cinq ans en juillet et il faut bien me faire à l'idée que la vieillesse m'attend au bout. Il paraît qu'il y a des trous de mémoire, des états de somnolence, on ne s'intéresse plus aux femmes, mais, bien sûr, c'est ce qu'on appelle la sérénité et la paix de l'esprit, il y a un bon côté.

On s'est marrés tous les deux. Moi je pense que la meilleure chose que les exterminations ont laissée aux Juifs, c'est l'humour. Comme cinéphile, je suis sûr que le cinéma aurait beaucoup perdu si les Juifs n'avaient pas été obligés de rire.

— Tu sais ce qu'on découvre en vieillissant, Jeannot?

C'était la première fois que monsieur Salomon me tutoyait et j'en ai éprouvé une vraie émotion, je ne l'avais encore jamais entendu tutoyer personne et j'aimais sentir qu'il se penchait ainsi sur moi avec amitié.

— On découvre sa jeunesse. Si je te disais que moi, ici présent, Salomon Rubinstein, je voudrais encore m'asseoir dans un jardin, ou peut-être même un square public avec peut-être des lilas

au-dessus et des mimosas autour, mais c'est facul-
tatif, et tenir tendrement une main dans la mienne,
les gens tomberaient de rire comme des mouches.

On s'est tu tous les deux, sauf que moi je n'avais
pas parlé du tout.

— Voilà pourquoi je te recommande d'aller voir
cette pauvre Cora Lamenaire de temps en temps,
dit monsieur Salomon, après avoir observé une
minute de silence. Il n'y a rien de plus triste que les
ci-devant, Jeannot. Les ci-devant, sous la Révolution
française, dont tu as peut-être entendu parler, sont
des personnes qui ne sont plus ce qu'elles étaient
auparavant. Elles ont perdu leur jeunesse, leur
beauté, leurs amours, leurs rêves et quelquefois
même leurs dents. Par exemple, une jeune femme
aimée, adulée, admirée, entourée de ferveur, qui
devient une ci-devant, on lui a tout pris et elle
devient quelqu'un d'autre, alors qu'elle est toujours
la même. Elle faisait tourner toutes les têtes, et
maintenant plus une tête ne se tourne quand elle
passe. Elle est obligée de montrer des photos de
jeunesse pour se prouver. On prononce derrière
son dos des mots terribles : il paraît qu'elle *était*
jolie, il paraît qu'elle *était* connue, il paraît qu'elle
était quelqu'un. Alors, apporte-lui des fleurs, parfois, pour qu'elle se souvienne. Il faut de la piété.

— De la pitié, vous voulez dire ?

— Non, pas du tout. De la piété. C'est ce qu'on
appelait le respect humain, jadis. La pitié diminue
toujours un peu, il y a de la condescendance. Je ne
sais pas grand-chose de cette mademoiselle Cora,
sauf qu'elle avait un faible pour les mauvais garçons et avait rendu un de mes amis très malheureux par ses amours volages, mais nous sommes
tous toujours coupables de non-assistance aux per-

sonnes en danger, et le plus souvent nous ne savons même pas de quelles personnes il s'agit, alors, lorsque nous en connaissons une, comme cette dame dont nous parlons, il faut faire son possible pour l'aider à vivre.

X

Le lendemain matin, j'ai acheté un grand bouquet de fleurs et j'y suis allé. J'ai sonné et mademoiselle Cora a crié qui est là? et quand j'ai dit que c'était moi, elle a ouvert la porte avec étonnement. Elle était encore en déshabillé et elle a refermé bien son peignoir pour la décence.

– Maurice!

– C'est Jeannot, lui dis-je en riant, elle me confondait.

Elle m'a embrassé sur les deux joues et je lui ai donné les fleurs. J'avais pris des fleurs des champs, qui font plus naturel. On entendait de la publicité à l'intérieur, elle m'a fait entrer et est allée fermer la radio. Elle était vive et bougeait comme toujours agréablement, une main sur sa hanche, même que ça faisait un peu pute, à son âge. Elle a dû être autrefois très sûre de sa féminité et ça lui est resté. C'était bizarre, quand elle se retournait, c'était alors une vieille personne. Elle souriait de plaisir à mes fleurs et elle les respira, les yeux fermés, et quand elle cachait ainsi son visage dans les fleurs, on n'aurait jamais cru qu'elle était d'avant-guerre. Le temps est une belle ordure, il vous dépiaute alors que vous êtes encore vivant, comme les tueurs de bébés phoques. J'ai pensé aux baleines exterminées, et je sais pourquoi : parce que c'est ce qu'il y a de plus gros, comme extermination. Après elle m'a regardé avec beaucoup de gaieté dans les yeux et j'ai été reconnaissant à monsieur Salomon d'avoir pensé à elle.

— Jeannot, comme c'est gentil! Il ne fallait pas, tu fais des folies!

— C'est pour vous, mademoiselle Cora, alors c'est pas une folie.

Elle m'a encore embrassé sur les deux joues et j'en ai eu les joues mouillées, mais je n'ai pas voulu avoir l'air d'effacer.

— Viens, entre.

Elle est allée mettre les fleurs dans le vase, puis elle m'a fait asseoir sur le pouf blanc que vous connaissez, à côté du poisson rouge dans un bocal.

— A quoi ça sert d'avoir un poisson rouge, mademoiselle Cora, on ne peut même pas le caresser.

Elle a ri.

— On a toujours besoin d'un plus petit que soi, Jeannot.

Il y avait sur le mur une vieille affiche. *Violettes impériales*, avec Raquel Meller.

— Tu connais? C'était une copine, Raquel. Elle aidait les jeunes, elle aussi. Tu veux un coup de cidre?

— Non, merci, pas vraiment.

Elle arrangeait les fleurs, soigneusement. Je ne sais pas pourquoi ça m'a fait penser à une mère qui coiffe ses enfants. Elle aurait dû en avoir, c'était dommage, elle aurait même pu avoir des petits-enfants au lieu d'un poisson rouge.

— Je me suis occupée de toi, tu sais. J'ai téléphoné à des amis. Ils sont intéressés.

Elle pensait que j'étais venu la voir pour ça, avec des fleurs. Il y avait une belle photo de mademoiselle Cora jeune sur l'étagère.

– Vous avez des cheveux acajou, maintenant.

– Auburn, on dit auburn, pas acajou. C'était il y a quarante-cinq ans, cette photo.

– Vous êtes encore très ressemblante.

– Il vaut mieux ne pas y penser. Ce n'est pas que j'aie peur de vieillir, il faut ce qu'il faut, je regrette seulement de ne plus pouvoir chanter. Chanter pour le public. C'est bête, parce que c'est la voix qui compte, pas le reste, et ma voix n'a pas changé du tout. Mais qu'est-ce que tu veux.

– Ça aurait pu être pire. Regardez Arletty, elle a quatre-vingts ans.

– Oui, mais elle a tellement plus de souvenirs que moi, elle a eu une longue carrière. On voit encore ses films à la télé. Elle a de quoi vivre, comme passé. J'ai eu une carrière qui a tourné court.

– Pourquoi?

– Oh, la guerre, l'occupation, tout ça. Il m'a manqué vingt ans. Piaf, à cinquante ans, c'était une gloire nationale, et quand elle est morte on lui a fait des obsèques populaires. J'y étais. Il y avait un public fou. Moi, à vingt-neuf ans, c'était fini. La poisse. Mais je vais peut-être faire un disque, il en est question. On serait plusieurs, pour essayer de faire revivre l'époque, les années trente-cinq, trente-huit, juste avant la guerre. Un truc rétro. C'est difficile de repartir à mon âge, on ne peut plus rien faire sans la pub, la télé, les photos, et sur les photos, ça se voit. C'est à la radio que j'aurais le plus de chances.

J'ai fait bof! pour minimiser, mais il n'y avait pas à discuter, ça se voyait, sur son visage, on voyait bien que les camions de la vie lui étaient passés dessus. Je prends cette expression « les camions de la vie » dans le disque bien connu de Luc Bodine, qui est certainement ce que je connais de plus vrai sur les routiers. J'ai été routier pour une compagnie de transports et on donnait souvent ce disque pour ceux qui roulent dans la nuit.

Mademoiselle Cora s'est assise sur le sofa en ramenant les jambes sous elle et elle a commencé à me faire un avenir.

— Il ne faut surtout pas être impatient, Jeannot. Ça risque de prendre du temps. Il faut un peu de chance, bien sûr, mais la chance, c'est comme une femme, il faut la désirer. Ça tombe bien, j'ai besoin de m'occuper.

J'ai failli dire une connerie. J'ai failli lui demander si elle n'avait jamais eu d'enfants. C'est la première chose qui vient à l'esprit quand on voit une dame âgée qui vit seule avec un poisson rouge. J'ai rien dit et j'ai bien écouté pendant qu'elle faisait de moi une grande vedette de l'écran et de la scène. Je ne sais pas si elle y croyait ou si c'était seulement pour que je revienne la voir. Elle voulait se racheter d'être sans intérêt pour moi. J'en ai eu mal au ventre à la sentir si coupable d'avoir plus rien à offrir. La culpabilité d'être une vieille peau qui ne présente plus d'intérêt pour personne et cherche à se faire pardonner. J'en aurais tué quelqu'un, comme les Brigades rouges, mais quelqu'un de vraiment responsable, pas une des victimes. J'étais là à cligner des yeux avec mon sourire bien connu de celui qui se fout de tout, Chuck appelle ça mon camouflage protecteur, comme les soldats qui portent des treillis couleur de la jungle pour ne pas se faire tuer. Et puis, il y avait autre chose. A la fin, après avoir fait de moi Gabin et Belmondo, elle s'est tue, elle a joué avec sa mèche, elle a ri nerveusement, et elle a dit :

— C'est fou ce que tu lui ressembles.

— A qui, mademoiselle Cora?

— A Maurice. C'est un gars que j'ai connu il y a

longtemps et pour qui j'ai fait des folies, des vraies.

– Qu'est-ce qu'il est devenu?

– Il a été fusillé à la Libération.

J'ai plus rien demandé, ça valait mieux.

Elle a encore turlupiné sa mèche.

– Sauf pour les cheveux, il était très brun, tu es plutôt vers les blonds. Moi j'ai jamais aimé que les bruns, alors tu vois tu n'as rien à craindre.

Là on a rigolé tous les deux pour la plaisanterie. C'était le moment de me tirer. Sauf que ce n'était pas le moment non plus, vu que lorsque je me suis levé pour partir, elle a paru devenir encore plus petite, dans son coin de sofa. Alors j'ai coupé la poire en deux et avant de la quitter je lui ai demandé :

– Est-ce que vous voulez sortir avec moi un soir, mademoiselle Cora? On pourrait aller au *Slush*.

Là vraiment elle m'a regardé. Je me suis amusé après à chercher son regard dans le dictionnaire et j'ai trouvé interloqué. *Interloqué : décontenancé, déconcerté, pour indiquer encore plus fort la surprise.* Elle est restée sans bouger à la porte, une main sur la mèche.

– On pourrait aller danser au *Slush*, répétai-je, et j'ai cru voir monsieur Salomon qui me faisait un petit signe d'approbation, penché sur nous de ses hauteurs augustes.

– Je suis un peu rouillée, tu sais, Jeannot. Les endroits pour jeunes... J'ai plus de soixante-cinq ans, pour ne rien te cacher.

– Mademoiselle Cora, excusez-moi, mais vous commencez à me faire chier avec votre âge. Vous parlez comme si c'était interdit aux mineurs. La personne que vous connaissez, monsieur Salomon, il va sur ses quatre-vingt-cinq ans et il vient de se faire faire des jaquettes pour ses dents, comme si rien n'était.

Elle parut intéressée.

– Il a fait ça?

– Oui. C'est un homme qui a le moral et qui ne se laisse pas faire. La prochaine fois qu'il aura besoin de nouvelles jaquettes, il aura au moins cent quinze ans. Ou cent vingt, elles peuvent durer davantage. Il s'habille avec la dernière élégance, il met chaque matin une fleur à son revers et il se fait faire des jaquettes pour avoir des dents superbes.

– Il a quelqu'un dans sa vie, peut-être?

– Ça non, il n'a que ses timbres-poste et ses cartes postales.

– C'est bien dommage.

– Il a sa sérénité.

Mademoiselle Cora parut mécontente.

– La sérénité, la sérénité, dit-elle. Ça ne vaut pas une vie à deux, surtout lorsqu'on n'est plus jeune. Enfin, s'il veut gâcher sa vie, ça le regarde.

C'était curieux de la voir de mauvaise humeur parce que monsieur Salomon avait sa sérénité et gâchait sa vie.

– Je viendrai vous chercher mercredi soir après dîner, si vous voulez bien, mademoiselle Cora.

– Tu pourrais venir dîner chez moi.

– Non, merci, je finis tard le soir. Et je vous suis très reconnaissant de ce que vous faites pour moi. Je ne sais pas si j'ai le talent qu'il faut pour devenir quelqu'un à l'écran, mais c'est toujours une bonne chose d'avoir un avenir.

– Fais-moi confiance, Jeannot. J'ai du flair pour le spectacle.

Elle a ri.

– Et pour les p'tits gars aussi. Je ne l'ai encore fait pour personne, mais toi, dès que je t'ai vu, je me suis dit : il a ce qu'il faut, celui-là.

Elle m'a donné les adresses des gens à voir. Je ne m'en suis jamais occupé, sauf bien plus tard, quand mademoiselle Cora était déjà tirée d'affaire depuis longtemps. J'ai téléphoné pour le souvenir, mais personne n'était plus là, sauf un certain monsieur Novik qui se souvenait bien d'elle, il avait été imprésario dans sa jeunesse mais avait ouvert un garage. Je ne crois pas que mademoiselle Cora ait inventé ces relations qu'elle disait avoir dans le monde du spectacle, je crois que le temps était passé beaucoup plus qu'elle ne le sentait et dans ces cas il n'y a plus de correspondant au numéro que vous avez demandé.

Nous nous sommes quittés en vrais amis, sauf que je ne savais pas pourquoi je l'avais invitée au *Slush*, c'était encore mon caractère bénévole qui exagérait, donnez-lui un doigt et il veut toute la main. Je pense que j'avais voulu manifester à mademoiselle Cora sa féminité et lui montrer que je n'avais pas honte de me montrer avec elle comme avec une nana.

XI

Je suis rentré à la piaule et j'ai grimpé dans mon pieu au deuxième étage, au-dessus de Tong qui bouquinait au rez-de-chaussée. Nous avons bâti les lits en hauteur l'un sur l'autre pour laisser plus de place ailleurs, Chuck à l'étage supérieur, moi au milieu, Tong en bas et Yoko qui vit ailleurs.

J'aime bien Chuck, ce n'est pas un salaud intégral. Quand il est là-haut, sous le plafond, avec ses longues guiboles ramenées sous le menton, sa maigreur, ses lunettes et ses cheveux qui ont toujours l'air debout sur sa tête sous l'effet de l'angoisse, on dirait une chauve-souris qui a pris des proportions. Il dit que Lepelletier a raison, à S.O.S., et qu'on souffre tous d'un excès d'informations sur nous-mêmes, comme les vieux au Cambodge qu'on élimine à coups de crosse sur la tête pour inutilité alimentaire, ou cette mère dans le journal qui a enfermé ses deux enfants pour les laisser mourir de faim et, au procès, elle a raconté qu'elle était entrée pour voir si c'était fini et il y en a un qui a encore eu la force de dire « maman ». C'est le sentimentalisme. Chuck dit qu'on devrait inventer un karaté spécial pour la sensibilité, en vue de son endurcissement protecteur, ou alors il faut se protéger par la méditation transcendantale et le détachement philosophique, qu'on appelle aussi yoga chez certaines peuplades d'Asie. Il dit que chez monsieur Salomon, ce karaté spécial d'autodéfense, c'est l'humour juif, *humour : drôlerie qui se dissimule sous un air sérieux, qui souligne avec cruauté et amertume l'absurdité du monde* et juif, qui va ensemble.

J'avais le cafard, comme chaque fois que je n'y peux rien. Je ne devrais même pas essayer, ça induit la frustration. Frustration : état de l'individu dont une tendance ou un besoin fondamental n'a pu être satisfait. Chuck dit qu'on devrait créer un Comité de Salut public, avec le roi Salomon à la tête, qui prendrait la vie en main, on en ferait une autre à la place et on mettrait de l'espoir partout. L'espoir est ce qui compte avant tout quand on est jeune, et quand on est vieux aussi, il faut pouvoir s'en souvenir. On peut tout perdre, les deux bras, les deux jambes, la vue, la parole, mais si on garde l'espoir, rien n'est perdu, on peut continuer.

Je me suis marré, et j'ai voulu revoir un film des Marx Brothers pour recharger mes batteries, mais on ne le donnait plus. Je me disais que j'aurais dû m'occuper seulement de bricolage manuel, le chauffage, la plomberie, le bien-être matériel, des choses que l'on peut dépanner et arranger avec ses mains, au lieu de me laisser gagner par l'angoisse du roi Salomon et sa façon de se pencher avec bienveillance sur l'irrémédiable. Irrémédiable, sans recours, à quoi on ne peut remédier.

Chuck est arrivé alors que je me demandais si je ne pouvais pas trouver une seule personne, une femme si possible, pour m'occuper d'elle et tout lui donner, au lieu de courir à droite et à gauche pour essayer de dépanner des gens que je ne connaissais ni d'Eve ni d'Adam. Il a jeté ses bouquins et il a grimpé sur le pieu au-dessus du mien car il aime avoir une attitude supérieure. J'avais ma tête entre ses baskets.

— Tu sens des pieds.

— C'est la vie.

— Merde.

— Qu'est-ce que tu as encore? Tu fais une de ces gueules...

— Mademoiselle Cora, tu sais? L'ancienne chanteuse? Celle que monsieur Salomon m'a recommandée chaleureusement?

— Oui, et alors?

— J'ai dû l'inviter à sortir avec moi.

— Tu n'étais pas obligé, dis donc.

— Il faut bien que quelqu'un soit obligé. Sans ça, c'est le pôle Nord.

— Le pôle Nord?

— Sans ça, c'est les glaciers, le vide et cent degrés au-dessous de zéro.

— Ça, coco, c'est *ton* problème.

— On dit toujours ça pour se désintéresser. Quand je lui ai apporté des fleurs, elle a rougi comme une jeune fille. A soixante-cinq piges, tu te rends compte! Elle avait cru que c'était moi.

— Et c'était lui?

— C'était lui. C'est sa gentillesse proverbiale.

— Celui-là, alors, comme volonté de puissance... Il se voit en Dieu le Père, il n'y a pas de doute. Bon, tu l'as invitée à sortir, et alors?

— Rien. Sauf qu'il y a un truc que je n'avais pas pigé, jusqu'à présent.

— Tiens. Et peut-on savoir ce que tu n'as pas pigé spécialement, en dehors de tout?

— Chuck, c'est pas la peine de faire de l'esprit, c'est pas ça qui manque. Je n'avais pas pigé qu'on peut être vieux et avoir vingt ans comme mentalité.

— Mais, mon pauvre coco, c'est ce qu'on appelle « la jeunesse du cœur » chez les clichés! Je me demande vr iment ce que tu lis, quand tu traînes dans les bibliothèques publiques.

— Je t'emmerde. Tu es le genre de mec qui m'aide à comprendre. Il n'y a qu'à t'écouter et prendre le contraire, on est sûr de ne pas se tromper. Toi et ton karaté, c'est des chameaux dans le désert, avec rien et personne. C'est pas mademoiselle Cora que j'ai invitée, c'est ses vingt ans. Elle a encore vingt ans quelque part. On n'a pas le droit.

Chuck a lâché un pet et Tong a sauté du lit, il a couru ouvrir la fenêtre et il a commencé à gueuler. Moi je serai toujours étonné par ce mec, après tout ce qu'il a vu au Cambodge, il a encore de la place pour s'indigner à cause d'un pet.

— Tu as eu tort de l'inviter, coco. Elle va prendre ça pour de l'espoir. Qu'est-ce que tu vas lui dire si elle essaye de coucher avec toi?

J'en ai eu les poings serrés.

— Pourquoi tu dis ça? Non mais pourquoi tu dis ça? Pourquoi tu vas toujours chercher des trucs pas possibles? Mademoiselle Cora est une personne qui a connu beaucoup de succès féminins et elle a encore envie d'être traitée comme une vraie femme, c'est tout. Tu penses bien que le cul, il y a longtemps que ça lui a passé!

— Qu'est-ce que tu en sais?

— Mais enfin ça ne va pas, non? J'ai seulement pensé que ça lui ferait plaisir de se souvenir d'elle-même, parce que les gens, quand ils se perdent de vue, qu'est-ce qui leur reste?

C'est là que Tong y a mis du sien.

— Je ne sais pas ce qui vous reste à vous, en Occident, mais nous, quand il ne nous reste plus rien, nous cherchons refuge dans notre sagesse orientale, dit-il.

Et pour un gars qui s'était fait massacrer toute sa famille dont un grand-père à coups de bâton à

Pnom Penh parce qu'il ne pouvait plus servir, c'était à pisser de rire. J'ai sauté de mon pieu et je suis allé chercher à *sagesse* dans le dictionnaire de Chuck. J'ai trouvé *sagesse : connaissance inspirée des choses divines et humaines.* Je leur ai lu ça et ça les a fait rigoler, même Tong. Il y avait aussi *parfaite connaissance des choses que l'homme peut savoir,* et c'était pas mal non plus. Il y avait *qualité, conduite de sage, calme supérieur, joints aux connaissances.* Il y avait longtemps que je ne m'étais autant marré qu'en lisant ça. J'ai même recopié pour monsieur Salomon, qui avait besoin de tout le calme supérieur qu'on pouvait trouver.

XII

Après, je suis allé au gymnase rue Caumer où j'ai tapé sur le sac jusqu'à ce qu'il ne me reste plus de bras. C'est ce que Chuck appelle l'impuissance et l'incompréhension, si ça peut lui faire plaisir de m'étudier, tant mieux. Il dit que mes rapports avec le roi Salomon sont ceux du fils avec l'absence du Père et qu'il n'avait jamais vu un mec qui avait besoin autant que moi de prêt-à-porter. Il n'a pas parlé de Dieu, mais c'est tout comme. Il faut savoir que pour ce tordu supérieur, le prêt-à-porter, c'est des vêtements déjà tout faits depuis longtemps et qu'on se refile, la famille, papa, maman, notre Père-qui-êtes-au-ciel, qu'on appelait valeurs sûres à la bourse des valeurs, et pour lui, comme j'ai rien de tout ça, je me suis attaché au roi du pantalon, faute de mieux. C'est complètement faux, vu que monsieur Salomon faisait aussi des vêtements sur mesure où chacun trouvait ce qui lui convenait. J'ai vu un de ses premiers prospectus qu'il conservait encadré pour l'amusement, lorsqu'il avait commencé à chercher ce qu'il pouvait faire pour l'humanité, et il avait eu cette idée et avait fait imprimer que *toute personne qui achèterait six pantalons aurait droit à un pantalon coupé sur mesure dans l'étoffe de son choix.* Je signale ça à cause de cette idée de Chuck sur l'impuissance, pour montrer qu'il y a toujours quelque chose à faire et que nous ne sommes pas condamnés à rester le cul nu. J'ai donc tapé sur le sac comme un enragé, ça m'a vidé et je ne me suis plus demandé pourquoi c'est ainsi et pas autrement et pourquoi il n'y a personne au numéro que vous avez demandé. Après, je suis allé voir monsieur Galmiche, l'entraîneur, qui a des yeux et un visage comme des œufs sur le plat. Il a pris sur la gueule plus que n'importe qui et quand il sourit, parce qu'il m'a en amitié, on a beau voir ça, on a peine à le croire.

— Alors, Jeannot, c'est la grande rogne aujourd'hui?

— Bof. Vous avez quel âge, monsieur Louis?

— Soixante-douze. J'ai commencé contre Marcel Thil en 1932.

— Ça fait beaucoup de coups sur la gueule.

— Les coups sur la gueule, ça fait partie de l'homme. Tu sais ce qu'il disait, Georges Carpentier?

— Qui c'était?

Il parut vexé.

— C'est le gars qui a traversé le premier l'Atlantique en avion, merde.

— Ah bon. Et qu'est-ce qu'il disait?

— Qu'au commencement il y avait les coups et que c'est comme ça que nous est venue une gueule, parce que c'est la fonction qui crée l'organe.

— Ça veut dire quoi?

Il fit un petit signe d'approbation.

— T'as raison, petit. Tu te défends bien.

— J'ai un ami qui est encore plus vieux que vous, monsieur Louis, et qui se défend lui aussi, pour garder le moral, c'est ce qu'on appelle l'humour juif. J'ai cherché dans le dictionnaire pour lui trouver du réconfort. Il doit bien y avoir quelque chose qui peut servir à aider les partants. J'ai déjà regardé à *sérénité* et à *détachement philosophique* et puis j'ai regardé à *sagesse*. Vous savez ce que j'ai trouvé?

— Dis toujours, il y a peut-être quelque chose que je n'ai pas remarqué.

— *Sagesse : connaissance inspirée des choses divines et humaines. Parfaite connaissance des choses que l'homme peut savoir. Calme supérieur joint aux connaissances.* Hein?

Monsieur Galmiche ne se fâche jamais, il a passé le cap. Il a un peu serré les mâchoires, il a sifflé du nez, enfin, de ce qui en restait.

— C'est pour ça que tu tapais comme un sourd, tout à l'heure?

— Un peu, oui.

— Tu fais bien. Il vaut mieux taper dans un sac que de foutre des bombes, comme d'autres p'tits gars de ton âge.

regarde à grande et à quelque part philosophique et puis tu regard à quelque. Vous savez ce que j'ai voulu?

— Ah non, non. Il m'a écumé un quelque chose que je n'ai pas remarqué.

— Sachez l'connaissance marquée des choses divines et humaines. Par la connaissance des choses que l'homme peut avoir, c'est le souteneur qui l'ait concupiscent. Henri

Mon chéri m'indiqua de faire jamais il a passé le cap. Il a un peu serré les simboles. Il a dit, au envoûté de ce qui en résulte.

— C'est pour ça que tu t'apais comme un soûl à tout à l'heure?

— Oui. Un peu oui.

— Tu t'as bien. Il était encore taper dans un sac chaque de l'une des bombes comme d'autres p'tit pain de ton âge.

XIII

J'ai pris une douche, je me suis rhabillé et je me
suis rendu chez monsieur Salomon pour voir s'il
était encore là. J'ai filé rapidement à côté de la loge
de monsieur Tapu, le concierge, qui ne peut pas me
blairer et ne rate jamais une occasion de sortir de
sa loge pour faire son plein de haine à mon
passage. C'est quelque chose dans mon physique,
on ne peut pas plaire à tout le monde. Je le fais
sortir et il n'y a rien à faire. J'essaye de l'éviter,
j'aime bien ne pas le voir, ça fait quand même
quelque chose de moins, mais c'est toujours ah
vous voilà! derrière mon dos et je suis bien obligé
de le rencontrer. Moi, quand je suis en présence
d'un con, d'un vrai, c'est l'émotion et le respect
parce qu'enfin on tient une explication et on sait
pourquoi. Chuck dit que si je suis tellement ému
devant la Connerie, c'est parce que je suis saisi par
le sentiment révérenciel de sacré et d'infini. Il dit
que je suis étreint par le sentiment d'éternité et il
m'a même cité un vers de Victor Hugo, *oui, je viens
dans ce temple adorer l'Eternel.* Chuck dit qu'il n'y a
pas une seule thèse sur la Connerie à la Sorbonne
et que cela explique le déclin de la pensée en
Occident.

— Alors, on vient voir le roi des Juifs?

Au début, j'essayais d'être gentil avec lui, mais ça

ne faisait que l'aggraver. Plus j'étais poli, oui monsieur Tapu, non monsieur Tapu, je ne le ferai plus, monsieur Tapu, je ne l'ai pas fait exprès, monsieur Tapu, et plus je lui manquais. Alors j'ai commencé à l'alimenter. On a toujours besoin des autres, on ne peut pas passer sa vie à se détester soi-même. Chuck dit que si les loubards n'attaquaient plus les personnes âgées, si les Juifs n'étaient plus là, si les communistes s'évaporaient et si les travailleurs immigrés étaient renvoyés chez eux, ce serait pour monsieur Tapu le désert affectif. J'avais de la peine pour lui et je faisais des trucs exprès pour le motiver, j'arrachais une baguette métallique de la moquette, je cassais une vitre ou je laissais la porte de l'ascenseur ouverte pour lui donner satisfaction. C'était un mec qui avait besoin d'assistance. Quand on a de la rancune à ne plus savoir quoi en faire ni à quoi l'accrocher et que ça devient tellement démesuré que c'est tout le système solaire, on se sent mieux quand on trouve une motivation, même si c'est seulement un mégot sur le tapis ou une porte de l'ascenseur laissée ouverte. Il avait besoin de moi, il lui fallait quelqu'un de personnel à détester, parce que sans ça c'était le monde entier et c'était trop grand. Il fallait quelqu'un et quelque chose de palpable. Un fier-à-bras qui ne lui faisait pas peur, non monsieur. Au début, quand je lui proposais de porter les ordures ou de donner un coup de main pour balayer, c'était un peu comme les ouvriers algériens qui sont doux et gentils et refusent de violer et qui se rendent ainsi coupables de non-assistance aux personnes dans leurs opinions. Quand j'ai compris que je lui manquais, je me suis mis à l'aider. J'ai commencé par pisser contre le mur dans l'escalier, à côté de sa loge. Il n'était pas là mais il m'a tout de suite reconnu. Quand je suis redescendu, il m'attendait.

– C'est vous qui avez fait ça!

– J'aurais pu dire oui c'est moi pour vous servir mais ce n'était pas assez, il avait encore besoin que je mente. J'ai remonté mon pantalon d'un geste je vous emmerde et j'ai dit :

– Vous m'avez vu? Bien sûr que non. Vous étiez pas là. Vous êtes jamais là quand on a besoin de vous!

Je lui ai fait un bras d'honneur et je suis parti. Depuis, il me considère avec satisfaction, parce qu'il sait que c'est moi qui vais assassiner monsieur Salomon pour lui voler son liquide et ses trésors philatéliques. La seule chose qui lui manque chez moi, c'est que je ne suis pas un travailleur algérien parce qu'alors ce serait la perfection. *Quand de Gaulle a balancé l'Algérie, j'ai tout de suite su ce qui allait se passer, et j'avais raison, quand on était là-bas les Algériens étaient huit millions et depuis qu'on est parti, ils sont devenus vingt millions. Vous m'avez compris. Motus, bouche cousue, parce qu'on va m'accuser de génocide, mais vingt millions, vous voyez ce que de Gaulle a fait et ce qui se prépare. Moi qui étais pour le maréchal Pétain, même que j'ai perdu un cousin dans la légion antibolchevique, je me trompe rarement.* Chuck avait essayé d'interviewer monsieur Tapu pour sa thèse sur la Connerie mais ils ne sont pas allés loin sur le magnétophone, parce que Chuck avait commencé à avoir des terreurs nocturnes et à appeler au secours, tout son karaté pour durcir sa sensibilité, ça va pas chercher loin comme art martial d'autodéfense.

Monsieur Tapu était donc là, devant sa loge, avec son béret, son mégot et son air malin et renseigné, car lorsque la Connerie éclaire le monde, on sait tout et on a tout compris. Du coup, j'ai même éprouvé une bonne chaleur amicale, parce que les cons comme monsieur Tapu, on leur doit beaucoup, c'est bon pour l'angoisse de les voir et entendre, on sait pourquoi et comment, il y a une explication régionale. J'étais là, sur la huitième marche de l'escalier et j'avais la gueule tout illuminée de compréhension, de sympathie et de sacré, j'éprouvais des sentiments révérenciels, je venais dans ce temple adorer l'éternel. Monsieur Tapu parut même inquiet, tellement j'illuminais.

– Qu'est-ce qui vous prend? me lança-t-il avec méfiance.

J'avais lu dans *V.S.D.* qu'on avait trouvé un crâne humain tout frais en Afrique qui remontait à huit millions d'années, alors ce n'est pas d'hier. Sauf que Chuck dit que la Connerie ne pouvait pas exister à l'époque parce qu'on n'avait pas l'alphabet.

Je me suis marré et monsieur Tapu s'est tordu de haine.

– Je ne vous permets pas! gueula-t-il, car il n'y a rien de pire pour eux que d'être visé par le rire.

– Excusez-moi, monsieur Tapu, vous êtes notre père et mère à tous! que je lui ai dit. Tout ce que je veux, c'est venir vous voir de temps en temps et vous contempler pour la clarté et la beauté de la chose!

Et j'ai descendu les huit marches – je dis bien huit, car après, avec la postérité historique, il y aura peut-être des doutes et des discussions là-dessus – et j'ai tendu à monsieur Tapu la main de l'amitié, vu que c'était un moment de révélation qui méritait un geste que les photographes pourraient immortaliser plus tard. Mais lui, c'était plutôt crever. Alors je suis resté là la main tendue et puis je lui ai fait comme d'habitude le bras d'honneur et je suis remonté avec le sentiment bénévole que j'avais rechargé les batteries de monsieur Tapu et j'étais content parce que ce n'est pas tous les jours qu'on peut aider un homme à vivre.

J'étais déjà au deuxième et il gueulait encore, de bas en haut, le visage et le poing levés vers moi :

— Voyou! Malfrat! Camé! Sale gauchiste!

J'étais content. C'était encore un mec qui avait besoin d'assistance.

XIV

J'ai trouvé monsieur Salomon habillé comme si c'était le grand jour. Il était vraiment fringué avec la dernière élégance, un costume qui pouvait lui servir encore cinquante ans et même davantage, si l'endroit n'était pas trop humide et suffisamment étanche. Monsieur Salomon fut content lorsqu'il vit que j'admirais le tissu.

– Je l'ai fait faire tout spécialement à Londres.

J'ai tâté.

– C'est du solide. Ça va vous durer encore cinquante ans.

C'est plus fort que moi. Je ne peux pas m'empêcher de tourner autour du pot. Dès que je me retiens de dire quelque chose d'un côté, ça sort de l'autre. J'ai essayé de me rattraper.

– Ils ont trouvé une vallée en Equateur où les gens vivent jusqu'à cent vingt ans, dis-je.

En dehors du coiffeur et de la manucure qui venaient le préparer, il y avait là encore un petit mec avec une serviette en cuir. Sur le bureau, il y avait des documents avec la signature de monsieur Salomon. Il paraît qu'il y a des personnes qui refont leur testament tout le temps, car ils ont peur d'oublier quelque chose. Je me suis toujours demandé ce que monsieur Salomon allait faire du taxi après sa mort. Il y a peut-être une loi pour les taxis qui sont laissés seuls au monde sans propriétaire. La radio a dit que l'on a trouvé un clochard à moitié bouffé dans une cabane à la campagne, mais pour les véhicules à quatre roues ils ont sûrement prévu quelque chose. J'essaye toujours de m'habituer à l'idée mais je n'y arrive jamais. Les anciens avaient des fétiches et ils apportaient des poulets et des légumes pour les amadouer, mais c'étaient des croyances. Je n'arrive pas à me faire à l'idée, et pas seulement pour les vieilles personnes et monsieur Salomon que j'aime tendrement, mais pour tous les terminus. Chuck m'explique que j'ai tort d'y penser tout le temps. Il dit que la mortalité est un truc sans issue et que c'est pas la peine. Ce n'est pas vrai. Je n'y pense pas tout le temps, au contraire, c'est la mortalité qui pense à moi tout le temps.

— Je viens d'acheter la collection Frioul, m'annonça monsieur Salomon en m'indiquant les documents et les albums sur le bureau. Elle n'a pas grande valeur sauf le cinq centimes rose de Madagascar, une pièce rarissime. Et ils ne voulaient pas le vendre séparément.

Et c'est alors que monsieur Salomon a dit quelque chose d'énorme et de vraiment royal. Vous allez croire que j'exagère mais écoutez ça :

— Pour moi les timbres-poste sont aujourd'hui la seule valeur-refuge.

Valeur-refuge. Il l'a vraiment prononcé. Il se tenait là, déjà manucuré, coiffé et taillé, très droit, avec ses quatre-vingt-quatre ans et son costume en tissu anglais spécialement fait pour durer encore cinquante, et il m'observait avec bonhomie de son regard noir de défi, tellement au-dessus de tout ça et souverain, que la mortalité ne pouvait pas se permettre. Chuck dit que c'est ce qu'on appelle dans l'armée l'action psychologique, pour faire reculer l'ennemi. Puis il est allé jusqu'au bureau, il a pris une enveloppe et il l'a levée à la lumière, pour me montrer. C'était vrai. Ça ne se discute pas. C'était bien le cinq centimes rose de Madagascar.

– Monsieur Salomon, je vous félicite.

– Mais oui, mon petit Jean, il suffit de réfléchir. Le timbre-poste est aujourd'hui la seule valeur-refuge...

Il tenait toujours l'enveloppe levée et il m'observait avec la petite lueur dans son regard noir. Chuck dit qu'avec l'humour juif, on peut même se faire arracher les dents sans douleur, c'est pourquoi les meilleurs dentistes sont juifs en Amérique. Selon lui, l'humour anglais n'est pas mal non plus comme arme d'autodéfense, c'est ce qu'on appelle les armes froides. L'humour anglais vous permet de rester un gentleman jusqu'au bout même quand on vous coupe les bras et les jambes, et que tout ce qui reste de vous c'est un gentleman. Chuck peut parler de l'humour pendant des heures parce que c'est un angoissé, lui aussi. Il dit que l'humour juif est un produit de première nécessité pour les angoissés et que peut-être monsieur Tapu n'est pas sans avoir raison quand il dit que je me suis enjuivé, parce que j'ai attrapé du roi Salomon cette angoisse qui me fait rire tout le temps.

C'est ce que j'ai fait, pendant que monsieur Salomon levait sa valeur-refuge à la lumière et la contemplait en souriant. C'était un sourire comme si ses lèvres avaient pris cette habitude il y a très longtemps et une fois pour toutes. On ne peut donc pas savoir s'il sourit maintenant ou s'il a souri il y a mille ans et qu'il a oublié de l'enlever. Il a des yeux très sombres et vifs qui ont été épargnés par la cataracte. Ils ont des lueurs de gaieté quand on les voit à la lumière et c'est ce qu'il a de plus indomptable. Il n'a pas les traits ethniques. Il a su garder tous ses cheveux et ils sont très blancs et ramenés en arrière par un peigne, et parfois une très courte barbe que le coiffeur met au point tous les jours. Il la laisse pousser un peu et puis il la coupe, ce qui le fait rajeunir. Tong, qui connaît mieux les vieillards que nous parce qu'ils ont plus de poids chez les Orientaux et qui a fini le lycée à Pnom Penh, dit que monsieur Salomon a le visage d'un grand d'Espagne dans *L'Enterrement du comte d'Orgaz* ou celui de José Maria de Heredia dans *Les Conquistadors*. Moi j'ai quitté l'école avant mais je suis sûr que monsieur Salomon ne ressemble à personne. Peut-être que si Jésus-Christ avait vécu jusqu'à un âge vénérable, en blanchissant sous le harnais, et s'il avait un nez plus court et un menton plus dur, on pourrait parler de ressemblance, allez savoir. Il portait une cravate de soie gris perle avec une perle du même ton. Il ne mettait jamais ses lunettes à l'intérieur. Dans sa boutonnière, il y avait une fleur blanche avec un bec jaune qui sortait comme un oiseau et il avait mis aussi le ruban du Mérite, qu'on lui avait donné à juste titre.

— Est-ce que le taxi est en bas, Jeannot?

J'ai horreur qu'on m'appelle Jeannot, à cause de Jeannot Lapin, ainsi qu'il y a des filles qui ne se gênent pas pour me le dire. Moi, quand il y a une fille qui me caresse les cheveux en me disant Jeannot Lapin, ça me fait débander, parce que ça fait maternel. La maternité est une belle chose, mais il faut savoir où on la met.

— Non, monsieur Salomon. J'ai fini ce matin. C'est Tong qui l'a aujourd'hui.

— Eh bien, nous allons prendre ma Citroën familiale. Peux-tu me mener rue Cambige? Je n'aime pas conduire lentement dans Paris aujourd'hui. J'avais une Bugatti, autrefois. Mais elle est devenue une pièce de musée.

Il prit ses gants et son chapeau et sa canne à

pommeau d'argent en tête de cheval. Il avait des gestes un peu brusques qui dépassaient ses intentions, pour des raisons arthritiques.

– J'aurais bien aimé retrouver ma Bugatti un jour et aller sur les routes faire un peu de vitesse. Ça me manque.

J'ai vu dans ma tête monsieur Salomon au volant d'une Bugatti à cent à l'heure, ça m'a fait plaisir de voir qu'il avait encore tous ses réflexes. On est descendu au garage et je l'ai aidé un peu à monter dans sa Citroën familiale. Monsieur Salomon n'avait pas de situation de famille mais il faisait entretenir sa Citroën très soigneusement, pour le cas. Je l'ai aidé à monter par politesse car vous pouvez me croire que monsieur Salomon est encore parfaitement capable de monter tout seul dans une voiture. Il y avait assez de place pour une femme et trois enfants. Pendant le trajet je me tournais vers lui de temps en temps, pour la compagnie. Il tenait ses gants et ses mains jointes sur le pommeau de sa canne en se balançant doucement. Il y avait toujours toutes sortes de questions que je voulais lui poser mais elles ne me venaient pas à l'esprit et restaient muettes. On ne peut pas le résumer en une question ni même en mille quand ça ne vient pas de la tête mais du cœur, là où on ne peut pas articuler. Chuck, quand il est parti quinze jours au Népal, m'a envoyé une carte postale où il avait écrit : « C'est la même chose ici », et moi je veux bien mais enfin quoi merde il y a quand même la couleur locale.

– Comment va mademoiselle Cora?

– Bien. Je l'ai invitée à danser ce soir.

Monsieur Salomon parut dubitatif.

– Il faut faire attention, Jeannot.

– Je ferai attention mais elle n'est pas tellement âgée, vous savez. Elle m'a dit qu'elle avait soixante-cinq ans et ce doit être vrai, ça ne lui servirait plus à rien de diminuer. Je la ferai danser un peu, mais je ferai attention. C'est surtout pour la compagnie. Elle m'a dit qu'elle aimait beaucoup guincher quand elle était jeune. Guincher, monsieur Salomon, ça veut dire danser.

– Je sais. Vous la voyez souvent?

– Non. Elle tient très bien le coup toute seule. C'est toujours plus dur pour les personnes qui ont été habituées aux faveurs du public que pour celles qui ne sont habituées à rien.

– Oui, dit monsieur Salomon. Votre remarque est très juste. Elle a été fort appréciée autrefois. C'était dans les années trente.

– Les années trente? Elle n'est pas aussi loin que ça.

– Elle était toute jeune alors.

– J'ai vu des photos.

– C'est très gentil de faire ça pour elle, dit monsieur Salomon en tapotant sa canne.

– Oh vous savez je ne fais pas ça pour elle. Je fais ça en général.

Du coup, il s'est éclairé. J'aime quand il s'éclaire, le roi Salomon, c'est soudain comme le soleil sur les vieilles pierres grises, et c'est la vie qui s'éveille. Je dis ça pour la chanson de monsieur Charles Trenet, où c'est « l'amour qui s'éveille ». L'amour, la vie, c'est du pareil au même, et c'est une très jolie chanson.

Monsieur Salomon me méditait.

– Vous avez un sens aigu de l'humain, mon petit, et c'est très douloureux. C'est une forme très rare de compréhension intuitive que l'on appelle également « don de sympathie ». Vous auriez fait autrefois un excellent missionnaire... au temps où on les mangeait encore.

– Je ne suis pas croyant, monsieur Salomon, soit dit sans vous offenser.

– Pas du tout, pas du tout. Et à propos de mademoiselle Cora, si vous avez des dépenses, je suis prêt à m'en charger. C'était une femme charmante et qui a été très aimée. Alors permettez-moi d'assumer tous les frais.

– Non, ça ira, monsieur Salomon. J'ai ce qu'il faut. Ça l'amusera de danser un peu, même si ce ne sont plus les mêmes danses que de son temps, quand c'était le charleston et le shimmy. J'ai vu ça dans les films muets.

– Je vois que vous avez des connaissances historiques solides, Jeannot. Mais le charleston et le shimmy c'était plutôt dans ma jeunesse. Ce n'est pas celle de mademoiselle Cora.

Je ne pouvais pas imaginer monsieur Salomon dansant le charleston et le shimmy. Dingue.

– Mademoiselle Lamenaire remonte moins loin. C'était le tango et le fox-trot.

Il hésita un peu.

– Mais soyez prudent, Jean.

– Ça ne va pas la tuer de danser un peu le jerk.

– Ce n'est pas de cela que je veux parler. Vous êtes un superbe gaillard et... supposons que moi, par exemple, je fasse la rencontre d'une charmante jeune femme qui me témoignerait de l'intérêt. Eh bien, si je me rendais soudain compte que c'est uniquement humanitaire de sa part, je serais profondément peiné. On est toujours plus vieux qu'on ne le croit mais aussi plus jeune qu'on ne le pense. Mademoiselle Cora n'a certainement pas perdu l'habitude d'être une femme. Alors vous risquez de la blesser cruellement. Supposons encore une fois que moi, par exemple, je fasse la rencontre d'une charmante jeune femme, vingt-huit, trente ans, un mètre soixante-deux, blonde, yeux bleus, douce, enjouée, aimante, sachant cuisiner, et qu'elle me témoigne de l'intérêt. Je pourrais perdre la tête et...

Il se tut. Je n'osais même pas le regarder dans le rétroviseur. L'idée du roi Salomon tombant amoureux d'une jeunesse alors qu'il n'avait presque plus rien à voir avec le commun des mortels... Je ne sais pas à quoi on doit penser quand on a quatre-vingt-quatre ans mais sûrement pas à une charmante jeune femme blonde. J'ai quand même jeté un regard dans le rétroviseur pour voir si ce n'était pas dérisoire, chez lui, mais j'ai vite baissé les yeux. Monsieur Salomon ne se moquait pas du tout de moi, de sa vieillesse, de lui-même, par désespoir. Monsieur Salomon avait l'air rêveur. Je ne peux pas vous dire l'effet que cela fait un homme déjà aussi auguste et pour ainsi dire arrivé et comme éclairé par la paix du terminus, se tenir là, les mains et les gants joints sur le pommeau de sa canne à caractère hippique, l'œil perdu, et se laissant aller à des suppositions de rencontres du troisième type.

— Donc, supposons un instant, car il faut envisager toutes les hypothèses, la vie étant riche en merveilles de toutes sortes, que cette jeune fille m'invite à danser le jerk et me témoigne un intérêt à s'y méprendre. Je ne pourrais évidemment m'empêcher de me mettre dans un état d'espoir et d'anticipation, que nous appellerons, si vous voulez bien, état sentimental. Eh bien, si cela se révélait être ensuite un intérêt d'ordre simplement humanitaire ou, pis encore, documentaire, je serais évidemment douloureusement déçu... Donc, soyez prudent avec mademoiselle Cora Lamenaire et ne lui faites pas perdre la tête. Voilà, nous sommes arrivés. C'est cet immeuble moderne.

Je l'ai aidé à descendre, sans que cela devienne de l'assistance.

XV

Je l'ai accompagné jusqu'au cinquième étage à droite, et c'est là qu'il m'a vraiment eu. Monsieur Salomon s'était arrêté devant une porte avec une plaque qui disait *Madame Jolie voyante extra-lucide sur rendez-vous seulement,* et il a sonné. J'ai d'abord essayé de croire qu'il venait se renseigner pour quelqu'un d'autre, mais non, pas du tout.

– Il paraît qu'elle ne se trompe jamais, dit-il. Nous allons bien voir. Je meurs de curiosité! Oui, je suis vraiment très curieux de savoir ce qui m'attend.

Il en avait les joues roses.

Je restais là, la gueule ouverte. Merde alors. C'est tout ce que j'arrivais à penser. Un mec de quatre-vingt-quatre piges qui va consulter une voyante pour qu'elle lui dise ce qui l'attend! Et puis je me suis souvenu tout à coup de ce qu'il m'avait dit dans sa voiture familiale, à propos de cette jeune femme blonde, douce, sachant cuisiner, et j'ai eu la chair de poule à l'idée qu'il venait peut-être consulter la voyante pour savoir s'il allait encore aimer et être aimé dans sa vie. J'ai cherché dans son œil les petites lueurs proverbiales, pour savoir si ce n'était pas de l'ironie, s'il ne se moquait pas du monde, de lui-même, de sa vieillesse ennemie. Allez savoir. Il se tenait là, vêtu de son costume pour cinquante ans, appuyé sur sa canne hippique, la tête haute, le chapeau sur l'œil, devant la porte d'une voyante extra-lucide au cinquième étage de la rue Cambige, et il y avait sur son visage une expression de défi.

— Monsieur Salomon, je suis fier de vous avoir connu. Je penserai toujours à vous avec émotion.

Il m'a mis la main sur l'épaule, et nous sommes restés ainsi un moment, émus, l'œil dans l'œil, et ça commençait même à ressembler à une minute de silence. Chuck me dit que, chez les Juifs, l'humour meurt toujours le dernier.

Monsieur Salomon a sonné encore une fois.

Il y avait beaucoup de lumière dans l'escalier à cause de la fenêtre et il avait le soleil sur le visage. Je pensais à ce portrait qu'il avait mis en reproduction, sur le mur, dans sa salle d'attente. C'est un des chefs-d'œuvre immortels de la peinture et il s'est rendu universellement connu. Il paraît que son auteur avait déjà plus de quatre-vingt-dix ans quand il s'était peint et c'est sans doute pourquoi monsieur Salomon l'avait mis dans la salle d'attente. C'était également lui qui avait fait la Joconde pour le Louvre, et une fois Chuck m'y avait traîné, pour me faire voir qu'il y avait quand même autre chose. Le visage de monsieur Salomon était gris pierre et quand il se tournait légèrement vers la porte qui ne s'ouvrait toujours pas, je ne savais plus si c'était l'obscurité ou la tristesse. La prochaine fois, je ne m'occuperai pas des vieux mais des enfants, qui ne sont jamais définitifs.

— Monsieur Salomon, vous êtes un héros de l'antiquité!

Il gardait toujours sa main sur mon épaule. C'était un geste qu'il affectionnait parce qu'il était plein d'enseignement. Je crus un instant qu'il allait me parler comme il ne m'avait encore jamais parlé ou même comme personne n'avait encore parlé à personne, comme Dieu dans cette pub lorsqu'il reproche au pêcheur d'avoir employé une lessive qui ne blanchissait pas assez et lui indiquait la bonne marque. Mais monsieur Salomon a seulement dit :

– Encore une sonnette qui ne marche pas.

Là-dessus, il donna trois grands coups de canne dans la porte.

C'était ce qu'il fallait faire et la porte s'ouvrit. Une personne africaine avec beaucoup de seins nous a fait entrer.

– Vous aviez rendez-vous ?

– Oui, dit monsieur Salomon. J'ai un rendez-vous. Votre sonnette ne marche pas.

– Attendez un moment, il y a quelqu'un.

On s'est assis. La personne africaine nous a laissés. Je me demandais comment la voyante allait s'en tirer, qu'est-ce qu'elle allait lui annoncer, alors que c'était tout vu, tout connu. Mais monsieur Salomon ne manifestait aucune inquiétude et il se tenait très droit, le chapeau et les gants sur les genoux, les mains jointes sur sa tête de cheval. Il était venu là pour savoir ce qui l'attendait, car la vie est pleine de bonnes surprises.

Je me disais qu'il avait raison, après tout, de se faire lire l'avenir, il n'y a pas que les années qui comptent, il y a aussi les mois et les petites semaines.

C'est alors que madame Jolie est entrée dans la salle d'attente. C'était une personne aux cheveux teints très noirs, tirés en arrière, et elle avait des yeux perçants, ce qui est normal chez une voyante. En apercevant monsieur Salomon, elle parut embêtée, et j'ai cru un moment qu'elle n'allait pas le prendre.

Nous nous sommes levés.

– Madame, dit monsieur Salomon d'un ton distingué.

– Monsieur...

– J'ai rendez-vous.

– Je m'en doute.

Encore une qui se permettait.

– Excusez-moi de vous dévisager ainsi, mais la première impression que l'on a de quelqu'un est, dans mon métier, très importante.

– Je comprends parfaitement.

– Entrez. Entrez.

Elle se tourna vers moi d'un air aimable.

– Monsieur attend son tour?

Merde.

– Evidemment, madame, que j'attends mon tour, nous attendons tous notre tour, mais je n'ai pas besoin de consulter pour ça et je peux aussi bien attendre dehors.

J'ai attendu quarante minutes. Quarante minutes pour prédire l'avenir d'un mec de quatre-vingt-quatre ans.

Quand il est descendu, monsieur Salomon paraissait content.

– Nous avons eu une bonne conversation.

– Qu'est-ce qu'elle a vu, pour vous?

– Elle ne m'a pas donné beaucoup de détails, parce qu'il n'y avait pas beaucoup de visibilité. Mais je n'avais pas à m'inquiéter. J'allais entrer dans une longue période de tranquillité. Auparavant, j'allais faire une rencontre... Il paraît aussi que je vais faire un grand voyage...

J'ai eu froid dans le dos et j'ai vite jeté un coup d'œil dans le rétroviseur, mais non, il avait son bon regard souriant.

– Je vais y réfléchir.

– Il ne faut pas y penser, monsieur Salomon.

– Je n'aime pas beaucoup les voyages collectifs...

– Vous pouvez partir tout seul.

– J'aimerais assez connaître les oasis du Sud tunisien...

J'ai eu un coup au cœur.

– Vous les connaîtrez, monsieur Salomon. C'est pas un problème, les oasis. Ils sont là et ils vous attendent. Vous avez encore le temps de voir tout ce que vous voulez et même tout ce que vous ne voulez pas. Je ne sais pas ce qu'elle vous a dit, cette voyante, mais moi je vous dis que vous les verrez, les oasis, un point, c'est tout. Et, le jour venu, vous trouverez toujours une place, grâce à Dieu, ce n'est pas ce qui manque. Vous pouvez même prendre une concession perpétuelle, si vous voulez, comme ça, vous n'êtes pas tenu de partir à un jour fixe. Vous pouvez partir quand ça vous prend.

– Vous croyez vraiment que le Club Méditerranée...

– Je ne sais pas si le Club Méditerranée s'occupe de ça, mais il n'a pas le monopole. Et vous n'êtes pas obligé de vous grouper. Vous pouvez partir tout seul.

Je l'ai raccompagné chez lui, j'ai mis la voiture au garage et je suis rentré à la maison. J'ai trouvé Chuck qui voulait étudier, et Yoko qui voulait jouer de l'harmonica, c'était un conflit d'intérêts, ils n'ont pu rien faire ni l'un ni l'autre et ils se sont engueulés à la place. Je leur ai fait savoir que monsieur Salomon était tellement angoissé qu'il était allé consulter une voyante, mais ça ne leur a rien fait, il faut croire qu'on ne soulève pas les mêmes montagnes, eux et moi.

J'ai pris le journal délavé qui traînait, il y avait un gros titre qui disait *J'ai vu pleurer les sauveteurs impuissants* et les vingt-cinq mille oiseaux englués

113

se sont mis encore une fois à mourir sous mes yeux en Bretagne. Ce qui m'a fait penser qu'il était presque l'heure d'aller chercher mademoiselle Cora. J'ai pris une douche, j'ai mis une chemise propre et mon blouson. De toute façon, ce n'était pas la peine d'aller en Bretagne, les oiseaux étaient foutus. Ils donnaient même les noms des condamnés, les macareux, les fulmans, les pingouins et les fous de Bassan, et d'autres espèces que je n'ai pas voulu retenir, quand on ne connaît pas les noms, ce n'est pas personnel, ça fait moins. Si je n'avais pas rencontré monsieur Salomon et mademoiselle Cora et tous les autres, j'y aurais pensé moins. Lorsque vous voyez dans la rue une très vieille personne qui n'a pour ainsi dire plus de jambes et qui fait son marché à tout petits pas raides toc toc toc, vous y pensez un moment d'une manière générale et sans vous précipiter vers elle avec votre prêt-à-porter. Je sais par exemple que les baleines vont être bientôt disparues ou que les tigres royaux du Bengale et les grands singes ne valent guère mieux, mais ça fait toujours beaucoup plus mal quand c'est chez quelqu'un que vous connaissez personnellement. Il n'y a pas de toute que si je continue ainsi comme bénévole tous azimuts avec les uns et les autres, je finirai par devenir le roi du prêt-à-porter, parce que c'est ça, la sympathie, et ça ne suffit pas, il faudrait trouver autre chose et beaucoup plus, au lieu de mourir comme des cons.

A propos du prêt-à-porter, j'ai vu l'autre jour un truc vraiment marrant, rue Baron. Ils avaient là une vieille entreprise de pompes funèbres avec des photos de cercueils de première qualité en vitrine et puis ils ont fait des travaux et qu'est-ce qu'ils ont mis à la place? Une boutique de prêt-à-porter!

C'est vous dire.

XVI

Je suis allé manger un morceau au snack et puis il était neuf heures et Tong avait fini et j'ai trouvé le taxi au garage. J'ai resquillé quelques courses jusqu'à neuf heures trente, au lieu de m'arrêter à huit, et puis j'ai mis le drapeau et je suis allé chercher mademoiselle Cora. Elle était déjà toute prête quand je suis arrivé. Je lui ai encore apporté un bouquet comme elle en avait autrefois. Il faut savoir que les fleurs jouent un rôle important dans la vie des femmes quand elle les reçoivent, mais elles jouent un rôle beaucoup plus important quand elles n'en reçoivent plus, d'abord peu à peu et puis tout à fait.

Quand j'en ai offert à mademoiselle Cora que la fleuriste de la rue Menard a choisies elle-même, elle a aussitôt enfoui son sourire dans les myosotis et avec sa taille encore féminine, quand elle avait ainsi le visage caché dans les fleurs qu'elle respirait, elle avait l'air d'une jeune fille. Elle portait une robe d'un vert foncé et une ceinture couleur d'ambre solaire, un petit bijou de son signe épinglé sur sa poitrine. Elle était poisson. Elle est restée ainsi longtemps à respirer les fleurs et je vous jure que je lui ai fait plaisir. Bien sûr quand elle a levé le visage on voyait bien que la vie était passée par là et je lui ai tout de suite pris la main pour montrer que ça n'avait pas d'importance. Je m'en foutais de l'âge qu'elle pouvait avoir, je n'y pensais pas, ça m'était égal, soixante-trois ou soixante-cinq ans, je n'avais pas à entrer là-dedans, c'est comme pour les baleines, les grands singes et les tigres royaux du Bengale, vous ne vous occupez pas de l'âge qu'ils ont pour gueuler et protester et les empêcher d'être exterminés. Je suis pour la protection des espèces dans leur ensemble, car c'est ce qui manque le plus.

La seule chose qui était pénible, c'était que mademoiselle Cora avait mis trop de produits sur son visage. Je pense que c'était à cause de ses habitudes théâtrales et pas du tout pour lutter contre son âge, mais j'étais embêté. Avec cette façon qu'elle s'était maquillée avec du rouge à lèvres gras et épais qu'elle mouillait tout le temps avec sa langue, le noir, le bleu, le blanc, surtout le bleu et le blanc sur les paupières, et avec chaque cil couvert personnellement de mascara, on risquait de se tromper sur ma profession. Ça m'a irrité de sa part. Et puis je me suis dit que ça doit être difficile pour une femme qui ne se ressemble plus et qui est devenue une autre insidieusement et si peu à peu qu'elle l'oublie et n'arrive pas à en tenir compte. Mademoiselle Cora a gardé son habitude d'être jeune et si elle s'est maquillée trop c'est comme les gens qui n'ont pas le souci du temps qu'il fait et qui s'habillent en hiver comme au printemps et attrapent la crève. J'ai eu honte. Pas à cause de mademoiselle Cora mais parce que j'avais honte. C'était son droit d'essayer de se défendre et moi j'étais un pauvre mec qui n'avait pas le courage de ses opinions.

Mademoiselle Cora s'est aperçue qu'elle m'avait étonné et elle s'est passé doucement la main sur les cheveux et le cou en souriant de plaisir. Je lui ai pris les deux mains et puis j'ai sifflé à l'américaine.

— Qu'est-ce que vous vous êtes faite belle, mademoiselle Cora!

— C'était la robe que je portais il y a un an à la télé, dit-elle. Il y avait un festival de chansons réalistes, alors ils se sont souvenus de moi.

Maintenant que j'y pense, je trouve que la radio avait raison quand elle disait de ne pas venir seul pour la marée noire mais de se mettre par groupe de trente.

Elle est allée encore une fois se regarder dans la glace pour voir si rien ne manquait.

Je me suis demandé de quoi elle vivait. Ça vous rapporte rien, les souvenirs. Elle n'a pas pu mettre de l'argent de côté pour ses vieux jours, parce que ce n'est plus possible. Pourtant, on voyait bien qu'elle ne manquait de rien.

Elle a encore eu une idée, elle est allée ouvrir un placard et elle s'est mis autour du cou une écharpe ambre solaire.

— On prend ma voiture?

— J'ai mon taxi, mademoiselle Cora. C'est pas la peine.

Dans la voiture elle a continué à se souvenir. Elle avait commencé à seize ans dans les bals musettes. C'était l'accordéon. Son père tenait un petit bistro, du côté de la Bastille. Il l'avait vendu quand sa mère l'avait plaqué.

— Elle était habilleuse au Casino de Paris. Je traînais tout le temps dans les coulisses, je devais avoir dix ans. C'était vraiment la grande époque, on ne reverra plus jamais ça. Il y avait Joséphine Baker, Maurice Chevalier, Mistinguett...

Et elle a ri et puis elle a commencé à chanter :

Je savais que c'était seulement pour mon information historique, sauf qu'elle me jetait un coup d'œil de temps en temps, et quand elle a fini, elle a gardé ses yeux sur moi, comme si je lui rappelais quelqu'un à cause de mon physique populaire, et puis elle a soupiré et je ne savais vraiment pas ce qu'on dit dans ces cas-là. J'ai appuyé sur l'accélérateur et je lui ai parlé de la marée noire en Bretagne pour occuper son attention ailleurs.

— C'est la plus grande cochonnerie écologique qui pouvait nous arriver, mademoiselle Cora. Un coup terrible pour la vie marine... Les huîtres sont en train de crever comme des mouches. Les oiseaux avaient là-bas des sanctuaires. Vous savez, les sanctuaires, là il ne peut rien vous arriver. Eh bien il y en a plus de vingt-cinq mille qui ont été englués dans la marée noire...

Je pensais que ça allait l'aider à ne pas penser à elle-même.

— Il y a des catastrophes écologiques qu'on ne peut pas éviter et alors on doit tout faire pour éviter celles qui sont possibles. Des fois, c'est comme ça et pas autrement, c'est la loi, on n'y peut rien, mais là-bas, au moins, il y avait quelque chose qu'on pouvait éviter.

— Oui, c'est tellement triste, tous ces oiseaux, dit-elle.

— Et les poissons.

— Oui, et les poissons aussi.

— J'ai un ami africain, Yoko, qui explique toujours qu'on ne pense jamais assez au malheur des autres, ce qui fait qu'on n'est jamais content.

Elle parut étonnée.

— Comment ça? Je ne comprends pas très bien.

On est content quand on pense au malheur des autres? Dites-moi, il ne me plaît pas du tout, votre ami. Ça vole bas.

– Mais non. Quand vous pensez à toutes les autres espèces menacées, vous vous sentez moins malheureux pour votre compte personnel.

Elle ne semblait pas convaincue.

– Ça va chercher un peu loin, comme raisonnement.

– Bien sûr que ça va chercher loin, mais on ne peut pas se faire du souci seulement pour son propre compte, parce qu'alors on deviendrait vraiment dingue. Lorsque vous pensez au Cambodge, et à des choses comme ça, vous pensez moins à vous-même. Quand on ne pense pas assez aux autres, on pense trop à son propre cas, mademoiselle Cora.

Je me suis tu, je me demandais ce que je faisais là avec cette bonne femme qui en était encore à elle-même et ne se rendait pas compte de l'étendue du désastre. Je me suis donc fermé et je regardais droit devant moi et ce n'était pas possible non plus, c'était comme si on n'avait rien à se dire. Et puis je lui ai jeté un coup d'œil pour voir si on se comprenait mais j'ai tout de suite vu qu'on ne se comprenait pas, mademoiselle Cora me souriait si gaiement et avec un tel air de fête que du coup je me suis senti bien moi aussi, je n'avais pas perdu mon temps et je ne m'étais même pas mis en groupe de trente. On a rigolé tous les deux, parce qu'on se faisait plaisir.

– Alors, mademoiselle Cora?

– Alors, mon petit Jeannot?

On a encore rigolé tous les deux.

– Mademoiselle Cora, vous savez pourquoi un héron lève toujours une jambe en l'air lorsqu'il se tient debout?

– Non, pourquoi?

– Parce que s'il lève les deux jambes, il se casse la gueule.

Elle a eu le fou rire. Elle s'était penchée, elle avait mis la main sur son cœur, tellement elle riait.

– Et vous savez pourquoi on ferme toujours un œil lorsqu'on vise?

Elle secoua la tête, elle ne pouvait pas parler, tellement c'était drôle d'avance.

– Parce que si on ferme les deux yeux, on ne voit plus rien.

Là alors elle n'en pouvait plus. Elle en pleurait, tellement elle riait. Et moi qui pensais il y a un moment encore qu'on n'avait rien à se dire!

XVII

Le *Slush* est un endroit où je vais une fois par
semaine quand ce n'est pas plus et j'y connais tout
le monde. Il y a des tas d'endroits comme ça
partout et j'aurais mieux fait d'en choisir un où je
n'étais pas connu. Ça m'était égal de me faire
sourire dessus parce que je venais là avec une
personne qui aurait pu être ma mère et même plus,
c'était plutôt pour mademoiselle Cora que j'étais
embêté. Elle avait pris mon bras et elle s'est serrée
un peu contre moi et il y a eu tout de suite une
paumée au bar, la Cathy, qui a eu justement le
sourire en question dont je vous parle. Cette conne
était perchée sur un tabouret avec des mines de
pute, alors qu'elle travaille à la boulangerie de son
père, rue de Ponthieu. Elle a tellement reluqué
mademoiselle Cora des pieds à la tête quand on est
passé que ça aurait mérité une baffe, si j'étais son
père. Elle a vraiment reluqué mademoiselle Cora
comme si c'était interdit au-dessus de soixante ans
et je me suis senti comme si j'entrais dans un
sex-hop à l'envers. J'avais sauté Cathy peut-être
trois ou quatre fois mais ce n'était pas une raison
pour se comporter. On n'avait pas encore fini de
passer, quand elle s'est tournée vers Carlos qui
tient le bar et elle lui a murmuré des choses en
nous suivant des yeux. Il y a des expressions

dégueulasses comme « une tante de province » qu'on ne peut pas tolérer et c'était comme si je l'avais entendue.

– Excusez-moi, mademoiselle Cora.

Je l'ai décollée un peu et je me suis approché de Cathy.

– Ça ne va pas, non?

– Mais... qu'est-ce qui te prend?

– Oh ça va.

– Non mais dis donc!

– Je t'en foutrais, moi, une tarte de province!

Carlos se marrait et il y avait encore au bar deux ou trois mecquetons qui n'en étaient pas loin. J'aurais pu leur casser la gueule à tous, tellement je me sentais.

Ils ont cessé de rigoler, ils voyaient bien que j'avais besoin de quelqu'un, que je n'avais personne et qu'ils auraient pu faire l'affaire.

– Faut pas être vacharde, Cathy.

Je ne lui ai pas laissé le temps de répondre, quand on commence à se répondre, ce n'est jamais fini. J'ai rejoint mademoiselle Cora qui regardait l'affiche des Sex Pistols sur le mur des toilettes.

– Excusez-moi, mademoiselle Cora.

– C'est une amie?

– Non pas du tout, on a seulement couché ensemble. Par ici.

– Je ne comprends plus les jeunes. Vous n'êtes plus les mêmes. On dirait qu'il n'y a plus de tremblements de terre, pour vous.

– C'est à cause de la pilule.

– C'est bien dommage.

– On ne va pas regretter les tremblements de terre, mademoiselle Cora.

Je l'ai mise au fond de la salle dans un coin, mais à la table voisine on a tout de suite commencé à chuchoter en regardant mademoiselle Cora.

– Je crois qu'elles m'ont reconnue, dit-elle.

– Vous vous êtes arrêtée de chanter quand, mademoiselle Cora?

– Oh, on m'a encore vue à la télévision il y a dix-huit mois, dans le festival de la chanson réaliste. J'ai aussi fait un gala à Béziers, il y a deux ans. Je pense d'ailleurs que la chanson réaliste va revenir.

Je lui ai pris la main. Ce n'était pas personnel mais on ne peut pas prendre la main du monde entier.

Les trois nanas à la table voisine devaient se dire que j'étais avec mademoiselle Cora pour gagner ma vie, c'est la première chose qui vous vient à l'esprit quand on n'en a pas. On avait l'habitude de me voir là avec des mômes plutôt jolies et j'étais content pour mademoiselle Cora, parce qu'elle avait pris ainsi une bonne place. Je me suis répandu sur la banquette comme un seigneur et j'ai passé un bras autour de ses épaules. Elle s'est dégagée discrètement.

– Il ne faut pas, Jeannot. On nous regarde.

– Mademoiselle Cora... Il y avait une vedette de cinéma qui s'appelait Cora. Cora Lapercerie.

– Mon Dieu, mais comment sais-tu cela? C'était il y a très longtemps, bien avant ta naissance.

– C'est pas une raison pour l'oublier. Si je pouvais, je me souviendrais de tout le monde, de tous les gens qui ont jamais vécu. C'est déjà assez vache sans ça.

– Sans quoi?

– Sans qu'on vous oublie.

– Mon vrai nom était Coraline Kermody. Mais je l'ai changé en Lamenaire.

– Pourquoi? C'est un joli nom, Kermody.

– Parce que ça sonne comme « cœur maudit » et

123

mon père le répétait tout le temps, quand j'étais petite, à cause de ses ennuis de ce côté-là.

– Il était malade du cœur?

– Non, mais ma mère n'a fait que le tromper et puis elle l'a quitté tout à fait. Il disait que c'était un nom prédestiné, Kermody. J'avais dix ans. Il se saoulait et il restait devant la bouteille à taper sur la table et à répéter « cœur maudit », « cœur maudit ». Ça m'a marquée. Je me suis dit qu'il y avait peut-être un mauvais sort sur nous, à cause de notre nom. Alors je me suis fait appeler Cora Lamenaire.

– Eh bien, vous auriez dû vous faire appeler Durand ou Dupont.

– Pourquoi donc?

– Parce que c'est la même chose pour tout le monde, et Kermody ou Dupont, ou Durand, c'est du pareil au même. Il y avait un film formidable de Fritz Lang à la cinémathèque, *Le Maudit*.

– C'est un film d'amour?

– Non, au contraire. Ça ne fend pas le cœur du tout. Mais ça revient au même. Moins on parle du cœur, mademoiselle Cora, et plus on dit tout ce qu'il y a à dire sur la question, quand vous voyez ce qui se passe. Il y a des choses qui brillent tellement par leur absence que le soleil peut aller se cacher. Je ne sais pas si vous avez vu cette photo du chasseur canadien qui lève son gourdin et le bébé phoque qui le regarde et attend le coup? Vous savez, le sentimentalisme?

Alors là elle a fait quelque chose qui m'aurait fait rougir s'il n'y avait pas eu autant de bruit qui diminuait tout. Elle a pris ma main et l'a portée à ses lèvres, elle l'a baisée, et puis elle l'a gardée contre sa joue. Heureusement que le disque était *Love me so sweet* de Stig Welder et on ne peut pas faire mieux pour l'émotion que ce disque-là, vu que la grosse caisse tape si fort qu'on ne peut ni penser ni sentir. Mademoiselle Cora gardait toujours ma main contre sa joue mais la seule chose que j'entendais c'était la grosse caisse. Celle de Stig Welder et pas la mienne.

– Mademoiselle Cora, si jamais j'arrive à me faire un nom, je vais me faire appeler Kermody. Marcel Kermody. Ça fait tête d'affiche.

– Et pourquoi pas Jean?

– Parce que ça finit toujours par faire Jeannot Lapin.

Les lumières au *Slush* changent sans arrêt et on était tantôt dans le bleu, tantôt dans le violet, tantôt dans le vert, tantôt dans le rouge et mademoiselle Cora n'était plus seule là-dedans à avoir un visage tout couleurs, à cause du maquillage. Elle en avait trop mis. Un garçon est venu prendre la commande, elle a demandé du champagne sans hésiter et le garçon m'a regardé comme s'il voulait savoir ce que j'en pensais. Je lui ai cligné de l'œil avec un sourire du genre ce n'est pas moi qui paye, mon pote, et on s'est retrouvés avec une bouteille de Cordon rouge dans un seau de glace et c'était tout ce qu'il me fallait. Il y avait au moins la moitié des mecs et des nanas qui me connaissaient, là-dedans. C'est comme si je les entendais. Alors Jeannot, t'as trouvé un filon, à ce qu'il paraît. Ah je vous jure.

J'ai ôté mon blouson, tellement il faisait chaud. Je ne fume pas et j'ai voulu prendre une cigarette dans le paquet de mademoiselle Cora mais elle en a pris une, elle l'a allumée, elle me l'a placée entre les lèvres et ça m'était égal mais à soixante-cinq piges, c'est pas à faire. C'était le champagne.

– Ne crois pas que je t'ai oublié, Jeannot. Je m'occupe de toi. J'ai téléphoné à des producteurs et à des agents, je connais encore beaucoup de monde...

Ce qu'elle essayait de me dire c'est que je ne perdais pas mon temps avec elle. Elle ne s'arrêtait pas de me parler de mon physique, j'avais juste le magnétisme animal qui manquait au cinéma français. Elle ne s'arrêtait pas, et comme toutes les tables étaient les unes sur les autres, elle avait un public. Moi je m'en fous d'être comique, mais ce n'est pas du tout la même chose que d'être ridicule.

— Mademoiselle Cora, je ne vous demande rien.

— Je sais, mais il n'y a rien de plus beau que d'aider quelqu'un à réussir. Je comprends tellement Piaf qui a tant fait pour Montand et Aznavour.

Elle avait une belle voix, mademoiselle Cora. Un peu éraillée sur les bords. Elle a dû être sensuelle. Je la regardais attentivement pour essayer de l'imaginer. Elle a dû avoir un petit visage gavroche avec des taches de rousseur et des traits fins et un peu drôles et une mèche de môme sur le front. La voix n'a pas dû changer beaucoup, gaie, émerveillée, comme si elle s'étonnait de tout et que la vie était pleine de surprises. Elle a dû être ce qu'on appelle un petit bout de femme.

— Tu ne t'ennuies pas trop avec moi? Tu parais rêveur.

— Mais non, mademoiselle Cora, c'est seulement à cause du boucan. Avec le disco, c'est toujours la grosse caisse. Tous ces boum boum boum, ça finit par faire mal. Si on allait dans un bistrot tranquille?

— J'ai fait mon plein de tranquillité, Jeannot. Ça fait trente ans que je suis tranquille.

— Pourquoi vous vous êtes arrêtée si tôt, mademoiselle Cora? Il y a trente ans, vous étiez encore jeune.

Elle a hésité un peu.

– Oh, et puis, ce n'est pas un secret. Il y a longtemps qu'on n'en a plus parlé, c'est oublié, et c'est tant mieux, même si cela veut dire que j'ai été oubliée avec tout le reste...

Elle but un peu de champagne.

– J'ai chanté sous l'occupation, voilà.

– Et alors? Ils ont tous fait ça. Il y a même eu un film il y a quelque temps, avec des grandes vedettes.

– Oui, mais moi je n'étais pas une grande vedette. Alors on m'a particulièrement soignée. Ça n'a pas duré longtemps, deux ou trois ans, mais après j'ai eu la tuberculose... et ça a fait encore trois ans de tranquillité. Et depuis, ça ne fait pas loin de trente ans qu'on me laisse tranquille.

Elle a ri et moi aussi, pour minimiser.

– Heureusement que j'ai de quoi vivre.

Elle parlait du matériel.

– Il faut prendre les choses du bon côté, mademoiselle Cora, sauf qu'on ne sait pas toujours lequel c'est. Ça ne se voit pas très bien.

– Ne m'appelle pas mademoiselle Cora tout le temps, appelle-moi Cora tout court.

Elle but encore du champagne.

– Je n'ai jamais eu beaucoup de chance en amour...

Là je ne voulais pas m'en mêler.

– En 1941 j'étais devenue complètement folle d'un voyou. J'ai chanté dans une boîte rue de Lappe et c'était lui le gérant. Il y avait trois filles qui faisaient le trottoir pour lui et je le savais bien mais qu'est-ce que tu veux...

– Kermody!

Elle eut un tout petit rire bref, comme un cri d'oiseau.

– Oui. Kermody. On se fait de la poésie avec

n'importe quoi, et comme moi j'étais dans la chanson réaliste... Monsieur Francis Carco m'en a écrit plusieurs. Alors ce gars-là, avec sa petite gueule d'apache et ses airs de dur... Monsieur Francis Carco qui venait là parfois me disait de faire gaffe, qu'il fallait pas confondre... Mais moi j'ai confondu, et comme il travaillait pour Bony et Lafont et qu'ils ont tous été fusillés à la Libération, ça n'a pas arrangé les choses. Donne-moi encore du champagne.

Elle a bu, et puis elle m'a oublié. Je voyais bien qu'elle était perdue dans ses chansons réalistes, malgré la grosse caisse, et puis elle s'est tournée vers moi et m'a lancé :

— J'ai été beaucoup aimée, tu sais.

Elle m'avait envoyé ça d'un air accusateur, comme si j'y étais pour quelque chose.

Elle posa son verre.

— Fais-moi danser.

C'était un slow, et elle s'est tout de suite collée à moi, mais j'ai vu qu'elle fermait les yeux et je n'y étais pour rien, là-dedans. J'ai bien serré sa taille pour l'aider à se souvenir. C'était le *Get it green* de Ron Fisk et les projecteurs ont pris la couleur pour souligner et on était tous verts. Le gars qui dirige l'ambiance au *Slush*, et qui à mon avis est le meilleur de son genre, s'appelle Zadiz et on l'appelle Zad. Il a un collant avec un squelette phosphorescent et une tête de mort sur la visage sous un chapeau claque mais dans la vie ordinaire il a une femme et trois enfants. Il cache ça, parce que c'est mauvais pour sa réputation. *Punk* veut dire petite frappe en anglais et c'est un truc qui se veut au-delà de tout, là où il n'y a plus rien qui compte et il n'y a plus de sensibilité. C'est comme les intouchables en Inde, là où rien ne peut les toucher. C'est ce que Chuck appelle le dépassement et le stoïcisme, quand on se fout de tout, et c'est pourquoi il y a toujours au *Slush* des mecs qui se foutent des croix gammées et des trucs nazis. Zad fait dire qu'il a des putes qui travaillent pour lui et qu'il a fait de la tôle, mais je l'ai vu une fois aux Tuileries avec son plus jeune fils sur le dos et ses deux autres enfants à la main et il a fait celui qui ne me reconnaissait pas. Moi aussi je rêve parfois d'être une vraie ordure, là où on ne sent plus rien. Il y en a qui tueraient père et mère pour se débarrasser d'eux-mêmes, pour la désensibilisation. Marcel Kermody, c'est le nom que je vais prendre à la première occasion. J'aimerais bien être acteur parce qu'on vous prend tout le temps pour quelqu'un d'autre et vous vivez caché à l'intérieur. Quand vous devenez Belmondo, Delon ou Montand, pour ne parler que des vivants, vous avez vraiment droit à l'anonymat, surtout quand vous avez du talent et que vous savez faire Belmondo, Delon ou Montand. Chuck hausse les épaules, pour lui, tout ça, c'est des tentatives de fuite qui ne servent à rien, parce que la vie court toujours plus vite que vous.

Mademoiselle Cora avait la tête sur mon épaule et je la tenais bien tendrement dans mes bras et même si ce gars était une vraie ordure et qu'on a dû le fusiller, c'était il y a trente ans, et si je pouvais l'aider à se souvenir il n'y avait pas de raison de l'en priver. Mais c'est alors que Zad a mis *See Red* et la lumière a viré au rouge et mademoiselle Cora est vraiment partie. C'est ce qu'on fait de plus rapide comme rythme et elle a commencé à sauter et à tourner et à claquer les doigts, les yeux fermés en souriant de plaisir, et au lieu de se souvenir d'elle-même et de son jules, elle s'est oubliée complètement. Je ne sais pas si c'était le champagne ou la musique ou si elle avait brusquement décidé de rattraper ses trente ans de tranquillité ou tout à la fois, mais elle est vraiment partie comme une toupie. Ça n'avait pas plus de vingt ans autour d'elle mais je ne pouvais quand même pas l'empêcher. Ça n'aurait pas été plus loin que des regards et des sourires, si ce salaud de Zad, pour justifier sa réputation, ne lui avait pas donné le projecteur. Il m'a juré plus tard que ce n'était pas par vacherie mais qu'il l'avait reconnue, il collectionnait les vieux disques et il l'avait vue à la télé dans le festival réaliste et il avait voulu lui donner la vedette, mais je suis sûr qu'il avait fait ça pour justifier sa réputation d'enculé de première bourre. Il a donc donné le spot à mademoiselle Cora, un rond de lumière blanche en pleine gueule. J'ai d'abord espéré qu'il allait s'arrêter mais, avec le champagne, les souvenirs d'admiration et trente ans de tranquillité derrière elle, quand elle a senti le projecteur et que les autres se sont peu à peu écartés pour la regarder, elle a dû vraiment croire qu'elle tenait la scène et c'est un truc qui doit être plus fort que tout, quand ça vous reprend. Elle avait mis une main sur son ventre, levait l'autre en faisant de castagnettes, genre ollé ollé, et je ne sais pas du tout ce qu'elle dansait, si c'était le flamenco ou le paso doble ou le tango ou la rumba, et elle ne devait pas le savoir elle-même, mais elle a commencé à rouler des hanches et à tortiller du croupion, et c'était la pire chose qui pouvait lui arriver à son âge et c'est encore pire quand vous ne savez pas que ça vous arrive. C'était de la cruauté envers les animaux. Il y en avait qui commençaient à rigoler autour mais pas méchamment, seulement pour se défendre. Et ce n'est pas tout. Brusquement, elle s'est tournée vers Zad et lui a fait signe et ce salaud-là a tout de suite compris et il a arrêté le disque, heureux comme un roi de la merde quand il peut faire le plein. C'est à ce moment-là que j'ai entendu un mec à côté de moi, qui m'a lancé :

– Tu devrais lui dire qu'elle charrie, ta grand-mère.

Je me suis tourné vers lui pour lui en balancer une mais c'est là que j'ai entendu la voix de mademoiselle Cora au micro :

– Je dédie cette chanson à Marcel Kermody.

Ça m'a paralysé. Je n'étais pas encore Marcel Kermody et il n'y avait qu'elle et moi à le savoir, mais j'ai eu tous les muscles qui se sont bloqués, et c'est ce qu'on appelle une statue de sel.

Mademoiselle Cora tenait le micro à queue et Zad avait sauté au piano. J'avais un sourire moqueur aux lèvres, c'est toujours ce que je fais quand il n'y a rien à faire.

> Avec des gestes de gamine
> Elle vendait des mandarines
> Et dans les rues de Buenos Aires...

Je ne sais pas combien de temps elle a duré, cette chanson. Ça n'a pas dû durer autant que je le croyais parce que dans ces cas-là le temps nous fait des entourloupettes. Dans les trente ans, quoi.

> Prenez mes mandarines
> Elles vous plairont beaucoup
> Car elles ont la peau fine
> Et de jolis pépins au bout...

En chantant « jolis pépins au bout », mademoiselle Cora faisait le geste de les effleurer, ses pépins.

Le connard à polo jaune à côté de moi a remis ça à mon intention.

– Ras-le-bol! On veut danser!

– Faut pas déranger les artistes, que je lui ai dit. Tu perdras rien pour attendre. Je te ferai danser après.

Il a fait un pas vers moi. Sa nana qui avait deux fois plus de niches que de coutume l'a retenu.

– Je veux pas t'empêcher de gagner ta vie, mecqueton, me dit-il. Mais va le faire ailleurs.

J'avais tellement envie de lui abîmer l'œil que j'étais même content de me retenir. On jouit toujours mieux en se retenant.

Mademoiselle Cora a fini et elle a eu droit à des applaudissements de bon cœur. On allait pouvoir danser, quoi. Zad lui-même devait craindre qu'elle ne recommence, parce qu'il a vite remis le disque et il a invité mademoiselle Cora à danser. Ils avaient payé quarante francs pour entrer et pas pour l'aider à se souvenir.

Il avait mis l'ambiance au vert et on ne le voyait pas du tout, seulement son squelette phosphorescent et son chapeau claque pendant qu'il dansait avec mademoiselle Cora, en la tenant fortement dans ses bras pour qu'elle n'aille pas encore faire la vedette.

Mademoiselle Cora avait le cœur en fête. Elle avait rejeté la tête en arrière et fermait les yeux en chantonnant et ce salaud de Zad penchait sur elle son squelette phosphorescent et sa tête de mort sous son chapeau claque. Eron Fisk gueulait *Get it green!* de sa voix d'*anschluss*. Je ne sais pas ce que le mot *anschluss* signifie et le garde comme ça soigneusement sans le savoir pour l'utiliser, quand c'est quelque chose qui n'a pas de nom.

Je suis allé au bar et je me suis tapé deux vodkas et puis j'ai vu du coin de l'œil que Zad ramenait mademoiselle Cora à la table et même qu'il lui baisait la main pour montrer qu'il connaissait les bonnes manières qui s'étaient perdues. J'ai rappliqué vite, c'était à moi de ramasser. Mademoiselle Cora était debout et vidait le reste du champagne.

– Allez, mademoiselle Cora, ça suffit comme ça, maintenant on rentre.

Elle se balançait doucement et j'ai dû la soutenir.

– Est-ce qu'on ne pourrait pas aller quelque part où on danse la java?

– Je ne sais pas où on danse la java et je ne veux même pas le savoir.

J'ai fait des signes au garçon et quand il est arrivé, elle a voulu payer. Moi je ne voulais pas, mais il n'y avait rien à faire. Elle y tenait, et j'ai encore compris qu'elle me prenait pour l'autre. Elle avait dû prendre l'habitude de payer pour cette frappe qu'elle avait aimée et elle tenait à payer à sa mémoire. Je l'ai laissé faire, à la fin, je ne voulais pas la priver.

– J'ai la tête qui tourne...

Je lui ai pris le bras et on s'est dirigés vers la sortie. En passant près du micro elle a ralenti avec un sourire d'enfant coupable mais je l'ai retenue et ouf! on était dehors. Je l'ai fait monter dans le taxi.

– Excusez, mademoiselle Cora, j'ai oublié quelque chose.

Je suis revenu à l'intérieur et je me suis frayé un chemin parmi les danseurs, en jouant des coudes, jusqu'au « tu devrais lui dire qu'elle charrie, ta grand-mère » et « j' veux pas t'empêcher de gagner ta vie mais va le faire ailleurs ». Le gars était ce qu'on fait de mieux dans mon genre, costaud, narquois, gueule à toute épreuve et même blond, comme moi, et ça m'a vraiment mis en forme, cette ressemblance, ça faisait deux comptes de réglés. Il a essayé de me cueillir le premier mais je lui ai allongé un tel flambard dans l'œil que depuis, quand je cogne, je n'ai jamais autant de plaisir, on ne vit qu'une fois.

J'ai quand même pris quelques gnons parce qu'il avait un copain qui nous venait du Maghreb et ça m'a gêné pour cogner, je ne suis pas raciste. En France, on ne doit taper que sur des Français, si on veut être correct.

Quand j'ai été pour sortir, j'ai vu que mademoiselle Cora n'était pas restée dans le taxi, elle était revenue et elle essayait de reprendre le micro et Zad l'en empêchait et le patron s'était dérangé lui aussi et la tenait par-derrière. Bon, elle avait bu toute la bouteille à elle seule mais ce n'était pas seulement ça, c'était aussi toute sa vie qui la reprenait, c'était plus fort qu'elle. Et ça m'a fait un tel effet que je n'ai plus eu honte du tout. Et puis quand on a bien cassé la gueule à quelqu'un, on se sent toujours meilleur. Zad tenait le micro éloigné du bout du bras et le patron, Benno, tirait mademoiselle Cora vers la porte et tout le monde sur la piste rigolait, parce que c'est un monde comme ça et une piste comme ça. Un vrai gala de charité, quoi. J'ai eu la vraie forme. Je me suis approché et Zad m'a jeté sans se gêner pour mademoiselle Cora :

— Veux-tu me sortir ta Fréhel d'ici, ça suffit comme ça.

Je lui ai mis gentiment la main sur l'épaule.

— Laisse-la chanter encore une fois.

— Ah non, c'est pas radio-crochet ici, merde!

Je me suis tourné vers Benno et je lui ai mis mon poing sous le nez et il a tout de suite été pour le compromis historique.

— Bien, qu'elle chante encore une fois et puis vous foutez le camp et tu ne remets plus les pieds ici.

Il a annoncé lui-même :

– A la demande générale, pour la dernière fois, la grande vedette de la chanson...

Il s'est tourné vers moi. Je lui ai soufflé le nom.

Zad s'est penché dans le micro :

– Cora Lamenaire!

Il y eut des hou! hou! mais ils applaudissaient plus qu'autre chose, surtout les filles, qui étaient les plus gênées pour elle.

Mademoiselle Cora a pris le micro.

On lui a mis le projecteur et Zad s'est placé derrière. Il s'était découvert, le chapeau claque contre son cœur, et il se tenait tête baissée derrière mademoiselle Cora, comme pour saluer sa mémoire.

– Je vais chanter une chanson pour quelqu'un qui est là...

Il y eut encore des hou et des sifflets et des applaudissements mais c'était plutôt pour chahuter qu'autre chose. Ils ne connaissaient Cora Lamenaire ni d'Eve ni d'Adam, alors ils devaient se dire que c'était peut-être quelqu'un de connu. Il y a bien eu un gars qui a gueulé :

– On veut de Funès! On veut de Funès!

Et un autre qui a gueulé :

– Remboursez! Remboursez! mais ils se sont fait couvrir par des chuts et mademoiselle Cora a commencé à chanter et il faut dire que la voix était ce qu'elle avait de mieux :

Si tu t'imagines
Fillette fillette
Si tu t'imagines
Qu' ça va qu' ça va qu' ça
Va durer toujours
La saison des a

La saison des a
Saison des amours
Ce que tu te gourres
Fillette fillette
Ce que tu te gourres...

Il y eut le grand silence cette fois. Elle avait le spot blanc sur le visage, mademoiselle Cora, on la voyait dans tous ses détails, elle avait vraiment de l'autorité, quoi. Des années et des années de métier, ça ne se perd pas. J'étais à côté du gros Benno qui suait et s'essuyait et Zad penchait son squelette sur mademoiselle Cora, un peu au-dessus, en arrière. Alors mademoiselle Cora s'est tournée vers moi et elle a tendu la main dans ma direction et quand j'ai entendu la suite, tout ce que j'ai pu faire pour me dissimuler c'était sourire.

Il avait un air très doux
Des yeux rêveurs un peu fous
Aux lueurs étranges
Comme bien des gars du Nord
Dans les cheveux un peu d'or,
Un sourire d'ange...

Elle s'est tue. Je ne savais pas si la chanson était finie ou si mademoiselle Cora s'était interrompue parce qu'elle ne savait plus ou pour d'autres raisons que je n'ai pas à savoir et qui étaient connues d'elle seule. Cette fois elle a eu droit à de vrais applaudissements et pas seulement du bout des lèvres. Moi aussi j'ai applaudi avec tout le monde qui me regardait. Même que Benno lui a encore baisé la main sans oublier de la pousser doucement vers la porte, en répétant pour lui donner satisfaction :

— Bravo! Bravo! Mes compliments. Vous avez fait

un triomphe! J'ai connu ça moi! La grande époque!
Le Tabou! Gréco! La Rose Rouge! Je pensais que
vous, c'était bien avant!

Et puis il a voulu se surpasser dans le soulagement, vu qu'on était déjà près de la sortie.

– Ah! si on pouvait réunir sur la même affiche
Piaf, Fréhel, Damia et vous, mademoiselle...

Là il est encore tombé en panne.

– Cora Lamenaire, que je lui ai glissé.

– C'est ça, Cora Lamenaire... Il y a des noms
qu'on n'oublie pas!

Il m'a serré la main, tellement il était pour le
compromis historique.

On était dehors.

XVIII

Je soutenais mademoiselle Cora, chez qui c'était l'émotion encore plus que le champagne.

— Ouf! fit-elle en portant la main à son cœur, pour montrer qu'elle était à bout de souffle.

Elle m'a embrassé et puis elle s'est penchée en arrière en gardant les deux mains sur mes épaules pour mieux me regarder, elle a arrangé un peu mes cheveux, elle avait fait ça pour moi et elle voulait voir si j'étais fier d'elle. Elle avait tellement l'air d'une petite fille espiègle qui savait qu'elle n'aurait pas dû faire ça que j'ai failli lui foutre une tarte. Chuck dit que la sensibilité est une des sept plaies de l'Egypte.

— Vous avez été formidable, mademoiselle Cora. C'est dommage de rester à la maison, avec une voix pareille.

— Les jeunes, ils ont perdu l'habitude. C'est quand même autre chose que ce qu'on chante aujourd'hui. Ils gueulent, et c'est tout.

— Ils ont besoin de gueuler et même plus, mademoiselle Cora.

— Je pense que la vraie chanson va revenir. Il faut être patient et savoir attendre. Ça va revenir. Pour moi ça s'est arrêté à Prévert. Marianne Oswald a été la première à le chanter, en 1936.

Elle a commencé :

La houle
Saoule
Roule...

Je lui ai mis la main sur la bouche, mais gentiment. Elle a ri gaiement et puis elle a respiré un bon coup et elle est devenue triste.

– Prévert est mort et Raymond Queneau aussi et Marianne Oswald vit toujours, je l'ai vue l'autre jour à la brasserie Lutetia...

Je n'ai jamais rencontré personne qui connaissait plus de noms que je ne connaissais pas. Et puis elle a pris un air têtu :

– Mais ça va revenir. C'est un métier où il faut savoir attendre.

Je la fis monter dans le taxi et je démarrai à toute pompe. Elle ne disait plus rien et regardait devant elle. Je lui jetais un coup d'œil de temps en temps et ça devait arriver. Elle pleurait. Je lui ai pris la main, pour dire quelque chose.

– J'ai été ridicule.

– Mais non, quelle idée!

– C'est très difficile de m'habituer, Jeannot.

– Ça va revenir, mademoiselle Cora, vous êtes dans le creux, en ce moment, il faut savoir attendre. Ils ont tous été dans le creux à un moment ou à un autre, ça fait partie du métier.

Elle ne m'écoutait pas. Elle a répété encore une fois :

– C'est très difficile de s'habituer, Jeannot.

J'ai failli lui dire oui, je sais, cet âge est sans pitié, mais je pouvais l'aider beaucoup mieux en la laissant parler.

– On commence à être jeune beaucoup trop tôt, Jeannot, et après, quand on a cinquante ans et qu'il faut changer d'habitudes...

Elle avait des larmes partout. J'ai ouvert son sac, j'ai pris le mouchoir et je le lui ai donné. J'étais à bout d'arguments. J'aurais fait n'importe quoi pour elle, n'importe quoi, parce que ce n'était même pas personnel, c'était beaucoup plus grand, c'était beaucoup plus général, un vrai tour du monde.

— Ce n'est pas vrai qu'on vieillit, Jeannot, c'est seulement les gens qui exigent ça de vous. C'est un rôle qu'on vous fait jouer et on vous demande pas votre avis. J'ai été ridicule.

— On s'en fout, mademoiselle Cora. Si on n'avait pas le droit d'être ridicule, ce serait pas une vie.

— Le troisième âge, ils appellent ça, Jeannot.

Elle se tut un moment. J'aurais fait n'importe quoi.

— C'est très injuste. Quand vous êtes un musicien, le piano ou le violon, vous pouvez continuer jusqu'à quatre-vingts ans, on vous compte pas, mais quand vous êtes une femme c'est d'abord et toujours des chiffres. On vous compte. La première chose qu'ils font avec une femme, c'est de la compter.

— Ça va changer, mademoiselle Cora. Il faut savoir attendre.

Mais je n'avais pas les moyens. Et puis il faut avoir le moral pour mentir.

— C'est vrai que les années, c'est des preneurs d'otages, mademoiselle Cora. Vous ne devriez pas vous laisser habiter. Tenez, il y a une madame Jeanne Liberman qui a écrit un livre d'autodéfense, *La vieillesse ça n'existe pas*, dans la collection « Vécu », comme son nom l'indique. C'est une personne qui pratique le couteau à l'âge de soixante-dix-neuf ans. En 1972, elle était ceinture noire d'*aïkido* et elle fait du *kung fu*, elle pratique les arts martiaux à quatre-vingt-deux ans, vous pouvez vous renseigner. C'était dans *France-Soir*.

Elle continuait à pleurer mais elle souriait aussi.

– Tu es un drôle de numéro, Jeannot. Et encore plus gentil. Je n'ai jamais rencontré quelqu'un comme toi. Tu me fais beaucoup de bien. J'espère que ce n'est pas seulement bénévole.

Je ne sais pas ce qu'elle avait contre les bénévoles, mais elle a recommencé à sangloter. C'était peut-être parce que le champagne s'est arrêté et l'a laissée seule. Je lui ai serré la main.

– Mademoiselle Cora, mademoiselle Cora, lui dis-je.

Elle a appuyé sa tête contre mon épaule.

– C'est tellement plus difficile pour une femme de rester jeune...

– Mademoiselle Cora, vous n'êtes pas vraiment vieille. Soixante-cinq ans aujourd'hui, avec les moyens qu'on a, c'est plus la même chose. C'est même remboursé par la sécurité sociale. On n'est plus au dix-neuvième siècle. Aujourd'hui, on va dans la lune, merde.

– C'est fini, fini...

– Ce n'est pas du tout fini. Qu'est-ce qui est fini? Pourquoi fini? Il y a une pensée célèbre qui dit que tant qu'il y a de la vie il y a de l'espoir. Il faut vous faire écrire des chansons nouvelles et vous ferez encore un malheur.

– Je ne parle pas de ça.

– De Gaulle était roi de France à quatre-vingt-deux ans et madame Simone Signoret, qui a presque votre âge, a joué le rôle principal dans quel film? Dans *La Vie devant soi*. Oui, *La Vie devant soi*, à près de soixante ans, et ça a même eu un Oscar, tellement c'est vrai! On a tous la vie devant soi, même moi et pourtant j'ai pas de prétentions, je vous jure.

Je la tenais tendrement contre moi, les bras autour de ses épaules, il faut savoir se limiter. Personne n'a jamais eu le bras assez long. Elle me faisait même du bien, je me réduisais à une seule personne, au lieu de toutes les espèces animales.

– Vous n'avez rien signé, mademoiselle Cora. Vous n'avez pas donné votre signature, vous n'avez pas donné votre accord pour avoir l'âge que la vie vous donne.

– Il faut être deux, dit-elle.

– Deux ou par groupe de trente, c'est comme on veut.

– Par groupe de trente! Quelle horreur!

– C'est la radio et la télé qui conseillent de faire ça par groupe de trente, ce n'est pas moi, mademoiselle Cora.

– Mais qu'est-ce que tu racontes, Jeannot? Ce n'est pas possible!

– Il paraît que si on faisait ça individuellement, chacun de son côté, ce serait le vrai bordel. Il y a la moitié de la Bretagne à nettoyer.

– Ah, tu parles de la marée noire...

– Oui. J'ai voulu y aller moi aussi mais je ne peux pas être partout. Et puis là-bas ils ont des milliers de bénévoles et même cinq mille soldats pour aider.

Je tenais un bras autour de ses épaules et conduisais de l'autre, mais les rues étaient vides et il n'y avait pas de risque. Elle ne pleurait plus mais c'était encore tout mouillé dans mon cou. Elle ne bougeait presque pas, comme si elle avait enfin trouvé une place où elle était bien et qu'elle avait peur de la perdre. Il valait mieux ne pas lui parler pour ne pas la déranger. C'est le moment où les chats se mettent à ronronner. Le plus injuste, c'est qu'il y a des gens qui diraient une vieille chatte en parlant d'elle. Tous les feux sont à l'orange la nuit mais je roulais très doucement, comme si elle me l'avait demandé. Je n'avais encore jamais entendu une femme se taire si fort. Quand j'étais môme, j'avais moi aussi creusé un trou dans le jardin et je venais me cacher là-dedans avec une couverture au-dessus de ma tête, pour faire le noir, et je jouais à être bien. C'est ce que mademoiselle Cora faisait, le visage caché dans mon cou, me tenant dans ses bras, elle jouait à être bien. C'est animal. On se fait de la chaleur physique et ce n'est pas déjà si mal non plus. C'était la première fois que je tenais ainsi une dame âgée. Il y a une terrible injustice dans tout ça, alors que tout a été prévu pour le reste, pour la soif, la faim, le sommeil, comme si la nature avait oublié le plus important. C'est ce qu'on appelle les trous noirs, qui sont des espèces de trous de mémoire, l'oubli, alors que la lumière répond à la vue, l'eau à la soif et le fruit à la faim. Il faut ajouter aussi que nous avons des tendances obéissantes et soumises, une vieille femme est une vieille femme, elle doit tenir cela pour acquis et c'est considéré comme nul et mon avenu. C'est fou ce qu'on accepte. Même moi, en sentant le souffle et la joue de mademoiselle Cora dans mon cou et ses bras autour de moi, je me tenais raide pour ne pas avoir l'air de répondre et j'ai été gêné parce qu'elle avait soixante-cinq ans et enfin, quoi, merde, c'était de la cruauté envers les animaux de ma part. Quand vous avez une vieille chienne qui vient se faire caresser vous trouvez ça normal et vous ne faites pas la différence, mais avec mademoiselle Cora pelotonnée contre moi, j'avais de la répulsion comme si sa situation numérique faisait que ce n'était plus une femme qui se pelotonnait contre moi mais un mec et que j'avais des répugnances homosexuelles. Je me suis senti un vrai dégueulasse quand elle m'a donné un baiser dans le cou, un petit baiser rapide, comme pour ne pas que je m'aperçoive, et j'ai eu la chair de poule, tellement j'étais obéissant sur toute la ligne, alors que le premier devoir c'est de ne pas accepter et d'être contre nature quand la nature c'est des conventions numériques, le nombre d'années qu'elle vous marque sur l'ardoise, la vieillesse et la mort comme c'est pas permis. J'ai voulu me tourner vers elle et l'embrasser sur la bouche comme une femme mais j'étais bloqué et pourtant en Russie même les hommes s'embrassent sur la bouche sans répugner. Mais ça vient de loin et c'est le patrimoine. Les cellules héréditaires. Chuck dit qu'il n'y a pas pire comme régime policier que les cellules, c'est toutes des fourgons cellulaires. Ce n'est pas la peine de gueuler aux armes citoyens, la nature s'en fout, tout ce que ça lui fait c'est des graffiti sur le mur. J'ai été pris d'un tel refus d'obéissance que je me suis mis à bander. J'ai arrêté le taxi, j'ai pris mademoiselle Cora dans mes bras comme si c'était quelqu'un d'autre et je l'ai embrassée sur les lèvres. C'était pas pour elle, c'était pour le principe. Elle s'est collée à moi de tout son corps avec une sorte de cri ou de sanglot on ne sait jamais avec le désespoir.

– Non, non, il ne faut pas... Il faut être sage...

Elle s'est penchée un peu en arrière en me caressant les cheveux avec des larmes, le maquillage, le champagne et tout ce que la vie lui a fait au passage, et elle avait encore vieilli de dix ans sous l'effet de l'émotion, j'ai vite collé mes lèvres sur les siennes, pour ne pas voir. C'était encore le sentimentalisme, avec cette photo de tueur norvégien ou canadien qui tient le gourdin au-dessus de la tête du bébé phoque qui le regarde, c'était tout à fait le même regard.

– Non, Jeannot, non, je suis beaucoup trop vieille... Ce n'est plus possible...

– Qui c'est qui a décidé cela, mademoiselle Cora? Qui c'est qui a fait la loi? Le pape? Le temps est une belle ordure et il y en a marre.

– Non, non... On ne peut pas...

Je démarrai. Elle s'était jetée contre moi et elle cachait son visage dans mon épaule et, chaque fois qu'elle respirait, c'était comme si elle luttait avec l'air. Une petite fille qu'on avait déguisée en vieille peau et qui ne comprenait pas comment, quand, pourquoi. C'est terrible, de ne pas vieillir.

Elle pleurait maintenant tout doucement. Elle s'était écartée de moi et elle pleurait dans le noir, comme c'est toujours le cas.

Le journal a raison quand il réclame les réformes du régime cellulaire.

J'ai rangé mon taxi sur le trottoir. Dans l'ascenseur, elle a murmuré :

– Je dois avoir une tête épouvantable.

Et puis elle a vraiment fait quelque chose. Je savais bien qu'elle avait besoin de se défendre. Elle a ouvert son sac, elle a pris trois billets de cent francs et elle me les a tendus.

– Tiens, Jeannot, prends ça. Tu as eu des frais.

J'ai failli rigoler, mais quoi, elle tenait à sa chanson réaliste. Le marlou, le surin, les Bat' d'Af', Sidi-bel-Abbès, il sentait bon le sable chaud mon légionnaire. Je ne sais pas ce qu'elles chantaient, Fréhel et Damia, mais j'allais me renseigner. J'ai pris le fric. Elle avait besoin d'être rassurée, mademoiselle Cora. Tant que je lui prenais du fric, c'était en règle. Elle se sentait sur la terre ferme.

Je ne lui ai même pas laissé le temps d'allumer. Je l'ai prise dans mes bras, elle a tout de suite dit non, non, et puis grand fou, et elle s'est collée à moi de tout son corps. Je ne l'ai pas déshabillée, ça valait mieux. Je l'ai soulevée, je l'ai portée dans la chambre à coucher en me heurtant aux murs, je l'ai jetée sur le lit et je l'ai baisée deux fois de suite sans me retirer et pas seulement elle mais le monde entier avec tous ses fourgons cellulaires, parce que c'est ça, l'impuissance. Après quoi, je suis resté complètement vidé d'injustice et de colère. Elle a continué à gémir pendant un moment et puis elle est tombée dans le silence. Elle avait crié mon nom pendant, très fort, et mon chéri, mon chéri, mon chéri, elle croyait que c'était seulement personnel, alors que c'était beaucoup plus. Quand elle s'est tue et qu'elle n'a plus bougé et qu'il ne restait plus d'elle qu'un peu de souffle, j'ai continué à la serrer tendrement dans mes bras et à chercher ses lèvres et je ne sais pas pourquoi je pensais à ce que Chuck m'avait dit, qu'il y a partout des tombeaux du Christ à libérer. On était dans le noir, ce qui faisait que mademoiselle Cora était belle et jeune et elle avait dix-huit ans dans mes bras et en mon âme et conscience. J'ai pensé aussi au roi Salomon qui se rendait encore la tête haute à quatre-vingt-quatre ans chez une voyante extra-lucide pour montrer qu'il n'y avait pas de limite. Je sentais le corps de mademoiselle Cora qui battait des ailes comme l'oiseau englué à la télé dans la marée noire pour s'envoler. On massacre un peu partout et je ne peux pas être partout à la fois. Il n'y a pas de correspondant au numéro que vous avez demandé. Les Cambodgiennes, je m'en fous, on ne peut pas les baiser toutes. Marcel Kermody, ex-Jeannot Lapin. Il y a une quête dans les rues de Paris contre la faim dans le monde. Chuck dit qu'ils ne tueront jamais Aldo Moro, ce serait trop littéraire. *Prima della Revoluzione.* Il faudrait devenir tellement cinéphile que les espèces détruites ne soient plus que du spectacle. Ils ont inventé un requin qui semait la terreur dans *Les Dents de la mer* parce que là enfin c'était quelqu'un d'autre que nous, c'était le requin, pour une fois, on n'était pas responsables. Le roi Salomon s'est trompé d'étage. Il en faudrait un cent millions d'étages plus haut, avec un standard téléphonique cent millions de fois plus fort. Mais il n'y a pas de correspondant au numéro que vous avez demandé. J'ai encore caressé et recaressé mademoiselle Cora comme c'est pas possible. C'était enfin quelque chose à portée de la main. Chuck dit qu'il ne faut pas se décourager car il y a dans chaque homme un être humain qui se cache et tôt ou tard ça finira par sortir. Après je l'ai aidée à se déshabiller, à enlever sa robe et à rester nue, même quand elle a allumé, parce que je n'ai pas froid aux yeux. J'étais beaucoup moins catastrophé que tout à l'heure, quand elle murmurait oh oui mon chéri, oui, oui maintenant, oui, oui, je t'aime, et pas à cause des mots qui ne sont à personne et qui font toujours de la présence, mais à cause de la voix qui avait vraiment perdu la tête. Je n'avais encore jamais rendu quelqu'un heureux comme ça. Mon père me racontait qu'on manquait de tout pendant l'occupation, mais on pouvait tout se procurer au noir. On disait « au noir » pour montrer que c'était illégal, qu'on n'avait pas le droit. Mademoiselle Cora n'y avait pas le droit à cause de l'ardoise qu'on lui avait collée sur le dos, mais elle était heureuse au noir.

— Qu'est-ce qu'il y a? Pourquoi ris-tu?

— Rien, mademoiselle Cora, c'est comme si vous et moi on faisait du marché noir...

Je crois qu'elle était trop chavirée pour rire.

— Oh, ne faites pas attention, mademoiselle Cora, je suis bien, alors, n'importe quoi.

— C'est vrai? C'est vrai que tu es bien avec moi?

— Mais oui.

Elle m'a encore caressé les cheveux.

— Je t'ai rendu heureux?

Là alors j'en suis resté comme deux ronds de flan car enfin quoi quand même.

– Mais bien sûr, mademoiselle Cora.

Elle s'est réanimée un peu et sa main a commencé à me chercher comme si elle voulait me prouver qu'elle me plaisait, et puis elle s'y est mise tout entière, nerveusement, comme si c'était la panique et qu'elle avait besoin de se rassurer. Je l'ai rassurée. C'est toujours émouvant quand une môme qui n'a pas d'expérience veut se prouver qu'elle vous plaît et mademoiselle Cora n'avait plus d'expérience. Elle le faisait maladroitement et en catastrophe, comme si elle avait les flics sur le dos. Je l'ai écartée doucement, ce n'est pas de ce côté-là que j'ai besoin d'aide. Il n'y a rien de plus injuste qu'une femme qui a peur de ne plus être bandante. Ce sont des idées qu'on leur met en tête, à cause des lois du marché auxquelles elles sont soumises. Elle a de nouveau tendu la main dans le noir et je me suis tout de suite remis à bander pour ne pas faire durer le suspense, je n'allais pas me lever et la quitter, excusez-moi, je ne faisais que passer. Je ne pouvais pas effacer son ardoise, mais elle n'avait pas à s'excuser et à se sentir coupable parce qu'elle en avait une. La comptabilité sur les livres de la nature, c'est toujours des faux en écriture. Faux et usage de faux et ça devrait être passible des tribunaux et des instances supérieures. Chuck a raison plus que n'importe qui quand il dit que tout ça c'est de l'esthétique, et qu'une femme peut se permettre la peau flapie, des fesses molles et de niches vides uniquement dans l'art, mais que, dans la vie, ça ne peut que lui nuire, à cause de la déclaration des droits de l'homme. Mademoiselle Cora a collé ses lèvres contre mes lèvres et puis elle a murmuré mon trésor adoré, mon joli amour, et c'était plutôt touchant et chaud, ce ne sont pas les nanas d'aujourd'hui qui vous diront mon trésor adoré, mon joli amour. C'est plus la même poésie. Après, elle est restée comme morte encore plus longtemps, sauf qu'elle me tenait toujours la main, comme pour être sûre que je n'allais pas m'envoler. Elle aurait dû savoir que les tentatives de fuite, ce n'est pas mon genre. C'est comme le roi Salomon qui est tourné vers l'avenir et qui le regarde droit dans les yeux et qui s'est même fait un costume en étoffe pour encore cinquante ans, tranquillement, il ne connaît pas la peur, et quand il dit « on ne sait pas ce que l'avenir nous réserve », c'est en souriant de plaisir, tellement c'est plein de bonnes choses. Tout était si silencieux qu'on n'entendait même pas les voitures dehors. Il y a comme ça des moments de vrai bol quand personne ne pense à personne et c'est la paix dans le monde. C'était si calme et tranquille que je suis vraiment content d'avoir connu ça. J'étais claqué et ça fait toujours du bien à l'angoisse. C'est ce qu'on appelle l'effort physique et les bienfaits du dur labeur. Mon père me disait : si tu travaillais tous les jours huit heures au fond d'une mine... C'est quelque chose, le métier qu'on fait faire aux mineurs.

Elle s'est levée pour aller dans la salle de bains comme c'est parfois indispensable. J'ai tendu la main pour chercher la lampe, il n'y a pas de raison.

– Non, non, n'allume pas...

J'ai allumé. Ce n'était pas de sa faute, nom de Dieu, elle n'avait pas à se sentir coupable. J'ai allumé. C'était une petite lampe rouge, orange et rose, mais je l'aurais regardée tout aussi tendrement si ç'avait été un projecteur. On ne voit jamais la môme de dix-huit ans quand le temps s'en est occupé, le temps est le plus grand travelo que je connaisse.

– Ne me regarde pas comme ça, Jeannot.

– Pourquoi? C'est des droits de l'homme, tout ça.

Le seul truc qu'elle n'aurait pas dû laisser c'était le bas-ventre. C'était tout gris. Il m'a fallu quelques secondes et puis j'ai compris qu'elle n'avait pas teint ses poils et les avait laissés gris parce qu'elle n'y croyait plus. Elle se disait que de toute façon personne n'allait plus jamais les voir.

Je me suis levé d'un bond, je l'ai prise dans mes bras en la berçant un peu et puis je suis allé pisser. Je lui ai laissé la salle de bains, j'ai pris une cigarette dans son sac et je me suis recouché. Je me sentais bien. Et c'était très féminin, la chambre à coucher de mademoiselle Cora. Il y avait le grand polichinelle noir et blanc qui était tombé du lit. Je l'ai ramassé. On pouvait le plier dans tous les sens. Il y avait des fleurs peintes sur les murs et des objets comme on en voit dans les vitrines à souvenirs. Il y avait l'ours koala en peluche dans un fauteuil, les bras ouverts. Il y avait de vrais tableaux avec des chats et des arbres et une photo d'un meneur de revue avec des filles qui levaient la jambe et c'était signé : « A ma grande ». Il y avait des photos de Raimu, de Henri Garat et de Jean Gabin que je reconnus dans *Gueule d'amour*. Un vrai musée. Sur le mur en face du lit, entre deux miroirs, il y avait une grande photo de mademoiselle Cora dans un cadre de velours grenat. Qu'est-ce qu'elle a pu être jeune et belle alors! On la reconnaissait très bien, il y avait un air de famille. Elle avait dû faire soupirer des tas de mecs, mais c'était moi qui l'avais décrochée.

La petite lampe de chevet me faisait du bien, avec la lumière douce. J'avais souvent dit à Tong qu'on aurait pu faire un effort dans notre piaule, au lieu de faire comme si ça ne servait à rien. On voit partout dans les magasins de jolies lampes et il n'y a pas de raison de s'en priver.

Mademoiselle Cora revenait. Elle avait mis un peignoir rose à flonflons. Elle s'est assise au bord du lit et on s'est tenu la main pour se prouver.

Elle s'était démaquillée. Il n'y avait pas tellement de différence avec le visage des autres femmes. Et c'était même plutôt mieux maintenant, sans maquillage, c'était plus confiant. On voyait tout. C'était signé. La vie, ce qu'elle aime par-dessus tout, c'est de donner son autographe.

— Tu veux boire quelque chose?

Merde, elle n'allait pas recommencer avec son cidre.

— Si vous avez un Coca...

— Je n'ai pas ça, mais je te promets que j'en aurai la prochaine fois...

Je me suis un peu tu. J'allais sûrement revenir la voir. Il n'y avait pas de raison. J'espérais qu'on allait rester amis.

— Tu prendras bien un peu de cidre?

Ça devait être un truc religieux chez elle.

— Avec plaisir, merci.

J'ai eu un coup de cafard, pendant que mademoiselle Cora était à la cuisine. L'envie de tout laisser tomber et de filer, à quoi ça sert.

Je suis allé dans la salle de bains et j'ai bu de l'eau au robinet.

Je suis revenu dans la chambre et mademoiselle Cora était là avec une bouteille de cidre et deux verres sur le plateau. Elle a rempli les verres.

— Tu vas voir, Jeannot, ça va marcher.

— Moi je ne suis pas pour les projets, mademoiselle Cora.

— J'ai encore des relations. Je connais pas mal de monde. Ce qu'il faut, c'est que tu prennes des leçons. Le chant et un peu de danse. Pour la diction, on n'y touche pas. Tu as exactement ce qu'il faut, un peu gouape, un peu canaille... La rue, quoi. Quand on te compare aujourd'hui à ce qu'on voit au cinéma ou à la télé, on voit tout de suite que tu as une vraie chance. Il y a Lino Ventura, mais il n'est plus tout jeune. Et les chanteurs, il n'y en a pas un qui a une vraie gueule de mec. Il y a une place à prendre. Tu es une nature.

Elle ne s'arrêtait plus de parler, comme si elle avait peur de me perdre. La première chose à faire, c'était d'avoir ma photo dans l'annuaire des comédiens. Elle allait s'en occuper.

– J'ai toujours voulu m'occuper de quelqu'un, en faire une grande vedette. Tu vas voir.

– Ecoutez, mademoiselle Cora, vous n'avez pas à me donner de garanties. Je m'en fous. Vous n'avez même pas idée à quel point je m'en fous. C'est pas tellement que j'avais envie d'être acteur, c'était surtout que j'avais pas envie d'être moi-même, c'est toujours beaucoup trop. Et d'abord...

J'allais lui dire c'est moi qui vais m'occuper de vous, mais ça faisait soigneur. Je me suis levé et elle a tout de suite eu peur, c'était peut-être la dernière fois qu'elle me voyait. Elle ne comprenait rien. Rien à rien. C'est ce qu'on appelle l'instinct de conservation.

– Mademoiselle Cora, je ne vous demande rien. Vous voulez que je vous dise? Vous n'êtes pas gentille avec vous-même.

Je me suis penché et je lui ai donné un baiser, un tout bête, léger, à peine posé déjà envolé. Je suis resté un moment penché à la regarder tendrement. Elle n'avait rien compris du tout, mademoiselle Cora. Elle croyait que c'était personnel. Elle n'avait pas compris que c'était un acte d'amour.

– Au revoir, mademoiselle Cora.

– Au revoir, Jeannot.

Elle m'a mis les bras autour du cou.

— Je n'arrive pas encore à y croire, dit-elle. La chose la plus dure pour une femme, c'est de vivre sans tendresse...

— C'est pour tout le monde, mademoiselle Cora. Il n'y en a pas, alors il faut s'arranger entre nous. C'est même pour ça que les mères donnent tant de tendresse à leurs enfants, pour que plus tard ils aient de bons souvenirs.

Je l'ai soulevée et je l'ai serrée contre moi. J'avais peur de rebander, chez moi c'est automatique, et si je lui refaisais l'amour, elle croirait que c'est pour éviter les sentiments.

— Tu m'as rendue si heureuse... Est-ce que je te rends un peu heureux, moi aussi, Jeannot?

— Oui, bien sûr, vous me rendez heureux, il n'y a qu'à vous voir...

Je l'ai reposée sur le lit et je suis parti.

Je pensais qu'il n'était pas nécessaire d'aimer quelqu'un pour l'aimer encore plus.

XIX

Il était six heures du matin quand je suis sorti de là et il y avait en face un bistro qui s'ouvrait. Le patron chauve était le genre de mec qui n'a rien à vous dire. Je lui ai fait bonjour et il ne m'a pas répondu. J'ai bu trois cafés coup sur coup et il me jetait des regards. C'est quand même curieux le nombre de mecs qui ne peuvent pas me blairer dès le premier coup d'œil. C'est sans doute dû à ma réussite visuelle. Je me mets toujours en garde derrière un sourire du genre à main armée. Chuck ajoute que j'ai un physique qui déplaît aux hommes qui en ont moins. Ou peut-être c'est seulement l'antagonisme naturel. J'ai demandé au patron combien ça fait, deux fois, sans qu'il me réponde. Je ne pouvais pas le blairer moi non plus, après la nuit que je venais de me taper. Il avait un peu de cheveux bien pommadés au-dessus des oreilles, avec une chemise blanche et un tablier bleu, et il s'était mis à l'autre bout du comptoir, comme s'il comprenait que j'avais besoin d'amitié. Je ne sais pas d'où je tiens mon caractère bénévole et c'est ce que j'ai de moins héréditaire. Mon père n'a fait que poinçonner toute sa vie et ma mère, que se faire poinçonner. Pour Chuck j'ai ce qu'on appelle le complexe du Sauveur et ça ne pardonne pas, je risque de tuer quelqu'un.

Il y avait un transistor à côté de la caisse, je me suis penché et je l'ai fait marcher. Le patron m'a regardé avec des couteaux.

— Excusez-moi si je me permets, lui dis-je, mais c'est pour la marée noire. Je suis breton. J'ai un père là-bas qui est goéland. Et encore un café, s'il vous plaît.

Il m'en a servi un aussi vite que si j'étais Mesrine. La radio m'a informé que tous les oiseaux étaient foutus dans les îles sanctuaires et je me suis senti mieux, comme ça au moins il n'y avait plus rien à faire. On n'avait pas besoin de moi. Ouf. Ça faisait un souci de moins. Yoko avait épinglé chez nous sur le mur une reproduction de saint Georges terrassant le dragon, mais chez lui c'était seulement l'Afrique du Sud. Si j'étais moins égoïste, je m'en foutrais, de la peine qu'ils me causent tous.

Le patron me jugeait tellement que j'ai été tenté de le confirmer en emportant le transistor, les gens ont besoin d'avoir raison. Mais l'idée m'a suffi et j'ai rigolé. J'ai réglé le dernier café et je suis parti, le laissant sans objet. Il était six heures et demie, j'ai ramené le taxi au garage rue Métary, où Tong allait le chercher à sept heures. C'était son jour. J'ai pris mon Solex et je suis allé aux Buttes-Chaumont, rue Calé, numéro 45, cinquième étage sur cour, où on s'était installés en venant d'Amiens, dix-huit ans de ma vie et où est-ce que tu as encore été traîner. Mon père ne me ressemble pas du tout, je ne sais même pas comment je l'ai eu. Il avait poinçonné des tickets de métro quarante ans de sa vie, il y en a qui prennent le métro mais lui, c'est le métro qui l'a pris. Il a une belle tête de chez nous à cheveux blancs, une moustache blanche, il y a des gens qui se font beaux à soixante ans.

Il m'a ouvert en bretelles. On s'est serré la main. Il sait bien que je suis tombé loin du pommier. Lui c'est encore l'honneur du travail, les programmes politiques, les discussions à la base. Pour mon père, la vieillesse, c'est un problème de société, et la mort, un phénomène naturel.

– Alors, Jean, comment ça va?

– Pas mal. Je m'en tire.

– Toujours le taxi?

– Et puis des petits trucs par-ci par-là.

Il m'a réchauffé du café et on s'est assis.

– Et à part ça? Tu vis toujours avec des copains?

– Toujours les mêmes.

– Il te faudrait une femme dans ta vie.

– La seule femme dans ma vie a quelque chose comme soixante-cinq piges. Une ancienne chanteuse. Elle veut m'aider à faire du théâtre.

Je ne voulais pas lui faire de la peine. Je disais ça à haute voix pour m'orienter. Peut-être que c'était vraiment moche, mademoiselle Cora et moi. Les mecs de mon âge comprennent tout trop facilement. J'avais confiance en mon père. Il connaissait les normes. Il était syndicaliste depuis toujours.

– Je ne vais pas faire du théâtre, t'en fais pas, lui dis-je.

On était assis à la table de cuisine et il y avait la fenêtre en face. Ça donnait sur la cour et c'était tout gris mais c'est devenu encore plus gris sur son visage.

– Tu te fais entretenir par une vieille, quoi.

– Non. J'aurais dû te dire oui, pour te confirmer, mais c'est non. Elle me glisse un billet parfois et je le prends, mais c'est seulement pour l'aider. C'est une personne très romantique. Elle a été gagnée par ses chansons, le bagne, la guillotine, les Bat' d'Af', les légionnaires, les mauvais garçons. C'est encore beaucoup plus vieux qu'elle, ce répertoire.

Je sais que ça peut te paraître drôle mais quand elle me refile du pognon et que j'accepte, ça la sécurise. C'est ce qu'on appelait la chanson réaliste. Les arsouilles, les filles mères et tout ça. Elle s'appelait Cora Lamenaire, tu en as peut-être vu des affiches dans le métro, quand tu étais jeune. Vous avez un peu le même âge.

Il avait pris sur la table le gros rond de pain de campagne et il commença à le couper, lentement, en tranches bien régulières, pour se réfugier dans quelque chose de sûr et de familier. C'est lui qui coupait toujours le pain à la maison. C'est la première chose dont je me souviens, après le départ de ma mère. Il m'a dit ta mère nous a quittés et puis il a commencé à couper lentement le pain de campagne, en belles tranches régulières.

— Tu es venu exprès pour me dire ça? Que tu te fais entretenir par une vieille?

Il posa le pain, les tranches et le couteau sur la toile cirée à carreaux bleus.

— On s'est pas vus depuis longtemps, alors je te raconte.

— Si tu as éprouvé le besoin de venir m'en parler à sept heures du matin, c'est que ça te travaille.

— Il y a de ça.

— Est-ce qu'il n'y a rien d'autre, au moins?

— Non, rien.

— Tu n'as pas la police sur le dos?

— Pas encore. Ce n'est pas encore considéré comme une agression contre les vieilles personnes.

— Ce n'est pas la peine de faire le pitre.

— Je viens te parler de cette bonne femme parce que c'est vrai que je ne sais plus très bien où j'en suis. Tu as encore des normes, toi. Le pognon n'a rien à voir.

— Tu te cherches des excuses.

C'était pas la peine.

– Qu'est-ce que tu veux, j'aime les vieilles peaux, il faut croire que je suis vicieux.

Il se tut, les mains sur les cuisses, regardant sur la table le bon pain solide et honnête. C'était même formidable, à la fin, cet homme tout blanc de soixante ans qui ne comprenait pas qu'on pouvait aimer les vieux.

– On commence comme ça et on finit par faire des braquages dans les bureaux de poste. Je ne suis pas sûr que ce n'est pas déjà fait, pour que tu viennes me voir tout à coup à cette heure.

J'ai encore senti cette douceur. Elle montait en moi, me donnait chaud, et puis devenait sourire.

– Laisse-moi dix minutes avant d'appeler les flics.

J'avais de la tendresse pour lui et pour son pain de campagne, sûr, solide et honnête, mais ce n'était pas la peine, quand on aime comme on respire, ils prennent tous ça pour une maladie respiratoire.

XX

Je suis rentré au paddock. Il n'y avait personne, sauf saint Georges qui terrassait le dragon sur le mur. J'ai grimpé chez moi au deuxième étage et je suis resté là, les jambes pendantes, la tête entre les mains, à me chercher et à me demander où j'étais et ce que j'y faisais, et où aller, et pourquoi là plutôt qu'ailleurs, et je me demandais comment j'allais faire pour rentrer dans l'ordre et me dépêtrer de mon caractère bénévole, ou alors il aurait fallu que ce soit un ordre monastique.

Peut-être que mon père avait raison et qu'il n'y a que le social. On pouvait alors s'en tirer chemin faisant avec des mesures et à la sortie, excusez-nous mais il n'y a plus rien à faire, on entre là dans le domaine de l'impossible. Je n'aurais jamais dû mettre les pieds chez le roi Salomon. Je n'aurais jamais dû me mettre à fréquenter les vieux, c'est un mauvais exemple pour la jeunesse. J'ai pris le dictionnaire de Chuck et j'ai cherché à *vieillesse*. J'ai trouvé : *dernière période de la vie humaine, temps de vie qui succède à la maturité et qui est caractérisé par le phénomène de sénescence.* J'ai cherché à *sénescence* et c'était encore pire. J'aurais dû les aimer de loin théoriquement, sans y mettre les pieds. Mais non, il a fallu que je me mette à

161

vivre une histoire d'amour en commençant par la fin.

J'ai remis le dictionnaire à la place qu'il occupe en permanence. Chuck est très intéressé par mes rapports avec les dictionnaires. C'est pour lui une véritable source de délectation quand j'ouvre le dictionnaire et que je commence à chercher.

– Tu fais ça pour éloigner. Pour la distanciation.

– Ça veut dire quoi?

– Prendre tes distances, t'éloigner de ce qui te touche ou te fait peur. Pour t'éloigner de l'émotion. C'est une forme d'autodéfense. Quand tu es angoissé, tu éloignes la chose en la réduisant à l'état sec qu'elle a dans le dictionnaire. Tu la refroidis. Prends les larmes. Tu veux les éloigner, alors tu les regardes dans le dictionnaire.

Il est allé prendre le gros Budin.

– *Larme : goutte apparente d'humeur limpide et salée provenant d'une sécrétion accrue des glandes lacrymales.* Voilà tout ce que c'est, les larmes, dans le dictionnaire. Ça les éloigne vachement, non? C'est une recherche du stoïcisme, chez toi. Ce que tu voudrais, c'est être stoïque. Insensible. Les bras croisés, l'œil froid et dominateur et au revoir, excusez-moi, mais je vous vois tous de très loin, une espèce de rien minimal. Tu fais ça pour minimiser.

Ça m'était égal que Chuck fasse des études sur mon dos, il a besoin de vivre, lui aussi.

J'en étais là les jambes ballantes à regarder mes baskets, quand il est revenu pour se changer, il avait assuré la permanence *S.O.S.* toute la nuit et c'est toujours la nuit qu'ils appellent le plus. Je devais pendre du pieu au deuxième étage comme un signal de détresse et il m'a jeté un coup d'œil de détachement zoologique. Il n'y a que lui qui sache vous tenir à distance à travers ses lunettes.

– Qu'est-ce qu'il y a, coco?

– Il y a que je me suis tapé mademoiselle Cora cette nuit.

– Ah!

Il a cette façon de faire ah! qu'il ne s'étonne de rien et qu'il ne prend pas position, ni que c'est beau ni que c'est moche ni que c'est courageux ni que c'est bien ni que c'est mal ni qu'il y a de la grandeur ni rien. Ce mec fait toujours celui qui a déjà tout vu, comme s'il n'avait pas vingt-cinq ans mais douze.

– Oui. Je l'ai sautée.

– Eh bien, je ne vois pas où est le drame, coco. Si tu avais envie d'elle et que...

– Je n'avais aucune envie d'elle, merde.

– Alors tu as fait ça par amour.

– Oui, mais elle prend ça personnellement.

Chuck a levé ses sourcils très haut et assuré ses lunettes, ce qui est aussi loin qu'il peut aller pour se montrer concerné.

– Ah!

– Oui, ah! Elle n'a pas compris.

– Tu pouvais lui expliquer.

– Tu ne peux pas expliquer à une femme que tu l'as baisée en général.

– Il y a toujours une façon de dire les choses gentiment.

– Gentiment, mon cul. C'est parfaitement dégueulasse de choisir pour ne pas l'aimer une bonne femme uniquement parce qu'il y en a des jeunes et des jolies. Il y a déjà assez d'injustice sans qu'il y en ait encore plus. C'était pas personnel avec mademoiselle Cora, Chuck, c'était personnel avec l'injustice. J'ai encore fait le bénévole.

– Bon, tu l'as baisée, elle ne va pas en crever.

– Je n'aurais pas dû. J'aurais pu faire ça autrement.

– Comment?

– Je ne sais pas, moi, il y a d'autres façons de manifester de la sympathie.

Chuck a au moins trois étages de cheveux sur la tête. Il a bien un mètre quatre-vingt-dix, tellement il est grand, mais avec une poitrine rentrée et des guiboles d'une maigreur de flamant rose. Il aurait pu faire un joueur de basket professionnel, s'il était sportif.

– Je me suis fourré dans de sales draps, Chuck. Il vaut peut-être mieux que je quitte la France quelque temps, pour avoir une excuse. Je n'ai pas l'intention de continuer, comme elle le croit, et je ne peux pas m'arrêter non plus, parce qu'elle va croire qu'elle est vieille. Je l'ai baisée dans le mouvement, voilà.

– Vous pouvez rester amis.

– Et comment je vais lui expliquer? Qu'est-ce que je vais lui dire? Elle va prendre ça pour de la vieillesse.

Chuck a l'accent américain quand il parle, ce qui fait que tout ce qu'il dit a toujours l'air différent et nouveau.

– Tu lui expliques qu'il y avait déjà une autre femme dans ta vie et que mademoiselle Cora t'a fait perdre la tête mais que l'autre l'a appris et que ce n'est pas une vie. Evidemment, elle va te prendre pour un don juan.

– Tu te fous de moi? Tiens, ça me fait penser qu'il y a les ordures à descendre. C'est ton tour aujourd'hui.

– Je sais. Mais sans blague, tout ce que tu as à faire, c'est sortir ça du plan sexuel. Il faut vous situer tous les deux sur le plan sentimental. Tu vas la voir de temps en temps, tu lui prends la main, tu

la regardes dans les yeux et tu lui dis : mademoiselle Cora, je vous aime.

Je lui ai souri.

– Des fois, j'ai envie de te casser la gueule,
Chuck.

– Oui, je connais ce sentiment d'impuissance.

– Qu'est-ce que je dois faire?

– Elle va peut-être te laisser tomber, elle. Et la
prochaine fois que ça te prendra, va dans la rue et
jette des miettes aux moineaux.

– Oh, ça va.

– On n'a pas idée de baiser une femme par
pitié.

J'ai dû me retenir. J'ai vraiment dû me retenir.

– Je ne l'ai pas baisée par pitié. J'ai fait ça par
amour. Tu comprends très bien ce que c'est, Chuck.
C'est par amour, mais ça n'a rien à voir avec elle.
Tu sais très bien que c'est général, chez moi.

– Oui, l'amour du prochain, dit-il.

J'ai sauté de mon lit et je suis sorti, il me faisait
trop sentir. Dans l'escalier, j'ai fait demi-tour et je
suis revenu. Chuck se lavait les dents au-dessus du
lavabo.

– Il y a un truc que je voudrais savoir, coco, lui
dis-je. Tu es le genre de mec qui a fait le tour de
tout et qui est arrivé à la futilité. Tu as conclu. Tu as
conclu que tout ça et rien, c'est la même chose.
Alors, tu peux m'expliquer ce que tu fous depuis
deux ans à la Sorbonne? Personne n'a plus rien à
t'apprendre. Alors ça sert à quoi, tout ça?

J'ai pris le paquet de cours polycopiés et de notes
sur la table, et je les ai foutus par la fenêtre. Chuck
se mit à gueuler comme si on l'enculait et c'était la
première fois que je l'avais ému. Ça m'a radouci. Il
a dévalé l'escalier en gueulant *fucking bastard* et *son
of a bitch* et je l'ai aidé à ramasser les feuilles.

XXI

Il était presque dix heures et je suis allé à la librairie et Aline était là. Quand elle m'a vu entrer, elle est tout de suite allée me chercher un dictionnaire. Elle sentait bon chaque fois qu'elle bougeait. J'ai pris le dictionnaire mais ce n'était pas celui-là.

– Vous n'auriez pas un dictionnaire médical?

Elle m'en a apporté un. J'ai regardé à *amour* mais il n'y avait rien.

– Ça n'y est pas.

– Qu'est-ce que vous cherchez?

– Je cherche *amour*.

J'avais voulu la faire rire, car lorsqu'on rit de quelque chose c'est moins sérieux. Mais ce n'était pas une môme facile à tromper. Et ça devait se voir. Ça devait se voir que j'en étais malade. Je voulais lui dire, écoutez, j'aime une femme que je n'aime pas du tout, ce qui fait que je l'en aime encore plus, est-ce que vous pouvez me l'expliquer? Je ne l'ai pas dit, quand on ne se connaît pas assez, ce n'est pas facile d'être ridicule.

– Vous ne trouverez pas *amour* dans le dictionnaire médical. C'est généralement considéré comme une aspiration naturelle de l'âme humaine.

Je n'ai pas ri, moi non plus.

J'ai repris le Robert.

J'ai lu à haute voix pour la faire profiter :

– *Amour : disposition à vouloir le bien d'un autre que soi et à se dévouer à lui...* Ah! Vous voyez bien que c'est pas normal.

Elle se taisait et me regardait avec encore moins d'ironie que possible. J'espérais qu'elle ne prenait pas ça pour religieux de ma part. Une grande fille blonde qui ne se maquillait même pas.

– Vous n'auriez pas un dictionnaire plus grand?

– C'est un peu résumé, évidemment, dit-elle. C'est pour l'usage courant. Pour l'avoir sous la main. En cas de besoin.

J'ai fait, comme Chuck :

– Ah!

– Pour la rapidité. J'ai le grand Robert en six volumes et l'Encyclopédie universelle en douze. Et encore plusieurs autres.

– Chez vous à la maison, en cas de besoin, ou seulement ici?

– Vous ne me faites pas rire... C'est comment, déjà?

– Marcel. Marcel Kermody. On m'appelle Jeannot, chez les lapins.

– Venez.

Elle m'a emmené dans une pièce au fond, où il n'y avait que ça sur les murs. Des dictionnaires, du commencement à la fin.

Elle les a enlevés les uns après les autres, toutes les lettres *a* et elle a mis les volumes devant moi sur la table. Elle les a jetés, plutôt. Un peu durement, presque. Elle n'était pas en colère, non, seulement un peu énervée.

– Cherchez.

Je me suis assis et j'ai cherché.

Aline m'a laissé seul mais elle revenait de temps en temps.

– Vous êtes heureux? Vous avez ce qu'il vous faut? Ou est-ce que vous en voulez d'autres?

Elle portait les cheveux très courts et c'était vraiment du gaspillage. Ils étaient doux à voir. Les yeux étaient marron clair, plutôt ambrés quand ils devenaient gais.

– Ah!

J'avais mis le doigt dessus.

– Là, au moins, il y en a pour quatre pages au total, d'*amour*.

– Oui, ils ont miniaturisé, dit-elle.

On a ri tous les deux, pour que ce soit drôle.

– Et ils donnent même des exemples, pour prouver que ça existe, dis-je. Tenez. En peinture, *amour : un certain duvet qui rend la toile très propre à recevoir la colle.*

Cette fois elle riait pour de bon et sans tristesse. J'étais content, je rendais encore une femme heureuse. Il paraît qu'ils ont des écoles de clowns en U.R.S.S., où ils vous apprennent à vivre.

J'ai continué sur ma lancée :

– *Amour : en maçonnerie, espèce d'onctuosité que le plâtre laisse sous les doigts...*

Elle riait tellement que je me sentais vraiment d'utilité publique.

– Ce n'est pas vrai... Vous me faites marcher...

Le gag.

Je lui ai montré le Littré.

– Lisez vous-même.

– *Amour : ... espèce d'onctuosité que le plâtre laisse sous les doigts...*

Elle en avait des larmes dans les yeux.

Je faisais feu de tout bois :

– *Amour en cage : terme de botanique. Terme de*

fauconnerie : voler d'amour se dit des oiseaux qui volent en liberté afin qu'ils soutiennent les chiens...

— C'est pas vrai!

Je mis le doigt.

— Regardez vous-même... *afin qu'ils soutiennent les chiens.* Et ça, tenez : *amour au féminin n'est singulier qu'en poésie...*

Plus bas, il y avait : *Il n'y a pas de belles peines ni de laides amours,* mais je l'ai gardé pour moi, je ne l'ai pas lu à haute voix, ça n'aurait pas été gentil pour mademoiselle Cora.

— Qu'est-ce que vous préférez? L'espèce d'onctuosité que le plâtre laisse sous les doigts ou un certain duvet qui rend la toile très propre à recevoir la colle?

— C'est vraiment très drôle? dit-elle, mais elle en avait de moins en moins l'air.

— Oui, dans mon métier on a besoin de gags.

— Vous faites quoi?

— Je suis à l'école des clowns.

— Tiens. Je ne savais pas que ça existait.

— Bien sûr que ça existe. Je suis en vingt-cinquième année. Et vous?

Elle avait beaucoup d'amitié dans le regard.

— En vingt-sixième, dit-elle.

— J'ai une amie qui est en soixante-cinquième, et un ami, monsieur Salomon, le roi du pantalon, qui est en quatre-vingt-quatrième.

J'ai hésité un moment, pour ne pas avoir l'air de croire.

— On pourrait peut-être faire un numéro de clown tous les deux. Demain soir?

— Venez à la maison mercredi prochain. J'ai quelques amis. Des spaghetti.

— On ne peut pas plus tôt?

— Non, on ne peut pas.

Je n'ai pas insisté. Je n'aime pas tellement les spaghetti.

Elle m'a écrit là-dessus l'adresse sur un bout de papier et je suis parti. Vous aurez remarqué que c'est mon expression favorite, partir.

XXII

Dehors, j'ai eu encore un coup de noir, et j'avais une bonne raison. Je m'étais trouvé dans le dictionnaire. Je ne l'avais pas dit à la môme, je ne tenais pas à me faire comprendre, j'avais peur de la décourager. Mais je m'étais trouvé dans le dictionnaire et je m'étais appris par cœur pour me reconnaître la prochaine fois. *Amour : disposition à vouloir le bien d'un autre que soi et à se dévouer à lui.* J'ai eu un coup de merde comme si j'étais devenu mon propre ennemi public numéro un. Et j'avais même un supplément. Ça ne s'arrêtait pas chez moi à disposition à vouloir le bien d'un autre que soi et à se dévouer à lui, ce qui est déjà assez, comme impossible, lorsqu'on pense à n'importe quelle baleine qu'on ne connaît même pas, aux tigres royaux du Bengale, aux goélands de Bretagne ou à mademoiselle Cora, pour ne pas parler de monsieur Salomon, en état de suspense et d'attente. Mais il y avait un supplément qui m'a sauté dessus comme la vérole sur le bas clergé. *Amour : attachement profond et désintéressé à quelque valeur.* Ils ne disaient pas quelle valeur, ces salauds-là. Alors, autant revenir chez son père, s'asseoir à sa droite et vénérer son beau, solide et honnête vieux pain de campagne. *Attachement profond et désintéressé à quelque valeur...*

Je rappliquai dans la librairie illico parce que la valeur n'attend pas le nombre des années. Il me l'a fallu tout de suite. En cherchant bien j'étais sûr de trouver quelque chose, entre *a* et *z* et sur près de deux mille pages.

— J'ai oublié le petit Robert.

— Vous le prenez?

— Oui. Je dois faire des recherches. Je devrais prendre le plus gros en douze volumes, là où on est sûr de trouver, il n'y a qu'à se servir. Mais je suis pressé et c'est l'angoisse, alors je prends le petit, en attendant mieux.

— Oui, dit-elle. Je comprends. Il y a des tas de choses qu'on finit par perdre de vue, et alors un dictionnaire, c'est utile, ça rappelle que ça existe.

Elle m'a accompagné à la caisse. Elle avait une façon de marcher qui faisait plaisir aux yeux. Dommage qu'elle portait les cheveux si courts, plus il y a de femme mieux ça vaut, au lieu de couper, mais avec moins de cheveux il y avait plus de cou, que j'aimais bien chez elle, alors, on ne peut pas tout avoir.

— Mercredi à huit heures et demie, n'oubliez pas.

— A huit heures et demie, les spaghetti, mais si vous voulez décommander vos amis, ne vous gênez pas pour moi.

On a encore ri tous les deux pour faire gag.

De là j'ai enfourché mon Solex et j'ai filé directement chez le roi Salomon pour voir s'il était encore là. Quand il se réveille le matin ça doit être tous les jours la bonne surprise. Je ne sais pas à quel âge on commence à compter vraiment. Je tenais mon dictionnaire sous le bras et je décrivais des arabesques en forme de spaghetti sur mon vélo Solex en pensant à mercredi soir.

Je n'ai pas eu de chance, monsieur Tapu était

dans l'escalier avec l'aspirateur et j'ai tout de suite vu qu'il était dans son bon jour. La dernière fois que je l'avais vu aussi heureux, c'était lorsque la gauche allait gagner les élections et ça devait finir comme ça, il l'avait toujours dit, on était foutus et c'était bien fait pour notre gueule. Il ne m'a rien dit d'abord, il triomphait en silence, pour me laisser imaginer le pire. J'avais entendu le matin dans le taxi que les Palestiniens et les Juifs avaient encore eu des centaines de morts ensemble, et c'était la meilleure chose qui pouvait leur arriver, sur la gueule de monsieur Tapu. Mais c'étaient des présomptions. Je me suis mis en position défensive, instinctivement, j'ai rentré la tête dans mes épaules, parce qu'on ne sait jamais ce que la connerie va vous assener.

– Regardez ça...

Il a tiré de sa poche une page de journal soigneusement pliée et me l'a tendue.

– Il a laissé tomber ça dans l'ascenseur...

Il disait il comme s'il n'y avait qu'un locataire dans l'immeuble.

– Qui ça?

– Le roi des Juifs, pardi, il n'y a que lui pour se permettre!

Je dépliai la feuille. C'étaient des annonces personnelles. Il y en avait pour deux pages. *Jeune blonde dorée cherche amitié durable... Quel homme droit, généreux, cultivé, rêve de moi sans me connaître? Quarante quarante-cinq ans...* Il y en avait qui étaient soulignées au crayon rouge. *Jeune femme jolie sans plus rêve d'une main ferme dans la sienne. Jeune femme aimant lecture, musique, voyages... J'ai trente-cinq ans et on me dit jolie, paysages calmes et couleurs pastels, voudrais faire connaissance d'un homme serein pour navigation à deux en eaux tranquilles.*

J'ai pas pipé.

– Bon, et alors?

Tapu se fendait la gueule tellement qu'on voyait ses noires profondeurs.

– Vous vous rendez compte? Mais il a quatre-vingt-quatre ans, votre roi Salomon! Et il cherche encore une âme sœur! Il voudrait... ho! ho! ho! C'est trop fort! Un homme serein pour navigation à deux en eaux tranquilles! Oh non! Oh j'en peux plus!

– Ben lui non plus.

– Non mais vous ne comprenez pas! Il cherche une âme sœur!

– Qu'est-ce que vous en savez? On peut lire ça par...

J'allais dire « par amour », mais il n'aurait pas compris et d'ailleurs moi non plus, je ne comprenais pas, ou alors il ne lisait pas ça par défi mais pour cracher sur l'impossible et pour se rassurer, ça rassure de voir que vous n'êtes pas seul à être seul. Il y avait des mecs là-dedans qui avaient cinquante ans de moins que lui et qui en crevaient tellement qu'ils donnaient des petites annonces, des petites annonces qui gueulaient comme des cornes de brume. *Quelle jeune femme douce et sachant seulement compter jusqu'à deux partagerait la vie d'un solitaire n'ayant jamais eu de goût pour la solitude... La vie peut-elle encore me sourire dans les yeux d'une jeune femme douée pour l'avenir? Brune, frisée, fine, enjouée, frêle esquif las des vagues cherche abri sûr...*

– On peut lire ça seulement par sympathie, merde!

– Sympathie? Je vous dis qu'il cherche encore! Il y en a qu'il a soulignées!

C'était vrai. Soigneusement, au crayon rouge, à côté.

– Vous vous rendez compte? Non mais vous vous rendez compte? Qu'est-ce qu'il s'imagine? Mais enfin c'est pas croyable à son âge! Et il a même des préférences! Il les a numérotées!

Il ne me menait même pas aux points, Tapu, il me mettait K.O. ce salaud-là. Parce qu'il n'y avait pas de doute. Monsieur Salomon les avait vraiment numérotées par ordre de préférence. *Numéro I:* c'était marqué de sa main. *Divorcée, sans enfant, trente-cinq ans, cherche à refaire sa vie avec un homme cinquante cinquante-cinq ans, qui rêve lui aussi d'une vie à bâtir...*

Tapu était penché sur mon épaule, le doigt en avant.

– Et il veut se faire passer pour un homme de cinquante cinquante-cinq ans, il essaye de tricher, comme il l'a toujours fait en affaires! Il veut la rouler, c'est plus fort que lui! La force de l'habitude! Mais enfin, est-ce qu'il ne sait pas qu'il est au bout du rouleau, ou est-ce qu'il se fout du monde?

Le numéro deux avait trente-cinq ans, des yeux gais et un rire enchanteur. Toutes les soulignées avaient entre trente et trente-neuf ans. Le roi Salomon n'avait retenu aucune au-delà de la quarantaine. Apparemment, au-dessous de quarante-quatre ans de différence entre lui et elle, il ne voulait pas s'engager. Il avait fait quand même une exception, mais c'était dubitatif. Il ne l'avait pas numéroté, ni soulignée. *J'avoue cinquante ans bien qu'on ne veuille pas me croire. Quel homme vraiment adulte prendrait d'une main ferme le gouvernail?* Il y avait un point d'interrogation à la fin. Monsieur Salomon avait tracé à côté un point d'interrogation, lui aussi.

– Regardez celle-là!

Monsieur Tapu m'a arraché la feuille des mains.

Il a cherché en reniflant comme un chien pour pisser et il me l'a fourrée sous les yeux, en pointant son doigt sur une annonce soigneusement encadrée de rouge, au milieu de la page :

– *Jeune femme indépendante, trente-sept ans, active, aimant choses de l'esprit et l'Auvergne en automne cherche homme tendre ayant loisirs pour faire face à la vie ensemble jusqu'à la fin du parcours. Phallocrates s'abstenir.*

Phallocrates s'abstenir était souligné trois fois au crayon rouge...

– Phallocrates s'abstenir, vous mesurez? Non, mais, est-ce que vous mesurez? Il l'a souligné, c'est une chance à ne pas louper! Phallocrates s'abstenir! Evidemment, à son âge, il risque pas de bander! Alors là, il a tout de suite vu l'occase! Hein? Moi je vous dis que votre roi Salomon, il rêve encore!

J'étais dans les cordes, mais je refusais de baisser les bras.

– C'est pour rire, lui dis-je. Il fait ça pour rigoler.

– Oui, c'est ça, l'humour juif, on connaît! glapit monsieur Tapu.

– C'est quand même permis à un vieil homme de lire des annonces sentimentales au soir de sa vie, pour le souvenir! gueulai-je. Il se met dans son fauteuil, il allume son cigare, il lit les annonces sentimentales des âmes sœurs qui se cherchent et puis il sourit, en murmurant ah cette jeunesse! ou quelque chose comme ça. On se sent toujours plus calme quand on voit qu'il y en a encore qui s'agitent! C'est bon pour sa sérénité, putain!

Mais Tapu c'est tout juste s'il ne me marchait pas dessus, tellement il m'écrasait.

– Eh bien moi je vous dis qu'il croit au père Noël, votre roi des Juifs! Et vicelard, avec ça! Parce que vous remarquerez que ce n'est pas des vieilles

178

peaux qu'il a soulignées! C'est des jeunesses! Il devrait avoir honte, à son âge!

Et il a même craché sur son propre escalier. Je lui ai arraché la feuille des pattes et je me suis enfermé dans l'ascenseur. J'étais furieux pendant qu'on montait, je n'avais pas su défendre monsieur Salomon alors que celui-ci se penchait seulement sur tous les cas humains et soulignait de rouge ceux qui lui paraissaient avoir le plus d'intérêt et qui étaient les plus dignes d'être exaucés. Et s'il les numérotait, ce n'était pas parce qu'il s'intéressait encore à lui-même et qu'il avait la prétention de refaire sa vie à quatre-vingt-quatre ans et de rencontrer l'amour, mais parce qu'il y avait dans les petites annonces des cas particulièrement émouvants et qui méritaient toute l'humanité qu'on pouvait mettre à leur disposition. Je crois que Chuck se trompe dans son cynisme quand il déclare que monsieur Salomon se moque de lui-même par déchirement et qu'il est le roi de l'ironie plus encore que du pantalon, et que d'ailleurs s'il n'était pas le roi de l'ironie il ne se serait pas proclamé roi du pantalon sur ses devantures, car pour s'intituler ainsi il fallait aller loin dans la futilité, la dérision et la poussière bibliques. Chuck affirme que monsieur Salomon utilise la futilité et la dérision pour minimiser l'imminence. Je ne peux pas croire que monsieur Salomon, qui a une tête comme on en trouve rarement dans le prêt-à-porter, et qui ne va pas du tout avec le pantalon mais avec les dignitaires comme feu Charles de Gaulle ou Charlemagne, quand ils avaient le même âge, peut être ce que ce tordu de Chuck appelle un « ironiste ». D'abord, ça ne va pas loin, comme moyen d'autodéfense, parce que les arts martiaux ont des limites. Il n'y a qu'à voir Bruce Lee qui était le plus fort et qui n'a pas pu s'empêcher de mourir.

Chuck sait toujours tout mieux que personne et il dit que le grand rêve de l'humanité a toujours été le stoïcisme.

J'ai quand même arrêté l'ascenseur entre deux étages et j'ai ouvert le dictionnaire à *sto ïcisme* car monsieur Salomon avait vécu si longtemps qu'il avait peut-être en effet trouvé quelque chose qui lui permet de s'appuyer, au point où il en est. J'ai trouvé : *Stoïcisme : courage pour supporter la douleur, le malheur, les privations avec les apparences de l'indifférence. Doctrine qui professe l'indifférence devant ce qui affecte la sensibilité.* Du coup, j'ai oublié monsieur Salomon, parce que c'est vrai que la sensibilité chez moi est l'ennemi du genre humain, si on pouvait s'en débarrasser, on serait enfin tranquille.

XXIII

Je suis entré dans l'appartement après avoir
essuyé mes pieds, qui était la seule chose qui
mettait monsieur Salomon hors de lui, quand on ne
le faisait pas. Je me suis arrêté un moment aux
nouvelles dans le standard. Il y avait cinq bénévoles
qui recevaient les S.O.S. et faisaient ce qu'ils pouvaient. Aujourd'hui, il y avait en dehors des autres
la grosse Ginette que je ne peux pas blairer parce
qu'elle venait là pour profiter. On connaissait bien
son mécanisme, quand elle écoutait tous les malheurs qui étaient au bout du fil, elle se sentait
mieux et elle pensait moins à elle-même, ça soulage
toujours, comme dit la religion, de penser à plus
malheureux que soi. Vous sentez qu'il y a un peu
moins de vous-même. Chuck disait que c'était un
régime qu'elle suivait pour maigrir. Ça s'appelle la
thérapeutique. Bien sûr, elle ne perdait pas du
poids vraiment mais son poids lui pesait moins. Je
discutais avec Chuck pour lui prouver que c'était
une salope et qu'elle n'avait pas à venir ici perdre
du poids sur le dos des autres, mais il prétendait
qu'elle n'était pas au courant de son mécanisme et
que c'était son subconscient qui fonctionnait ainsi.
C'est possible, mais alors le subconscient est un
vrai rigolo. Elle était blondasse, avec des yeux de
verre, pas vraiment, c'était un bleu pâle qui faisait

cet effet. Je crois que monsieur Salomon la gardait parce qu'elle pleurait très facilement et cela faisait beaucoup de bien aux malheurs qui étaient au bout du fil. C'est une chose importante pour une personne qui est dans le besoin du point de vue sympathie et solitude lorsqu'elle peut toucher une corde sensible. Il n'y a rien de pire pour un malheur que le manque d'importance. En dehors de Ginette et de Lepelletier, il y avait deux nouveaux que je ne connaissais pas. Je savais que monsieur Salomon les avait fait vérifier la veille pour s'assurer qu'ils n'étaient pas des profiteurs. Il avait viré une semaine auparavant deux anciens qui étaient devenus des professionnels endurcis, c'est comme pour le karaté, à force de prendre des coups, ça devient dur. Lepelletier répondait à un gars qui n'en pouvait plus parce qu'il était seul au monde.

— C'est dégueulasse, Nicolas... C'est bien Nicolas, n'est-ce pas? C'est dégueulasse de penser qu'on est seul au monde alors qu'on est quatre milliards dans le même cas et que ça augmente tous les jours à cause de la démographie. Seul au monde, c'est de la propagande. Lorsqu'on se sent comme ça, c'est qu'on a perdu ses atomes crochus. Quoi? Attends, laisse-moi réfléchir...

Il mit la main à plat sur le micro et se tourna vers moi.

— Merde. Ce mec-là me dit qu'il se sent seul au monde parce qu'il y a quatre milliards d'hommes sur terre et que ça le diminue complètement. Qu'est-ce que je lui réponds?

— Tu lui dis de rappeler dans dix minutes et tu vas consulter le roi Salomon. Il a toujours réponse à tout. Moi, l'arithmétique, c'est pas mon fort...

— Eh bien, justement, c'est la réponse qu'il faut... Allô, Nicolas? Ecoute-moi, Nicolas, c'est pas une question d'arithmétique. Tu as quel âge? Dix-sept ans? Alors tu dois comprendre que lorsqu'on dit qu'ils sont quatre milliards, ça veut dire que c'est toi qui es quatre milliards. C'est comme s'il y avait quatre milliards de plus de toi-même. Ça te rend important, non? Tu comprends? Tu n'es pas seul au monde, tu es quatre milliards. Tu te rends compte? C'est formidable! Ça change tout. Tu es français, tu es africain, tu es japonais... Tu es partout, mon vieux, tu es sur toute la terre! Réfléchis à ça et rappelle-moi. Je serai là vendredi prochain de dix-sept heures à minuit. Je m'appelle Jérôme. Il faut réapprendre à compter, Nicolas. Tu as dix-sept ans, tu dois connaître les maths nouvelles. Seul au monde, c'est des maths anciennes. Tu as l'impression que tu ne comptes pas parce que tu ne sais pas compter. N'oublie pas de me rappeler, Nicolas. J'attends ton coup de téléphone. Je l'attends, ne m'oublie pas, Nicolas. Je compte sur toi, souviens-toi.

C'était important de les persuader qu'on attendait leur coup de téléphone. C'est important quand on fait une déprime de sentir qu'il y a quelqu'un qui s'intéresse à vous au bout du fil et attend anxieusement de vos nouvelles. Ça vous donne de l'intérêt. Il y en a qui n'ouvrent pas le gaz parce qu'ils savent qu'il y a quelqu'un qui attend leur coup de fil. On peut comme ça faire durer un mec de coup de fil en coup de fil jusqu'à ce que le pire exceptionnel soit passé et qu'il ne reste que le pire ordinaire. Monsieur Salomon avait trois psychologistes qui travaillaient pour lui et l'assistaient de leurs conseils.

Le gars à côté de Lepelletier s'appelait Weins. Monsieur Salomon l'avait recruté à cause de son record : il y avait eu dans sa famille trente et une personnes exterminées par les Allemands lorsqu'ils étaient encore nazis. Monsieur Salomon disait que ça le rendait incomparable et lui donnait de l'autorité. Il était le plus âgé de nous, quarante-cinq ans, un rouquin très pâle et frisé qui se dégarnissait, à taches de même couleur sur le visage et des lunettes. Les lunettes étaient en écaille et l'écaille nous vient des grandes tortues de mer exterminées. Allez-y donc comprendre quelque chose. Il aurait vraiment dû porter des lunettes métalliques, dans sa situation. C'était le plus patient de nous tous; il avait une voix calme très douce; c'était le premier que monsieur Salomon avait recruté comme bénévole mais il allait bientôt nous quitter, ça faisait dix ans qu'il était là, il était devenu cardiaque et maintenant le médecin lui interdisait le malheur.

C'était difficile de trouver des répondeurs, parce qu'il est difficile de sympathiser tout le temps sans devenir automatique ou sans se détraquer en se laissant gagner par la déprime. On a eu un gars tout ce qu'il y a de plus humain pendant des mois et des mois. Ce monsieur Justin se faisait vraiment du mauvais sang et ce sont là des choses qui ne trompent pas au bout du fil. Il s'émouvait à tous les coups. Il faisait ça en cachette de sa femme, pour ne pas lui donner l'impression qu'il la trompait avec les autres. C'est du point de vue, tout ça, et des fois, c'est vrai, on se console avec les autres. Mais ce n'était pas du tout le cas de monsieur Justin, qui était *bona fide*. C'est une expression que monsieur Salomon avait gardée de ses jours dans le latin et qui garantissait la bonne qualité. Monsieur Justin se donnait un mal de chien, je le vois encore avec son mouchoir, s'essuyant le front. Et puis un jour il s'est détraqué. Il avait reçu l'appel d'un monsieur qui n'en pouvait plus, tellement il était victime du sort. Il avait perdu son travail, il avait des menaces de santé, sa fille se droguait et sa femme le trompait sans se gêner. Monsieur Justin, très décontracté, l'a écouté et puis lui a lancé :

– Eh bien, ça aurait pu être beaucoup plus grave, mon ami.

– Comment? Comment? glapit l'autre. Vous trouvez que ce n'est pas assez?

– Si mais cela aurait pu être beaucoup plus grave. C'est moi qui aurais pu avoir toutes ces emmerdes.

Et de rigoler. C'était un coup de déprime bien connu comme lorsqu'on renverse une assiette d'épinards sur la tête d'un innocent. C'est une histoire qu'on a après racontée partout, je ne l'ai pas inventée. Ça ne s'invente pas. Mais je crois que ça a fait beaucoup de bien à l'autre type au bout du fil, parce qu'il s'est présenté pour lui casser la gueule, ça l'a réanimé, et c'est ce qu'il faut.

Weins voyait bien que ça n'allait pas chez moi non plus mais il se gardait de me poser des questions, parce qu'on était amis. Il me passa la liste des courses à faire, il y en a chaque jour et surtout la nuit qui ne veulent pas se contenter d'une voix au téléphone mais exigent une présence, si vous ne venez pas tout de suite, je me fous par la fenêtre. Il y en a un sur cinquante qui le fait vraiment mais c'est suffisant. On a une permanence spéciale pour ces états d'urgence. J'ai mis la liste dans ma poche, j'ai failli dire à Weins que je venais de passer la nuit avec quelqu'un qui avait besoin de présence et que ça suffisait comme ça. Je ne l'ai pas dit, c'était injuste pour mademoiselle Cora.

XXIV

Je quittai le standard et traversai le petit salon
d'attente. Il n'y a jamais personne dans le petit
bureau d'attente sauf six fauteuils vides, et c'est
pourquoi nous l'appelons salon d'attente, à cause
de ses six fauteuils toujours vides. Il y a un tableau
et un bouquet de fleurs jaunes sur le mur et, en
face, il y a une reproduction du portrait que monsieur Léonard de Vinci a fait de lui-même, quand il
était encore très vieux. Je dis encore parce qu'il est
mort peu après. Monsieur Salomon me l'a fait
contempler souvent, il ne s'en lassait pas, car monsieur Léonard avait vécu il y a cinq siècles jusqu'à
quatre-vingt-dix ans et des poussières, alors que la
longévité a fait d'énormes progrès depuis, pour des
raisons scientifiques. Il regardait le portrait qui
était un dessin fait à la main et il me disait, c'est
très encourageant, n'est-ce pas, et comme toujours,
je ne savais pas s'il se foutait de ma gueule ou
quoi.

Je frappai à la porte du bureau qui venait aussitôt après la petite salle d'attente. Je ne sais pas
pourquoi il l'appelait petite salle d'attente, peut-
être qu'il avait quelque part une grande salle d'attente où on pouvait attendre encore plus longtemps et c'est bon pour l'espoir. Il m'a crié entrez!
J'avais pris mon courage à deux mains, en tenant

ferme dans l'une la page du journal avec les petites annonces.

Monsieur Salomon était en survêtement de sport gris, avec le mot *training* écrit en lettres blanches sur la poitrine. Il se tenait accroupi, les genoux pliés et les bras tendus en avant, il avait à ses pieds un livre ouvert avec des positions gymnastiques. Il est resté ainsi un long moment et puis il s'est redressé lentement, en ouvrant largement ses bras et sa bouche et en gonflant sa poitrine d'air. Après quoi, il s'est mis à courir sur place et à faire de petits bonds, les mains levées. Ça m'a fait un choc, surtout lorsqu'il s'est assis par terre et a essayé de se toucher les pieds du bout des doigts, en faisant une grimace affreuse.

— Faites attention, nom de Dieu! gueulai-je, mais il a continué à se tordre. J'ai cru qu'il était pris de son sarcasme et qu'il se tordait sous son effet, *sarcasme, latin « sarcasmus », du grec « sarkazein », se mordre la chair, ironie, raillerie, dérision*. Il serrait les dents, il avait les yeux qui lui sortaient de la tête et des gouttes de sueur au front et c'était peut-être la rage, le désespoir et la vieillesse ennemie.

Allez savoir.

Il est resté un moment la tête baissée, les yeux fermés. Après, il m'a jeté un regard.

— Eh oui, mon ami. Je m'entraîne, je m'entraîne. J'applique la méthode de l'aviation canadienne. A mon avis, c'est la meilleure.

J'en avais ralbol.

— Vous vous entraînez pour quoi, monsieur Salomon? Ça vous servira à quoi, là-bas?

— Quelle étrange question! Toujours prêt à faire face, telle est ma devise.

— Prêt pour quoi? Faire face à quoi? Vous n'irez pas là-bas à pied, on viendra vous chercher en voiture. Excusez-moi, monsieur Salomon, ce n'est pas que je vous trouve complètement con ni rien de ce genre, je ne me permettrais pas, vu que j'ai pour vous des sentiments révérenciels, mais ça me crève le cœur, à la fin! A force de faire dans l'ironie, vous allez attraper le rictus! Vous êtes un homme héroïque, vous êtes resté quatre ans dans une cave noire des Champs-Elysées, pendant les Allemands, mais vous vous entraînez en vue de qui ou de quoi, à votre âge, sauf votre respect et avec votre permission, monsieur Salomon?

Et je me suis assis, tellement j'avais les genoux qui tremblaient de colère.

Monsieur Salomon s'est levé, il s'est tourné vers la fenêtre et il a commencé à inspirer et à expirer. Il gonflait sa poitrine, avec le mot *training* dessus, il se hissait sur la pointe des pieds, il ouvrait les bras et il faisait rentrer l'air dans ses profondeurs. Après, il se vidait d'air complètement comme un pneu qui se crève. Après, il recommençait à se gonfler à bloc et à se remplir d'air jusqu'au trognon et ensuite pssssssst! il se dégonflait encore jusqu'au vide.

Puis il s'arrêta.

– Rappelle-toi, mon jeune ami. Inspire, expire. Quand tu auras fait ça pendant quatre-vingt-quatre ans, comme moi, eh bien! tu passeras maître dans l'art d'inspirer et d'expirer.

Il plaça les mains sur ses manches et commença à faire des génuflexions.

– Vous ne devriez pas faire ça, monsieur Salomon, parce que vous pouvez tomber et chez les personnes de votre époque, les os, il n'y a rien de plus dangereux. Elles se cassent toujours le bassin en tombant.

Monsieur Salomon regardait le dictionnaire que j'avais sous le bras.

— Pourquoi cherchez-vous toujours les définitions dans le dictionnaire, Jean?

— Parce que ça fait foi.

Monsieur Salomon inclina favorablement la tête, comme si le mot « foi » recueillait toute son approbation.

— C'est bien, dit-il. Il faut garder sa foi intacte. On ne peut pas vivre, sans cela. Et le Robert nous est là d'un grand secours.

Il était près de la fenêtre et avait son visage en pleine lumière. Je pensais à ce que Chuck m'avait dit une fois, que monsieur Salomon avait déjà son visage définitif. *Définitif : qui est fixé d'une manière qu'il n'y ait plus à revenir sur la chose. Fixe, irrémédiable, irrévocable. Définitif : qui résout totalement un problème.*

J'ai pensé à mademoiselle Cora. Je savais très bien qu'on ne peut rien faire contre le définitif. Mais on peut faire quelque chose pour lui. On peut l'aider. J'allais revoir mademoiselle Cora et j'allais faire de mon mieux. C'était plus facile pour elle que pour monsieur Salomon, parce qu'elle n'était pas encore au courant d'elle-même.

Monsieur Salomon avait fini. Il est allé s'asseoir en face de moi, dans le grand fauteuil et ne bougea plus. Au-dessus, sur le mur, on le voyait sur un grand tableau photographique, debout devant son magasin de prêt-à-porter, avec son personnel. Il remarqua que j'avais les yeux levés vers la photo, se tourna légèrement vers elle et l'observa un moment non sans satisfaction.

— C'est ma photo à l'âge d'homme, dit-il. J'étais alors à l'apogée de la réussite...

Sarcasmes : du mot grec « sarkazein » qui veut dire « se mordre la chair », raillerie, dérision, moquerie. Le grand Groucho Marx était tombé dans la sénilité à la fin de sa vie, mais monsieur Salomon souffrait seulement de raideurs dans les jambes, de douleurs aux articulations, de fragilités ossuaires, et d'un état général d'indignation et d'insoumission qui lui donnait des sarcasmes.

Il avait toujours le sourire levé vers le portrait photographique avec les mots *Salomon Rubinstein, roi du pantalon.* C'était écrit, comme on dit toujours quand rien ne manque.

— Oui, à l'apogée de ma grandeur, au zénith...

Nous étions assis l'un en face de l'autre, dans le silence.

— Bon, c'est vrai, vous n'êtes pas devenu un virtuose du piano, monsieur Salomon, mais les pantalons sont aussi extrêmement utiles.

Il tapotait. Il avait de longs doigts très blancs. Je l'ai aidé un peu dans ma tête, et je l'ai vu encadré sur le mur, devant un piano à queue, qui sont les meilleurs, en habit. Il y avait au moins dix mille personnes dans la salle de concert.

— Eh oui, dit-il, et je baissai les yeux avec le respect qu'on doit à une pensée profonde.

Je m'efforçais de ne pas le regarder trop attentivement, comme je le faisais toujours, malgré moi, dans ses moindres détails, pour mieux m'en rappeler plus tard. Je l'aimais beaucoup et j'aurais fait n'importe quoi pour lui donner cinquante ans de moins et même davantage.

Je me suis levé.

— Vous avez laissé tomber ça dans l'ascenseur.

Je me doutais bien qu'il n'allait pas rougir, parce qu'à cet âge leur circulation le leur interdit. Mais je m'attendais malgré tout à marquer un point. Eh bien, pas du tout! Au lieu de témoigner de la gêne ou de se chercher des excuses, monsieur Salomon s'est emparé de la feuille d'annonces avec une satisfaction et une vivacité qui ne permettaient pas de doute. Vous avez peut-être lu qu'on a retrouvé dans un souterrain les têtes des rois de France que la Révolution a coupées à Notre-Dame. Eh bien, monsieur Salomon a une tête comme ça, c'est taillé dans la pierre et dans la dignité. Je peux vous assurer une fois de plus, car on ne le dira jamais assez, qu'il a l'air auguste. Je sais que le dictionnaire est dubitatif là-dessus, puisqu'il dit : *auguste : qui inspire un grand respect, de la vénération ou qui en est digne*. Il ajoute même : *grand, noble, respectable, sacré, saint, valeureux, vénérable*. Il donne comme exemple monsieur Victor Hugo : « *Semble élargir jusqu'aux étoiles/Le geste auguste du semeur* », mais c'est pour ajouter aussi sec : *type de clown*. Monsieur Salomon s'est emparé de la feuille d'annonces matrimoniales d'un air enchanté, et je vous jure que je l'avais à l'œil, car je ne sais jamais, avec lui, si c'est l'auguste qui semble élargir jusqu'aux étoiles le geste du semeur ou type de clown.

— Ah les voilà, je me demandais justement où je les avais perdues! s'exclama monsieur Salomon, et, en se levant des deux mains du fauteuil, il est allé s'asseoir derrière son grand bureau de philatéliste.

— C'est monsieur Tapu qui l'a trouvée.

— Un brave homme, un brave homme! répéta monsieur Salomon à deux reprises, pour mieux se contredire.

— Oui, c'est un méchant con, reconnus-je.

Monsieur Salomon n'insista pas sur ce point et lui accorda le bénéfice du silence. Il avait saisi sa loupe de philatéliste et examinait les petites annonces matrimoniales.

— Venez ici, Jeannot, vous allez me conseiller.

Il y a des moments où il me tutoie et des moments où il me vouvoie, ça dépend des distances.

– Vous conseiller quoi, monsieur Salomon? Vous voulez vraiment contracter femme ou vous me faites seulement mal au ventre?

– Ne dites pas « contracter femme », Jeannot, ce n'est pas une maladie. J'aimerais que vous traitiez la langue de Voltaire et de Richelieu-Drouot avec un plus de respect, mon ami. Voyons...

Je me souviendrai toute ma vie, et ce n'est pas peu dire, de monsieur Salomon penché sur la page d'annonces matrimoniales. On n'imagine pas du tout un homme aussi majestueux se réfugier dans la dérision et la futilité pour des raisons de désespoir métaphysique, lesquelles sont dues, selon Chuck, à l'absence de métaphysique, justement. J'ai même enregistré sur mon magnétophone. Pas l'absence de métaphysique, mais ce que Chuck a dit. Quand vous avez la chance de ne pas comprendre quelque chose, il ne faut pas la laisser échapper.

– J'en ai déjà souligné quelques-unes qui pourraient m'intéresser... *Quelle épaule solide d'un demi-siècle abriterait tête tendre, gaie, sensuelle?* Qu'est-ce que vous en pensez, Jeannot?

– Elle veut une épaule d'un demi-siècle, monsieur Salomon.

– Demi-siècle, demi-siècle! grommela mon maître. On peut toujours discuter, non? Il y a des personnes qui oublient que nous sommes en pleine crise et qui manifestent de ces exigences!

J'ai eu encore un doute et je lui ai jeté un coup d'œil bien vite pour voir s'il ne se foutait pas de nous tous dans des proportions homériques, mais pas du tout, le roi Salomon était vraiment irrité.

– C'est quand même incroyable! gronda-t-il de cette belle voix qui lui vient de ses fondements, comme chez les bâtiments solides pour mille ans. C'est incroyable! Elle demande une épaule de cinquante ans... Qu'est-ce que l'âge a à voir avec les épaules?

– Elle veut être sécurisée, voilà!

– Et pourquoi mon épaule ne pourrait pas la sécuriser? Qu'est-ce qu'elle a, mon épaule, à quatre-vingt-quatre ans, qu'elle n'avait pas à cinquante, ce n'est quand même pas une question de qualité de la viande?

Bon, puisque c'était comme ça j'ai voulu en avoir le cœur net.

J'ai lu :

– *Françoise, 23 ans, coiffeuse, ravissante, 1 m 65, 50 kilos, yeux bleus*... Vingt-trois ans... Hein?

Monsieur Salomon m'a observé. Puis il a posé sa loupe de philatéliste et il a détourné les yeux. Je n'ai pas voulu insister. Il y eut quand même un froid entre nous. Je cherchais quelque chose de gentil à lui dire et c'est là que j'ai fait une catastrophe.

– Ce sera pour la prochaine fois, murmurai-je.

Tout ce que je voulais, c'était le rassurer. Mais quand on a une chose en tête et qu'on y pense tout le temps, c'est terrible. Il faut peser chaque mot. Monsieur Salomon s'est tourné lentement vers moi, il a serré un peu les mâchoires et j'ai tout de suite compris que c'était le malentendu dans toute son horreur. D'abord, les Juifs ne croient pas à la réincarnation, ce sont les Cambodgiens qui y croient ou enfin quelqu'un encore plus loin, où ils ont une religion qui leur permet de revenir sur terre et de se refaire. Mais pas les Juifs. On ne peut pas les consoler en leur promettant que ce sera pour la prochaine fois.

– Ce n'est pas du tout ce que j'ai voulu dire, murmurai-je.

– Et qu'est-ce que vous avez voulu dire, exactement, puis-je me permettre de vous le demander, espèce de petit con? fit monsieur Salomon, avec une politesse de glace.

— Je n'ai pas voulu offenser vos sentiments religieux juifs, monsieur Salomon.

— Quels sentiments religieux, nom de Dieu! gueula monsieur Salomon, absolument furibard.

— Je sais que les Juifs ne croient pas à la réincarnation, monsieur Salomon. C'est comme les catholiques, il n'y a pas de prochaine fois pour eux, c'est pour manger tout de suite. Je n'ai pas voulu insinuer. Il ne faut pas y penser tout le temps, monsieur Salomon. Il y en a qui vivent jusqu'à un très grand âge. Quand on y pense tout le temps, on ne fait que s'en rapprocher de plus en plus au lieu de s'en éloigner en marche arrière, et alors on finit par se tordre et par se mordre. Quand je vous l'ai promis pour la prochaine fois, ce n'était pas un sarcasme, mot grec dérivé du yiddish *sarcazein*, « se mordre la chair », s'arracher les cheveux, raillerie insultante, dérision, moquerie. Je voulais simplement vous exprimer des sentiments optimistes. Je voulais vous assurer que vous trouverez peut-être chaussure à votre pied la prochaine fois, dans le prochain numéro du *Nouvel Observateur*, vu qu'il paraît chaque semaine, et une semaine, monsieur Salomon, ce n'est pas si long que ça, vous êtes en excellente santé et il n'y a aucune raison pour qu'il vous arrive quelque chose d'ici là...

J'en avais la voix qui tremblait, tellement je m'enfonçais de plus en plus, c'est toujours ainsi avec l'angoisse, ça sort malgré vous, vous dites exactement ce que vous ne voulez pas dire.

— Monsieur Salomon, il n'y a pas d'inquiétude à avoir. *Le Nouvel Observateur* paraîtra la semaine prochaine, c'est mathématique, chez eux. Ils peuvent pas s'empêcher. Il y aura encore une prochaine fois, une semaine, c'est rien, par les temps qui courent...

Je me suis tu mais c'était trop tard. J'avais gâché une amitié à laquelle je tenais plus qu'à n'importe quoi dans le dictionnaire. J'en avais des larmes qui me venaient.

A mon immense surprise, monsieur Salomon s'est adouci dans un bon sourire, et il y a eu deux fois plus de rides autour des yeux, comme c'est toujours le cas chez eux quand ils se marrent. Il m'a mis sur l'épaule une main pleine d'enseignement.

— Allons, mon jeune ami, ne pensez donc pas tout le temps à la mort! Un jour, la sagesse aidant, vous n'aurez plus peur. Patience! Vers quatre-vingts, quatre-vingt-dix ans, vous aurez acquis cette solidité intérieure à toute épreuve qui est la force de l'âme, et dont j'espère vous laisser le souvenir. Haut les cœurs! Pensez aux vers immortels du grand poète Paul Valéry, depuis décédé, d'ailleurs, qui a crié : « *Le vent se lève! Il faut tenter de vivre! L'air immense ouvre et referme mon livre! Vivez si m'en croyez n'attendez à demain! Cueillez dès aujourd'hui les roses de la vie!* » Non, c'est de monsieur Ronsard, il est décédé depuis, lui aussi. Ils sont tous décédés, d'ailleurs, mais leur force de l'âme demeure. Ah! Les roses de la vie! Cueillez, cueillez! Tout est là, Jeannot! Cueillir! Il n'y a pas que la mort qui nous cueille, il y a aussi nous qui cueillons les roses! Vous devriez aller plus souvent à la campagne, cueillir les roses! Vous oxygéner! Inspirer, expirer!

Il avait de la lumière qui lui venait du ciel sur le visage, mais j'avais beau regarder, je ne pouvais pas dire, je ne savais pas si c'était la rage, le désespoir et la vieillesse ennemie et s'il se foutait avec la dernière férocité de lui-même et de son acharnement à aimer et à vouloir vivre encore et encore et sans fin, comme c'est pas permis. Je n'avais aucune chance de me défendre, il était champion du monde, à quatre-vingt-quatre ans, on devient toujours champion du monde.

— Quelles roses de la vie, nom d'une vieille pute! gueulai-je, car je venais de penser à mademoiselle Cora et j'en ai eu un coup au cœur, parce que ça n'avait aucun rapport. Moi, je vais vous dire, monsieur Salomon, même si ça doit vous fâcher, mais les roses de la vie, je voudrais vous y voir! Je voudrais vous voir cueillir les roses de la vie! J'ai encore jamais respecté un homme comme je vous respecte, à cause du courage avec lequel vous paniquez, vu que c'est la proximité et le définitif, et pour les roses de la vie, je ne dis pas que vous ne pouvez pas les respirer avec votre nez, mais pour le reste, alors là, permettez-moi de passer sous silence!

Et j'ai croisé mes bras sur ma poitrine comme mon bon maître le faisait lui-même dans ses moments antiques et solennels, et ce n'était pas pour la raillerie que je l'imitais, j'aurais donné la moitié de ma vie pour qu'il en ait une de plus.

Monsieur Salomon avait la loupe dans un œil mais il avait de l'amitié dans l'autre. Il garda encore quelques instants la main sur mon épaule et puis il s'est de nouveau penché sur les petites annonces et il semblait se pencher d'encore plus haut que je ne puis vous le dire.

— Où en étais-je... *Françoise, 23 ans, coiffeuse, ravissante, 1 m 65, 50 kilos, yeux bleus.*

Il resta ainsi penché, mais je crois que c'est plutôt pour les souvenirs. Bon, les souvenirs, on y a toujours droit. Puis il se leva tout seul, je n'ai pas eu à l'aider, et il trotta jusqu'aux rayons de sa bibliothèque. Il a fait glisser son doigt sur les livres en cherchant, à travers sa loupe. Ils étaient tous reliés, dorés, et c'était du vrai cuir.

– Ah, voilà...

Il en a pris un qui était rouge.

– Laissez-moi vous lire ceci, Jeannot... C'est de notre cher Victor Hugo. Ecoutez!

Il a levé un doigt en l'air d'un geste instructif :

Les femmes regardaient Booz plus qu'un jeune
[homme
Car le jeune homme est beau mais le vieillard est
[grand!

– C'est pas vrai! gueulai-je. Il a vraiment écrit ça?

– Regardez vous-même. Et encore ceci, tenez...

Il a levé le doigt encore plus haut :

Un vieillard qui revient vers la source première
Entre aux jours éternels et sort des jours changeants!
Et l'on voit de la flamme aux yeux des jeunes gens,
Mais dans l'œil des vieillards on voit de la lumière!

Là, on s'est regardés, et puis monsieur Salomon m'a mis les bras autour des épaules et on a ri tous les deux, pliés en deux, mais alors vraiment ce qu'on appelle rire, et on a fait deux pas de danse, tous les deux, en levant la jambe, même que j'ai dû le soutenir un peu, pour qu'il ne se casse pas la gueule. Jamais encore on n'a été davantage comme père et fils, on aurait même pu faire un numéro de famille, monsieur Salomon et moi, comme cet acrobate américain de soixante-treize ans, monsieur Wallenda, qui était tombé de trente-cinq mètres en Amérique en marchant sur la corde, au-dessus du vide, dans la rue, et son fils a aussitôt pris sa place. C'est toujours de père en fils, dans le métier.

Après, monsieur Salomon m'a raccompagné à la porte, en tenant toujours un bras autour de mes épaules.

Quand j'étais pour sortir, il m'a demandé :

– Comment va mademoiselle Cora?

– Je m'en occupe.

XXV

Je savais que je ne pouvais pas laisser tomber mademoiselle Cora d'un seul coup. Il y a les ménagements qui comptent, dans ces cas-là.

Le premier jour que je ne l'ai pas revue après le *Slush*, elle avait téléphoné deux fois au standard pour me demander et c'est mal tombé, Ginette ne savait pas que c'était personnel et elle a proposé de lui envoyer quelqu'un d'autre. Mademoiselle Cora l'a très mal pris. Je suis resté encore trois jours sans aller la voir, parce que, dans ces cas-là, il faut espacer. Mais je n'en dormais pas la nuit. J'ai toujours voulu être un salaud qui s'en fout sur toute la ligne et quand vous n'êtes pas un salaud c'est là que vous vous sentez un salaud, parce que les vrais salauds ne sentent rien du tout. Ce qui fait que la seule façon de ne pas se sentir un salaud c'est d'être un salaud.

Moins j'avais envie de voir mademoiselle Cora et plus j'avais envie de la voir. Le mieux serait d'aller lui expliquer qu'on s'était laissé aller à l'ivresse du moment, mais qu'il fallait maintenant que la vie reprenne le dessus. Il faut savoir distinguer entre un coup de sang et le vrai amour. J'avais bien préparé tout ça dans ma tête, mais ce n'était pas une chose à dire.

Finalement j'ai pensé qu'il valait beaucoup mieux

ne rien préparer du tout et aller la voir comme s'il n'y avait jamais rien eu entre nous. C'était d'autant plus urgent qu'après les trois premiers jours elle n'a plus téléphoné, elle devait se dire que je l'avais laissé tomber.

Il était trois heures de l'après-midi et quand elle a ouvert la porte et qu'elle m'a vu j'ai eu vraiment chaud au cœur, tellement elle était heureuse de me voir. On a toujours besoin de quelqu'un qui a besoin de vous. Elle a mis ses bras autour de mon cou, elle s'est appuyée contre moi et elle n'a rien dit mais elle avait un sourire comme si elle en était sûre, comme si elle avait toujours su que j'avais besoin d'elle. Elle avait dû beaucoup réfléchir et je sentais qu'elle avait trouvé une « explication » à tout, avec les secours de la psychologie. Elle portait des pantalons jaune canari sous un peignoir de bain bleu ciel et elle était pieds nus. Je me suis assis pendant qu'elle était à la cuisine, on ne s'est pas parlé, elle allait et venait avec un petit air content, comme si elle avait tout compris. J'étais un peu inquiet, vu qu'elle avait peut-être vraiment compris et qu'elle allait m'envoyer me faire voir, ce n'est pas parce qu'elle avait soixante-cinq ans qu'elle n'avait plus sa fierté de femme. Dès qu'elle est revenue avec le cidre et une tarte, j'ai voulu m'expliquer, lui dire qu'elle se trompait, que ce n'était pas du tout parce que les bénévoles de *S.O.S.* aidaient les personnes seules dans la vie et les faisaient bénéficier de leur soutien moral, ce n'était pas professionnel, c'était beaucoup plus général, chez moi, comme injustice. Quand on s'est trouvés assis devant le cidre et la tarte tatin et qu'elle a tendu sa main pour la placer sur la mienne en me regardant au fond des yeux, j'ai reçu son explication en pleine gueule et j'ai su ce qu'elle avait trouvé, avec les secours de la psychologie.

– Parle-moi de ta maman, Jeannot.

– Moi, ma maman je n'ai pas grand-chose à en dire, mademoiselle Cora, elle m'a laissé un bon souvenir quand elle est partie.

– Tu avais quel âge?

– Onze ans, mais elle n'a pas pu partir avant. Elle n'avait encore personne dans sa vie.

– Ça a dû être pour toi un choc terrible.

– Pourquoi, mademoiselle Cora?

– A onze ans, quand votre mère vous quitte...

– Ecoutez, mademoiselle Cora, je ne pouvais quand même pas la foutre dehors avant. J'étais trop petit, et une maman c'est une maman. C'était à mon père de le faire, pas à moi. Moi elle ne me faisait rien, j'avais pas à m'en mêler. Des fois, quand mon père poinçonnait, elle amenait un mec à la maison, mais j'ai jamais manqué de rien et c'était mon père que ça regardait. Evidemment, je trouvais que mon père était une nouille, mais j'aime encore mieux être avec les nouilles qu'avec les autres. Elle m'a pris un jour à part et elle m'a dit je n'en peux plus, je ne peux plus vivre comme ça, je pars, tu me comprendras plus tard. Moi j'ai pas encore compris au moment où je vous parle ce que ça veut dire, *vivre comme ça*. On vit toujours *comme ça*. Je la voyais de temps en temps, on a gardé de bons rapports. La seule chose que je peux vous certifier, mademoiselle Cora, c'est que pour les nouilles, c'est vraiment l'injustice.

J'étais assez content de savoir qu'elle avait déjà arrangé tout ça dans sa tête : je me l'étais envoyée parce que j'avais besoin d'une maman.

– Mais enfin, elle te manque?

– Mademoiselle Cora, si on commence à chercher tout ce qui manque... Il faut se limiter, parce qu'on ne peut pas manquer de tout à la fois.

– Tu as une curieuse façon de t'exprimer, Jeannot!

Ils me font rigoler. Si vous prenez le petit Robert, vous voyez qu'il y a à peine deux mille pages là-dedans et ça leur a suffi depuis le début des temps historiques et pour toute la vie et même après. Chuck dit que je suis le douanier Rousseau du vocabulaire, et c'est vrai que je fouille les mots comme un douanier pour voir s'ils n'ont pas quelque chose de caché.

– Vous avez un dictionnaire, mademoiselle Cora?

– J'ai le petit Larousse. Tu veux le voir?

– Non, c'est pour savoir avec quoi vous vivez.

Je pensais : bon, enfin, il y en a même qui réussissent à vivre avec le smic.

– Tu pourrais venir prendre tes repas régulièrement avec moi, au lieu de manger n'importe quoi.

Du coup, j'ai posé ma fourchette. Mais je me suis retenu. Je n'allais pas expliquer à une personne qui vit avec le petit Larousse qu'il me manquait beaucoup plus que maman. Elle devait pourtant écouter les informations, de temps en temps. Les périphériques, on les appelle. Elle avait une télé dans un coin, pour le programme des variétés. Les variétés, c'est bien, ça. On avait la veille montré le cadavre d'Aldo Moro et les corps expéditionnaires au Liban et partout, avec celui du gosse massacré au premier plan à Kolwezi. Mais c'était vrai que je pouvais prendre des repas régulièrement, au lieu de manger n'importe quoi.

Elle s'est levée et elle est allée vers la commode où il y avait les fruits confits de Nice que monsieur Salomon lui avait fait porter. Ils duraient encore. Les fruits confits, c'est increvable.

– Je voudrais te poser une question.

– Allez-y.

– Je ne suis vraiment plus jeune et...

Elle me tournait le dos. C'est plus facile de dos. Bon, il n'y avait qu'une chose à faire, je me suis levé, je suis allé vers elle, je l'ai tournée vers moi, je l'ai prise dans mes bras et je l'ai embrassée. Je n'avais pas tellement envie de l'embrasser sur la bouche, et comme c'était injuste, je l'ai embrassée sur la bouche. Au lit, elle disait des choses comme je voudrais te rendre heureux et mon amour, mon tendre amour, et elle essayait de me donner satisfaction comme c'est pas possible. Elle faisait des mouvements si violents et si brusques avec son bassin que j'avais peur qu'elle se fasse du mal.

– Pourquoi moi, Jeannot? Tu peux avoir n'importe quelle jeune fille et belle.

J'étais couché sur le dos, à fumer. Je ne pouvais pas lui expliquer. On ne peut pas expliquer à une femme qu'on aime tendrement que ce n'est pas personnel mais qu'on aime tendrement en général et à en crever. Dans ces cas-là, il vaut toujours mieux un peu de prêt-à-porter que des explications sur mesure.

XXVI

Ça a été comme ça pendant trois semaines. Chaque fois je me disais que c'était la dernière fois, mais ce n'était pas possible. Je m'enfonçais de plus en plus dans l'impossible. Elle ne me posait plus de questions, on ne se parlait presque pas, et elle voyait bien que je n'avais pas besoin d'une maman.

Je dormais chez Aline presque tous les soirs. Elle avait des cheveux qui devenaient un peu plus longs à ma demande. On se parlait peu, on n'avait pas à se rassurer. J'étais avec elle tout le temps même quand je la quittais. Je me demandais comment j'avais pu vivre avant si longtemps sans la connaître, vivre dans l'ignorance. Dès que je la quittais elle grandissait à vue d'œil. Je marchais dans la rue et je souriais à tout le monde, tellement je la voyais partout. Je sais bien que tout le monde crève d'amour car c'est ce qui manque le plus, mais moi j'avais fini de crever et je commençais à vivre.

J'ai même amené chez Aline quelques affaires. Peu à peu, pour ne pas lui faire peur. D'abord la brosse à dents, parce que c'est ce qu'il y a de plus petit. Un slip, une chemise, elle n'a rien dit non plus. Alors j'ai plongé et j'ai amené toute une valoche. Je crevais de peur en entrant avec ma valoche à la main, c'était vraiment du culot, et je me suis arrêté tout con sur le palier quand elle a ouvert la porte et je devais avoir un air tellement angoissé qu'elle a ri. La nuit elle avait des seins petits comme s'ils venaient de naître. Parfois quand je restais cinq ou six heures à la tenir contre moi, elle me disait :

— Tu as un physique qui s'est trompé de client.

Je pliais le bras et je lui faisais toucher mes muscles.

— Sens ça. Un vrai dur, non ?

— Tu as raison, Jeannot Lapin. Pour vivre heureux, vivons cachés.

C'était la seule fille que je connaissais qui ne mettait pas tout de suite la musique en rentrant, on pouvait vraiment être avec elle. Avec les autres, c'était tout de suite un disque ou la radio, et il y en avait même avec des stéréos qui vous tombaient dessus de tous les côtés. Il y avait des livres partout chez elle et même une encyclopédie universelle en douze volumes. J'avais envie mais je ne voulais pas avoir l'air de m'intéresser à autre chose.

J'ai réduit mademoiselle Cora à une ou deux fois par semaine, pour la déshabituer. J'aurais dû le dire plus tôt à Aline, ça ne pouvait pas être une question de jalousie entre femmes. Elle me laissait toujours la clé sous le paillasson. Une nuit, revenant de chez mademoiselle Cora, je l'ai réveillée. Je me suis assis sur le lit sans la regarder.

— Aline, je me suis embarqué dans une histoire d'amour avec une personne qui va sur ses soixante-cinq ans et je ne sais pas comment m'en sortir...

J'ai dit tout de suite l'âge parce que je ne voulais pas qu'elle soit jalouse.

— Mais si c'est une histoire d'amour...

— C'est une histoire d'amour en général, pas avec elle.

— Par pitié ?

– Ah non, je ne suis quand même pas un salaud. Par amour, il y a des choses que je ne peux pas admettre, que je ne peux pas accepter, quand ça vous fait devenir vieux et seul... J'ai fait ça par indignation, dans le mouvement, et maintenant je ne sais plus comment m'en sortir. Quand je ne la revois pas un jour ou deux, elle s'affole... Elle va croire que je la laisse tomber parce qu'elle est vieille alors que c'est le contraire et que je ne la laisse pas tomber parce qu'elle est vieille...

Aline s'est levée et elle a fait trois fois le tour de la chambre en me jetant parfois des regards et puis elle est venue se recoucher.

– Ça dure depuis combien de temps?

– Je ne sais pas. Il faudrait chercher dans ton encyclopédie universelle.

– Ne fais pas le drôle!

– Alors là, je te jure Aline, si je pouvais me faire rire en ce moment, j'irais trouver les mecs qui donnent des bourses pour ça. Les bourses de la Vocation, ça s'appelle.

– Qu'est-ce que tu vas faire?

– Bon, si tu me dis que c'est toi ou elle...

– Ne compte pas sur moi. C'est trop facile. Qui c'est?

– Une ancienne chanteuse. Cora Lamenaire.

– Ça ne me dit rien.

– Evidemment, c'est d'avant-guerre.

– Quand est-ce que tu l'as vue pour la dernière fois?

J'ai pas répondu.

– Quand?

– J'en sors.

– Eh bien, dis donc, ça a l'air d'aller de ce côté-là.

– Ne sois pas vache, Aline. Si tu me foutais

dehors et adieu, je comprendrais, mais ne sois pas vache.

— Excuse-moi.

— Tu fais comme si je te trompais avec une autre femme. C'est pas ça du tout.

— Parce qu'elle ne compte plus, ce n'est plus une femme?

J'ai attendu un moment. Puis je lui ai demandé :

— Tu as déjà entendu parler des espèces menacées?

— Ah bon, parce que c'était écologique?

— Ne sois pas vache, Aline. Ne sois pas vache. J'ai même failli aller en Bretagne, tu sais, où ils ont la marée noire. L'autre. Mais il fallait être par groupe de trente, tandis que là...

Elle ne me quittait pas des yeux. Je n'ai encore jamais été autant dans un regard de femme.

— Comment est-elle?

— Ça se voit pas trop. Bien sûr, ça dépend comment on regarde. Si t'as l'œil méchant... Si tu as l'œil qui cherche, tu trouves toujours. Il y a les rides, le flétri et le flasque, ça pendouille... C'est la pub qui fait ça...

— La pub?

— La pub. Les bonnes femmes ont toutes la pub sur le dos. Il faut qu'elles aient les plus beaux cheveux, la plus belle peau, la meilleure fraîcheur... Je ne sais pas, moi. Mademoiselle Cora, si tu ne la cherches pas trop ou si tu oublies son ardoise...

— Quelle ardoise, bon Dieu?

Je me suis levé et je suis allé prendre le dictionnaire sur la bibliothèque. J'ai trouvé le mot du premier coup comme un champion et j'ai lu :

— *Ardoise : compte de marchandises, de consommations prises à crédit. Il est très endetté, il a des ardoises partout. Couleur bleutée, cendrée de cette pierre...* Tu vois? Mademoiselle Cora est très endet-

210

tée. Soixante-quatre piges et même davantage, je crois qu'elle triche un peu. Alors, avec la couleur bleutée, cendrée de cette pierre... C'est lourd à porter. La vie lui a ouvert un compte, et ça s'est accumulé.

— Et tu essayes de la rembourser?

— Je ne sais pas, Aline, ce que j'essaye. Ça vaut peut-être mieux. Des fois, il me semble que c'est la vie qui s'endette contre nous et ne veut plus rembourser...

— Qui s'endette *envers* nous, pas *contre* nous.

— Chez nous au Québec on dit contre nous.

— Tu es du Québec, maintenant?

— Je suis des Buttes-Chaumont, mais c'est quand même un autre langage au Québec. Va voir *Eau chaude, eau frette* à la Pagode, rue de Babylone, ça se donne en ce moment, tu verras qu'il y a encore des possibilités. On peut encore parler autrement. C'est seulement pour t'expliquer que la vie fait des dettes contre toi et tu attends toujours qu'elle vienne te rembourser et...

— ... et ça s'appelle rêver.

— ... et puis il y a un moment, comme avec mademoiselle Cora, où tu commences à sentir que c'est trop tard, que la vie ne va jamais te rembourser, et c'est l'angoisse... C'est ce que nous appelons l'angoisse du roi Salomon, à *S.O.S.*...

J'étais debout près de la bibliothèque et j'étais à poil, sauf que je suis à poil même quand je suis habillé, vu qu'il n'y a rien à se mettre. Elle s'est encore levée, Aline, elle a fait trois fois le tour de la chambre, les bras croisés, et elle s'est arrêtée devant moi.

— Et c'est toi qui essayes de rembourser mademoiselle... comment déjà?

— Cora. Cora Lamenaire. Moi c'est Marcel Kermody.

J'ai rigolé pour la faire rire.

– Et c'est toi qui essayes de rembourser mademoiselle Cora parce que la vie s'est endettée envers
elle et qu'à soixante-cinq ans il ne faut plus s'attendre qu'elle la rembourse?

– Faut essayer, quoi. Ça fait six mois que je suis
bénévole à *S.O.S.*, c'est la conscience profession-
nelle.

Elle a attendu un moment en regardant mon
visage dans tous ses détails.

– Et maintenant tu sens que tu es allé trop loin et
tu te demandes comment tu vas t'en sortir?

– Remarque, je sais que c'est seulement pour un
moment. Elle sait que je suis un voyou et que je
vais la laisser tomber. C'est un répertoire comme
ça.

– Qu'est-ce que tu racontes? Mais qu'est-ce que
tu racontes? Quel répertoire?

– C'est toujours comme ça, dans la chanson réaliste. Elle a surtout été une chanteuse réaliste,
mademoiselle Cora. Elle m'a dit elle-même que ça
finit toujours mal dans ces chansons-là. C'est le
genre qui veut ça. Ou bien elles se foutent dans la
Seine avec leur nouveau-né, ou bien c'est leur jules
qui joue du couteau et les surine avec son eustache,
ou c'est la guillotine, les poumons et le bagne ou
tout à la fois. Y a rien à faire, y a qu'à chialer.

– Merde, tu me fous le cafard.

– Il n'y a pas de raison, on a changé de chansons,
maintenant, on ne chante plus les mêmes.

Elle m'a regardé encore plus.

– Dis donc, toi aussi tu joues pas mal du couteau...

– C'est pour rire.

Je crois que c'est à partir de ce « pour rire »
qu'on a commencé à se comprendre vraiment. On
n'en a plus reparlé, cette nuit-là. On n'a plus parlé

du tout, de rien. Le silence. Mais ce n'était plus le même. Pas celui que je connaissais bien, un silence qui gueule. C'était un nouveau. D'habitude, quand je me réveille la nuit, ça recommence à gueuler, et j'essaye de me rendormir aussi vite que je peux. Mais cette nuit-là, avec Aline, je me réveillais exprès pour ne pas perdre une minute. Chaque fois que je m'endormais c'était comme si on me volait. Je me disais que c'était peut-être une nuit comme ça à titre exceptionnel et qu'on ne pouvait pas compter là-dessus. Je me disais que c'était seulement une nuit qui avait eu de la veine et qu'il ne fallait pas croire que c'était arrivé. C'est ce qu'on appelle les phantasmes ou fantasmes, car le dictionnaire vous permet de choisir. Je me suis même levé et j'ai allumé pour être sûr. *Phantasme : effort d'imagination par lequel le moi cherche à échapper à la réalité.*

— Qu'est-ce que tu cherches, Jean?
— *Fantasme.*
— Et alors?
— Je suis heureux.

Elle attendit que je revienne près d'elle.

— Evidemment, je sais, je comprends, mais il ne faut pas avoir peur.

— Je n'ai pas l'habitude. Et puis j'ai un ami, monsieur Salomon, le roi du pantalon, qui m'a foutu son angoisse, la futilité ecclésiastique, la poussière et la poursuite du vent. Chez lui, ça se comprend, vu qu'à quatre-vingt-quatre ans ça soulage de cracher dans la soupe, c'est philosophique. C'est ce que Chuck appelle se réfugier sur les sommets philosophiques et l'on jette alors sur toutes choses du bas monde un regard puissant. Mais c'est pas vrai. Il aime tellement la vie, monsieur Salomon, qu'il est même resté quatre ans dans une cave noire aux Champs-Elysées pour ne pas la perdre. Et quand tu es heureux, mais alors ce qu'on appelle heureux, tu as encore plus peur parce que tu n'as pas l'habitude. Moi je pense qu'un mec malin il devrait s'arranger pour être malheureux comme des pierres toute sa vie, comme ça il n'aurait pas peur de mourir. Je n'arrive même pas à dormir. C'est le trac. Bon, on est heureux, c'est quand même pas une raison pour se quitter?

— Tu veux un tranquillisant?

— Je ne vais pas prendre un tranquillisant parce que je suis heureux, merde. Viens ici.

— La vie ne va pas te punir parce que tu es heureux.

— Je ne sais pas. Elle a l'œil, tu sais. Un mec heureux, ça se remarque.

Le lendemain, quand je suis allé voir mademoiselle Cora, c'est Aline elle-même qui a choisi les fleurs. Elle a composé le bouquet elle-même et me l'a donné et elle m'a embrassé de gaieté de cœur, sur les deux joues, rue de Buci, devant la boutique, et avec tant de tendresse dans les yeux que je me suis senti un bon petit.

XXVII

Quand je suis arrivé chez mademoiselle Cora
avec le bouquet, je l'ai trouvée à sangloter.

— Qu'est-ce qu'il y a, mademoiselle Cora? Qu'est-
ce qu'il y a?

Je n'arrivais toujours pas à lui dire Cora tout
court. Elle avait le visage en ruine et des yeux
comme si elle appelait au secours.

— Arletty...

Et puis elle a secoué la tête et n'a pas pu parler.
Je me suis assis à côté d'elle, je l'ai serrée tendrement contre moi. Là elle s'est un peu améliorée.
Elle a pris l'hebdomadaire qu'elle tenait sur les
genoux.

— Ecoute ça...

Et elle m'a lu ce que mademoiselle Arletty a dit
dans *Point* : « *C'est regrettable de laisser passer ce qui
fut sans le retenir un peu...* »

Et puis ça s'est cassé dans sa voix et elle a chialé
encore comme dans la chanson de monsieur Jehan
Rictus qu'elle avait en disque, *Y a rien à faire y a
qu'à chialer*. Alors, cette nuit-là, j'ai essayé de la
retenir comme encore jamais avant. C'était entre
y a rien à faire et moi, cette nuit-là. Je ne pouvais
pas rendre ses vingt ans à mademoiselle Cora, ni la
remettre au premier rang dans la mémoire popu-

laire, avec Arletty, Piaf, Damia et Fréhel, mais je l'ai retenue un peu comme femme, et après, je suis allé chez Aline et c'est elle qui m'a pris dans ses bras et m'a fermé les yeux doucement avec ses lèvres.

Ça a duré autant que j'ai pu. Je retenais made-moiselle Cora comme je n'ai encore jamais rien essayé dans ma vie. Mais il n'est pas possible d'aimer quelque chose plus que tout au monde quand ça devient une femme qu'on n'aime pas. On ne devrait jamais aimer quelqu'un sans l'aimer personnellement, seulement en général, contre l'injustice. Et on ne peut rien lui expliquer ni foutre le camp, c'est la lâcheté de faire mal. Je continuais à retenir mademoiselle Cora de toutes mes forces, mais c'était seulement physique. Après, j'étais obligé de courir chez Aline, pour me changer. Ça devenait moche, moche, moche. Je faisais l'amour à Aline comme pour me laver. Et je commençais aussi à voir parfois dans le visage d'Aline une dureté qui me faisait peur.

— Tu n'es pas jalouse, quand même?

— Ne dis pas de connerie. Il ne s'agit pas de mademoiselle Cora. Et il ne s'agit pas de moi non plus.

— Alors quoi? Tu me fais la gueule.

— Les protecteurs et bienfaiteurs des pauvres femmes, vieilles ou jeunes, il y en a marre...

Elle m'a touché les roupettes du doigt.

— Tu commences à charrier, avec ton *smic*. Merde. C'est de la pitié.

— Non, c'est seulement ce qu'ils appellent la faiblesse, chez les forts.

Ce soir-là surtout, une fois partie, Oscar s'était mise à ... ... Cependant, il n'est aucune manière d'assez dans une vie. Mais il n'est pas possible d'aimer quelque chose présente. Mais on pense vraiment se devoir, et il n'est qu'on n'aime pas. On ne devrait jamais aimer quelque chose sans l'aimer personnellement, seulement pour y penser, ou ... quand il ne peut être loin expliqué, ni l'aimer. Enfin, c'est la liberté de faire mal. Il commence à aimer mademoiselle ... de rester ... ... mais c'était seulement pigment d'une ... l'oblige de celui, chez Alice, pour une chance. On ne peut aimer, même chose, je le l'aime, ... Alice comme pour lui-même. En se recommençant, ... son personnage, je l'aime d'une âme ... d'où le quelle ... il ... pour ...

... qu'il n'a qu'un mot ...

—Si tu ne peux comme cela, il y a déjà pas de ma demoiselle Cora, il n'a s'ignore de moi non plus. Non, mais ce qu'il tais la veille.

—Ces précieuses et bientôt bien des nouvelles touches, mieux du verités il y en a même.

Elle n'a touché les ... du doigt.

—Tu commences à ... ... avec ... sais. Alexis l'eut de ...

—Non, c'est maintenant ce qu'il apprend la bêtises chez les loups.

XXIX

Une nuit, alors que mademoiselle Cora s'était endormie dans mes bras, j'ai eu peur, vraiment peur, parce que j'avais senti qu'il me serait plus facile de l'étrangler pendant qu'elle était heureuse que de la quitter. Je n'avais qu'à serrer un peu plus fort et je n'aurais plus à lui faire mal. Je me suis rhabillé en vitesse. Je me suis retourné avant de sortir pour être sûr, mais non, je ne l'avais pas fait, elle dormait tranquillement. Il était trois heures du matin. Je ne pouvais pas aller réveiller le roi Salomon pour faire appel à sa sagesse proverbiale et lui demander conseil. J'avais tout le temps en tête cette image du goéland englué en Bretagne et je ne savais même plus si c'était mademoiselle Cora ou moi. Je tournais en rond dans la nuit sur ma bécane. Et puis, je me suis dit, comme tant d'autres paumés qui tournent en rond dans la nuit, je vais appeler *S.O.S.* Je me suis arrêté devant le *Pizza Mia* à Montmartre qui se tient toujours ouvert, je suis descendu au sous-sol et j'ai appelé. Ça n'a pas répondu tout de suite, car c'est vers deux trois heures du matin qu'il y a le plus d'appels.

— *S.O.S. Bénévoles.*

Merde. C'était monsieur Salomon. J'aurais dû m'en douter, je savais qu'il se lève la nuit pour prendre le standard lui-même et dispenser sa bénévolence, car c'est la nuit qu'il se sent le plus angoissé et c'est quand il est le plus seul qu'il a le plus besoin de quelqu'un qui aurait besoin de lui.

— Allô, *S.O.S.* vous écoute.

— Monsieur Salomon, c'est moi.

— Jeannot! Il vous est arrivé quelque chose?

— Monsieur Salomon, j'aime mieux vous le dire de loin et à distance, mais j'ai sauté mademoiselle Cora pour la retenir...

Il n'a pas été du tout surpris. Je crois même, parole d'honneur, que je l'ai entendu rire avec plaisir. Mais c'était peut-être moi qui craquais. Il m'a demandé ensuite avec un intérêt scientifique :

— La retenir? La retenir comment, mon petit?

— C'est à cause de ce que mademoiselle Arletty a dit dans le journal, *c'est regrettable de laisser passer ce qui fut sans le retenir un peu...*

Monsieur Salomon a observé un long silence. J'ai même cru qu'il nous avait quittés, sous l'effet de l'émotion.

— Monsieur Salomon! Vous êtes là? Monsieur Salomon!

— Je suis là, fit la voix de monsieur Salomon, et avec la nuit elle était encore plus profonde. Je me porte bien, je suis là, je ne suis pas encore mort, quoi qu'on en dise. Vous êtes un grand angoissé, mon jeune ami.

J'allais lui dire que c'était lui qui m'avait collé son angoisse, mais on n'allait pas discuter pour savoir qui avait commencé, c'était peut-être déjà là avant nous tous.

— Mon petit, dit-il, et je ne l'avais encore jamais senti aussi ému, là où il était, au bout du fil, penché sur nous de ses hauteurs augustes.

— Oui, monsieur Salomon. Qu'est-ce que je dois faire? J'aime quelqu'un, moi. Je n'aime pas mademoiselle Cora et alors, évidemment, je l'aime encore plus. Enfin, je l'aime, mais en général. Vous voyez? Monsieur Salomon! Vous êtes encore là? Monsieur Salomon!

— Merde! gueula monsieur Salomon, et j'en ai eu la chair de poule. Je suis encore là, je n'ai aucune intention de ne pas être là et je serai là autant qu'il me plaira, même si personne n'y croit plus!

Il s'est encore tu et je l'ai laissé cette fois sans l'interrompre.

— Comment est-ce déjà, cette phrase de mademoiselle Arletty?

— *C'est regrettable de laisser partir ce qui fut sans le retenir un peu...*

Le roi Salomon se taisait au bout du fil et puis j'ai entendu un grand soupir.

— Très vrai, très juste...

Et brusquement, il s'est encore fâché et il a gueulé :

— Mais ce n'est pas ma faute si cette conne...

Il s'est interrompu et il a toussoté :

— Excusez-moi. Enfin, j'ai fait ce que j'ai pu. Mais c'est une cervelle d'oiseau et...

Je pense qu'il parlait de mademoiselle Cora mais il s'est encore interrompu.

— Bon, alors, vous l'avez... Comment dites-vous?

— Je l'ai sautée.

— C'est ça. Je m'en doutais. Vous avez le genre.

— Ce n'est pas ma spécialité, monsieur Salomon, si c'est pour me traiter de maquereau.

— Pas du tout, pas du tout. J'ai voulu simplement dire que vous avez un genre qui ne pouvait pas manquer de lui plaire et lui faire perdre la tête. Il n'y pas de mal.

— Oui, mais comment je vais faire pour m'en sortir?

Monsieur Salomon a réfléchi et puis il a lâché quelque chose d'énorme :

– Eh bien, elle va peut-être tomber amoureuse de quelqu'un d'autre.

Là, j'ai été indigné. Il se foutait de moi au milieu de la nuit.

– Vous vous moquez de moi, monsieur Salomon. Ce n'est pas gentil, je vous ai toujours vénéré, comme vous n'êtes pas sans ignorer.

– Laissez la langue française tranquille, Jeannot. N'essayez pas de la sauter, elle aussi. Vous ne lui ferez pas un enfant dans le dos, je vous assure. Les plus grands écrivains ont essayé, vous savez, et ils sont tous morts, comme les derniers des analphabètes. Il n'y a pas moyen de passer au travers. La grammaire est impitoyable et le ponctuation aussi. Mademoiselle Cora va peut-être finir par trouver quelqu'un d'autre et de moins jeune. Bonne nuit.

Et il m'a raccroché, ce qu'on ne fait jamais à *S.O.S.*, on laisse toujours raccrocher celui qui a appelé, pour qu'il ne se sente pas renvoyé.

Je suis resté un moment à écouter la tonalité, c'était mieux que rien. Je suis rentré et j'ai trouvé Aline éveillée. Ce n'était pas la peine de parler, elle savait. Elle nous a fait du café. On est resté un moment à ne pas se parler, c'était tout comme. Elle a souri, à la fin.

– Elle s'y attend, tu sais. Elle doit bien sentir que ça ne peut pas durer, que ce n'est pas...

Elle n'a pas dit le mot et a bu un peu de café. C'est moi qui ai fini :

– ... que ce n'est pas naturel ? Dis-le.

– Eh bien, ce n'est pas naturel.

– Oui, et c'est même ce qu'il y a de si dégueulasse dans la nature.

– Peut-être, mais tu peux pas changer la nature.

– Pourquoi ? Pourquoi on ne peut pas la changer,

cette pute? Il y a assez longtemps qu'elle nous traite comme rien. Et si elle était facho, la nature? On doit continuer à se laisser faire?

– Eh bien, adresse-toi à ton ami monsieur Salomon, le roi du pantalon, et demande-lui de nous couper une nature sur mesure, et pas celle du prêt-à-porter. Ou adresse-toi à l'autre roi Salomon plus haut, celui qui n'est pas là et qu'on supplie déjà depuis quelques millénaires. Okay?

– Je sais bien, moi, qu'il n'y a rien à faire. Il y a une chanson comme ça de monsieur Jehan Rictus.

– Va parler à mademoiselle Cora. Ça la connaît. Tu m'as dit toi-même que c'est son répertoire.

– Le crève-cœur comme répertoire, il y en a marre. Et si elle fait comme dans ses chansons réalistes, et qu'elle se foute dans la Seine?

Aline s'est fâchée.

– Tais-toi. Bien sûr, je ne la connais pas, mais... Ecoute, il faut que tu comprennes que ce n'est pas pour moi, Jeannot. Cela m'est égal que tu couches avec elle. Ce n'est pas ce qui compte. Mais justement, ce qui compte, tu ne peux pas le lui donner. Ce n'est pas juste, ni pour elle... ni en général.

– Pour les femmes en général?

– Nous n'allons pas nous embarquer là-dedans, Jeannot. Il y a des situations où la bonté devient aumône. Je crois aussi que tu l'interprètes avec ta propre sensibilité et que c'est peut-être différent, chez elle.

Elle a dit, en souriant :

– Est-ce qu'il ne t'est pas venu à l'idée, par exemple, qu'elle t'a pris *faute de mieux?*

Je l'ai regardée, mais je n'ai pas moufté. J'ai eu soudain la trouille qu'Aline aussi m'ait pris faute de mieux. Que tout était faute de mieux. Et que nous étions tous faute de mieux. Merde, j'ai bu le café en fermant ma gueule, ça valait mieux :

– Qu'elle t'a pris faute de mieux et qu'elle aurait surtout besoin de tranquillité, de compagnie, d'une fin de solitude?

C'était peut-être vrai. J'étais peut-être un pis-aller pour mademoiselle Cora. Du coup, je me suis senti mieux. Ouf.

XXX

Mademoiselle Cora avait pris des billets pour voir *Violettes impériales* le lendemain et après on devait aller souper dans un bistro où elle n'avait que des amis. C'était une opérette, comme on disait autrefois. Elle l'avait vue avant la guerre avec Raquel Meller qu'elle adorait. Elle avait connu toutes les gloires nationales de cette époque, alors qu'elle était encore môme et les regardait passer à l'entrée des artistes, celles qu'on trouve maintenant sur les vieilles affiches chez les brocanteurs, Raquel Meller, Maud Loti et Mistinguett.

— La Miss dansait encore à soixante-dix ans. C'est vrai qu'il fallait trois boys pour la soulever.

A l'entracte, elle m'a entraîné dans les coulisses, elle connaissait quelqu'un, un gros agité qui s'appelait Fernando et autre chose, mais je n'ai pas retenu. Il a reçu mademoiselle Cora comme si c'était tout ce qui lui fallait. On s'est regardés et on a même eu de la sympathie tous les deux, tellement on se comprenait dans le genre ah merde!

Mademoiselle Cora lui a donné une bise.

— Bonsoir mon petit Fernando... Il y avait des années...

Fernando ne cachait même pas qu'il aurait pu s'en passer cinquante de plus.

— Bonsoir, Cora, bonsoir...

– La dernière fois, c'était... Voyons...

– Oui, c'est ça, je me souviens parfaitement...

Il serrait les mâchoires, il sifflait du nez, il se retenait pour être poli.

– Excuse-moi, Cora, mais je suis en plein boulot...

– Je voulais seulement...

J'ai pris mademoiselle Cora par la taille.

– Viens, Cora...

– Je voulais te présenter un jeune acteur dont je m'occupe...

J'ai tendu la main.

– Marcel Kermody. Enchanté.

Le Fernando m'a regardé comme si c'était le plus vieux métier du monde.

– Je le représente, dit mademoiselle Cora.

Le type m'a serré la main, en regardant ses pieds.

– Excuse-moi, Cora, mais ce n'est pas le moment. J'ai mes figurants... Enfin, si j'ai un trou...

Je pensais que ça devait se jouer comme ça depuis toujours. J'étais historique. J'ai même commencé à sentir le rôle.

– Je peux vous apporter des coupures de presse, lui dis-je.

– C'est ça, c'est ça.

– Je danse, je chante, je fais le cascadeur et je bouffe de la merde. Je peux vous faire le saut périlleux, si vous voulez...

J'ai commencé à enlever mon blouson.

– Pas ici, gueula-t-il. Mais enfin, qu'est-ce que c'est?

J'ai murmuré.

– Vous auriez pas un franc?

Il ne disait plus rien, le Fernando. Il sentait que la prochaine fois c'était le poing dans la gueule. Parce qu'il fallait voir mademoiselle Cora, si heureuse de se retrouver dans son milieu artistique, où elle était encore si connue et si aimée.

— Venez, mademoiselle Cora.

— Et le deuxième acte?

— C'est trop en une fois. On reviendra.

— Tu sais que Jean Gabin a commencé comme danseur aux Folies-Bergère? Tu es trop timide, Jeannot. Mais tu lui as fait impression. Je l'ai tout de suite vu.

Le bistro était rue Dolle, à la Bastille, que mademoiselle Cora prononçait la Bastoche. Elle est allée tout de suite embrasser le patron en pantalon gris à petits carreaux et pull cachemire tabac qui avait une tête à picoler, avec de la couperose, et il y avait des photos de boxeurs et de coureurs cyclistes partout et Marcel Cerdan au-dessus du bar qui s'était tué en avion alors qu'il était à l'apogée. Il y avait d'autres champions du monde sur les murs, Coppi, Antonin Magne, Charles Pélissier, André Leduc, qui avaient tous gagné le Tour de France. Il y en avait qui étaient grimpeurs, d'autres triomphaient sur les pavés du Nord, à la descente, sur le plat, au sprint. Les géants de la route. Il y avait aussi des champions du circuit automobile de Monaco, avec les noms à l'appui, Nuvolari, Chiron, Dreyfus, Wimille. J'ai eu de la sympathie pour le patron. Les gens se font terriblement oublier, surtout ceux qui ont été inconnus. La photo fait beaucoup pour eux et on ne pense jamais assez à ce que ça a été la vie des gens avant la photographie.

Mademoiselle Cora est allée aux toilettes et le patron m'a offert un verre en attendant.

— C'était quelqu'un, mademoiselle Cora, me dit-il pour m'encourager. Elle a du mérite. C'est dur de se faire oublier quand on a été quelqu'un.

Il avait lui-même fait du vélo, trois fois le Tour de France.

– Vous roulez encore?

– Le dimanche, parfois. J'ai plus de jambes. C'est plutôt pour mémoire. Vous avez l'air d'un sportif, vous aussi.

– Moi, c'est la boxe. Marcel Kermody.

– Ah oui, bien sûr. Excusez-moi. Encore un petit verre?

– Non, merci, c'est mauvais pour la forme.

– Elle vient ici tous les mercredis, mademoiselle Cora, quand on a le lapin chasseur. La boxe, hein?

Il n'a pas pu s'empêcher :

– C'est comme Piaf et Cerdan, dit-il.

Du coup, il s'est même assis à la table.

– Cerdan et Piaf, pour moi, c'était la plus belle histoire d'amour de toutes, dit-il.

– L'une chante, l'autre pas, lui dis-je.

– Comment?

– Il y a un film comme ça.

– Si Cerdan ne s'était pas tué en avion, ils seraient encore ensemble.

– Qu'est-ce que vous voulez, c'est la vie.

– Mademoiselle Cora, je pensais qu'elle allait couler, il y a dix ans. Elle a pu trouver du boulot comme madame pipi dans une brasserie. Cora Lamenaire, vous vous rendez compte! Si elle n'était pas tombée amoureuse de ce voyou, pendant les Allemands... Heureusement qu'elle a rencontré un de ses anciens admirateurs qui s'est occupé d'elle. Il lui sert une pension confortable. Elle ne manque de rien.

Il m'a jeté un coup d'œil entre copains, comme pour me rassurer, que je n'allais manquer de rien, moi non plus.

– C'est un roi du prêt-à-porter, il paraît. Un Juif.

Je me suis marré.

– Ça doit être le même, dis-je.

– Vous le connaissez?

– Oui, c'est tout à fait lui.

Je me sentais bien.

– Je prendrais bien encore un kir.

Il s'est levé.

– Ça reste entre nous, hein? Mademoiselle Cora a terriblement honte de cette époque, quand elle était madame pipi. Ça lui est resté sur le cœur.

Il m'a apporté un kir et il est allé s'occuper des clients. Je dessinais avec mon doigt sur la nappe et je me sentais bien en pensant au roi Salomon. On devrait lui donner pleins pouvoirs. L'installer là-haut, là-haut, là où il brille par son absence, là où il manque un roi du prêt-à-porter. On n'aurait qu'à lever les yeux et aussitôt on recevrait un pantalon sur la gueule. Je voyais très bien monsieur Salomon installé sur son trône et faisant pleuvoir les pantalons avec bienveillance. C'est toujours les parties inférieures qui sont les plus pressées. Les parties élevées, c'est du luxe. La télé a dit qu'un milliard et demi d'hommes y compris les femmes vivent avec moins de trente balles par mois, sans compter celles qu'ils prennent dans la peau. Et moi je suis du genre luxueux qui revendique pour les parties élevées. Si tu avais travaillé huit heures par jour dans une mine... J'ai mes parties luxueuses qui rêvent de grand patronat paternaliste et de grand capital. Mais ça manque de roi Salomon, là-haut, et c'est l'angoisse. Je continuais à dessiner avec mon doigt sur la nappe en me demandant où et comment j'avais attrapé ça, cette angoisse de luxe. Après, je me suis demandé ce qu'elle foutait, mademoiselle Cora, depuis qu'elle était aux toilettes, peut-être qu'elle rêvait au temps où elle était madame pipi, on a tous des coups de nostalgie, des fois. Maintenant que Monsieur Salomon lui avait accordé sa bienveillance financière, elle pouvait se permettre de rêver. Elle devait souvent se faire plaisir en descendant dans les toilettes des brasseries et se sentir bien en voyant qu'elle n'était pas là et que c'était quelqu'un d'autre. On ne devrait jamais permettre à ceux qui ont été quelqu'un de devenir quelque chose. J'irais voir le roi Salomon pour lui demander s'il m'avait envoyé exprès chez mademoiselle Cora parce qu'il avait jugé que j'étais ce qu'il lui fallait et qu'il avait voulu lui offrir un peu plus que sa bienveillance financière. Il avait dû décider que j'avais exactement la gueule de voyou pour lui plaire, comme l'autre, et c'était encore de l'ironie et du sarcasme chez lui ou même pire, de la rancune et de la vengeance, quand elle l'avait plaqué pour cette frappe de nazi. Il était vraiment le roi de l'ironie, ce salaud-là.

Mademoiselle Cora revenait.

— Excuse-moi, Jeannot... J'ai téléphoné à une copine. Tu as choisi? Ils ont du lapin chasseur aujourd'hui.

Là elle a eu un bon mot :

— Un lapin chasseur pour Jeannot Lapin!

J'ai ri parce que c'était une plaisanterie tellement minable que j'avais pitié d'elle. Ça remonte toujours le moral à une plaisanterie minable quand on rit. Il y avait un programme à la première chaîne où on pouvait écouter des plaisanteries minables, échangées par des personnes qui ont de la peine pour elles et pour qui on a de la peine.

Mademoiselle Cora aimait beaucoup le vin rouge mais elle n'était pas ce qu'on appelle une pocharde. Je pensais à ce que monsieur Salomon avait fait pour elle et c'était comme un conte de fées. Une vieille personne devenue sans moyens, et soudain un roi apparaît et la tire de madame pipi et lui fait une rente. Après quoi, le roi décide que ce n'est pas assez et qu'il faut faire encore quelque chose de plus pour le souvenir, et c'est le soussigné, Marcel Kermody. Il y a rue Chapuis, près de chez moi, une vieille clocharde qui circule, elle a des cheveux blancs et des bandages autour d'une jambe gonflée le double de l'autre, elle est vêtue si l'on peut dire de torchons et le plus mauvais pour la tribu des Kermody c'est qu'elle pousse toujours un tandem, qui est une bicyclette deux places, comme vous pouvez vous en informer. Je ne sais même pas si c'est un mari qu'elle a perdu ou un enfant ou peut-être les deux on ne peut pas tout savoir, et des fois ça vaut mieux.

– A quoi penses-tu, Jeannot? Tu es bien loin.

– Je suis tout près de vous, mademoiselle Cora. Je réfléchissais à une autre personne que je connais et que vous avez évitée.

Elle fit une mine.

– Elle est jalouse?

– Comment cela, pardon, mademoiselle Cora?

– Elle m'arracherait les yeux si elle nous voyait?

Le patron avait mis un disque d'accordéon et ça m'a permis de dégager.

– Mademoiselle Cora, pourquoi dans les chansons réalistes c'est toujours le malheur et le crève-cœur?

– Parce que c'est un genre populaire.

– Ah bon.

– C'est le genre qui veut ça.

– C'est quand même des trucs pas permis. Vous avez des filles mères qui deviennent putes pour élever leur fille et puis la fille se fait belle et riche et la mère devient une vieille clocharde et meurt de froid dans la rue. Merde.

– Oui, j'avais une chanson comme ça, de monsieur Louis Dubuc, musique de Ludovic Semblat.

– Trop, c'est trop.

– C'est bon pour l'émotion. Il en faut beaucoup pour faire sortir les gens de chez eux.

– Bon, il y a sûrement ceux qui se sentent un peu mieux en écoutant ça, parce qu'au moins ils n'ont pas à se jeter dans la Seine ou à mourir de froid dans la rue, mais moi je trouve qu'on devrait rendre les chansons réalistes plus heureuses. Moi je trouve qu'on devrait chanter heureux. Si j'avais du talent, je rendrais les chansons heureuses au lieu de leur en faire baver. Moi je trouve pas qu'une femme qui se jette dans la Seine parce que son jules l'a quittée, c'est réaliste.

Elle but un peu de vin et elle a eu de l'amitié pour moi dans le regard.

– Tu penses déjà à me quitter?

J'ai serré les fesses. Je ne dis pas seulement pour l'expression. Je les ai serrées vraiment. C'était la première fois qu'elle me menaçait de se jeter dans la Seine.

Alors je lui ai ri au nez. J'ai fait cette tête de vraie frappe qu'elle aimait parce que c'est juste que la femme souffre. J'avais oublié que dans les chansons réalistes on a besoin d'en baver en amour, sans ça il n'y a pas assez de sentiment.

Mais c'était l'angoisse. Je ne pouvais pas lui dire mademoiselle Cora, je ne vous quitterai jamais. C'était pas dans mes moyens.

Alors j'ai dégagé :

– Comment ça s'était passé, entre vous et monsieur Salomon?

Elle ne parut pas étonnée.

– Ça s'est passé il y a longtemps, Jeannot.

Et elle a ajouté pour me rassurer :

– Nous sommes seulement amis, maintenant.

J'avais le nez dans mon assiette parce que j'avais envie de rigoler et que justement je n'avais pas envie de rigoler du tout. Elle avait le droit de me rêver jaloux d'elle. Ce n'était pas comique. Et ce n'était pas tragique non plus. Elle n'était pas une vieille clocharde qui pousse devant elle un tandem vide. Elle était bien habillée de mauve et d'orange avec un turban blanc croisé sur le front, et elle avait une rente qui lui tombait chaque mois. Son avenir était assuré. Tous les mercredis, elle venait goûter ici au lapin chasseur.

– On a eu une histoire avant la guerre. Il était amoureux fou de moi. C'était un homme très généreux. Des fourrures, des bijoux, une voiture avec chauffeur... En 40, il a eu un visa pour le Portugal mais je n'ai pas voulu partir avec lui et il est resté. Il a trouvé cette cave aux Champs-Elysées et il est resté quatre ans dans le noir sans voir la lumière du jour. Il m'en a terriblement voulu, quand je suis tombée amoureuse de Maurice. Il travaillait pour la Gestapo et on l'a fusillé à la Libération. Monsieur Salomon m'en a beaucoup voulu. Au fond, il n'a pas de gratitude, si tu veux savoir. Il ne le paraît pas, mais il est très dur. Il ne m'a jamais pardonné. Pourtant, il me devait la vie.

– Comment ça?

– Je ne l'ai pas dénoncé. Je savais qu'il se cachait dans une cave des Champs-Elysées, comme Juif, et je n'avais qu'un mot à dire. Maurice était spécialisé dans la chasse aux Juifs et je n'avais qu'un mot à dire. Je ne l'ai pas fait. Quand on s'est expliqués, après, je le lui ai rappelé, je lui ai dit, monsieur Salomon, vous n'avez pas de gratitude, je ne vous ai pas dénoncé. Ça lui a fait de l'effet. Il est devenu tout blanc. J'ai même cru qu'il allait avoir une attaque. Mais pas du tout, au contraire, il a commencé à rire.

— C'est sa valeur-refuge, le rire.

— Oui, il a vraiment commencé à rire. Et puis il m'a montré la porte du doigt et il a dit au revoir, Cora, je ne veux plus vous voir. Voilà comment il est. Et pourtant, tu en connais beaucoup, qui sauvaient des Juifs pendant l'occupation?

— Je ne sais pas, mademoiselle Cora, je n'étais pas encore de ce monde à cette époque, Dieu merci.

— Eh bien moi, j'en ai sauvé un. Pourtant j'étais complètement dingue de Maurice et j'aurais fait n'importe quoi pour lui faire plaisir. Mais je me suis tue pendant quatre ans, je savais où il se cachait, monsieur Salomon, et je n'ai rien dit.

— Vous alliez le voir, de temps en temps?

— Non. Je savais qu'il ne manquait de rien. La concierge de l'immeuble lui apportait à manger et tout. Il avait dû l'acheter à prix d'or.

— Pourquoi vous croyez ça? Elle le faisait peut-être de gaieté de cœur.

— Alors, comment ça se fait qu'elle a ouvert un commerce de bonneterie rue La Boétie, après la guerre? Avec quel argent?

— Monsieur Salomon le lui a peut-être offert après coup, pour la remercier.

— Eh bien, moi, il ne m'a pas remerciée. La seule chose qu'il a faite pour moi, c'est quand j'ai eu des ennuis à la Libération, à cause de Maurice. Il est allé les voir au Comité des acteurs, quand j'y passais pour l'épuration, et il leur a dit : « Laissez-la tranquille, messieurs. Mademoiselle Cora Lamenaire savait où je me cachais pendant quatre ans et elle ne m'a pas dénoncé. Elle a sauvé un Juif. » Et puis il s'est encore marré, et il est parti.

Brusquement je me suis marré, moi aussi. J'aimais beaucoup le roi Salomon. Mais à présent je l'aimais encore plus.

Mademoiselle Cora avait les yeux baissés.

– Il y avait alors une grande différence d'âge entre nous. Vingt ans de différence, à l'époque, c'était beaucoup plus qu'aujourd'hui. Il en a quatre-vingt-quatre, aujourd'hui, et moi... C'est beaucoup moins comme différence entre nous, maintenant.

– Vous êtes toujours beaucoup plus jeune que lui, mademoiselle Cora.

– Non, ce n'est plus pareil.

Elle sourit aux miettes de pain sur la table.

– Il vit seul. Il n'a jamais aimé une autre femme que moi. Mais il ne peut pas me pardonner. Il m'en veut de l'avoir laissé tomber. Mais moi quand je tombe amoureuse, c'est pas à moitié. Je suis le genre de femme qui se donne complètement, Jeannot.

C'est tout ce qu'il me fallait. Mais j'ai pas moufté. Elle avait pourtant levé les yeux vers moi, pour plus d'allusion.

– Je ne savais pas au début que Maurice travaillait pour la Gestapo. Quand on aime un homme, on ne sait jamais rien de lui, Jeannot. Il tenait un bar et il y avait des Allemands qui venaient, comme partout. Je n'avais d'yeux que pour lui et tu ne vois jamais vraiment un mec quand tu ne vois que lui. On lui avait tiré dessus deux fois mais je croyais que c'étaient des histoires de marché noir. En 43, j'ai appris qu'il s'occupait des Juifs, mais tout le monde s'occupait des Juifs alors, c'était légal. Mais même lorsque je l'ai su, je n'ai rien dit, pour monsieur Salomon. Et pourtant je te jure que j'aurais fait n'importe quoi pour Maurice.

Le patron est arrivé avec le dessert.

– Salomon ne peut pas comprendre, dit mademoiselle Cora. C'est quelqu'un de très dur. Quand il aime, il est sans pitié. Lorsqu'il a appris que j'étais dans la misère, il m'a tout de suite fait une rente pour se venger.

Le dessert n'était pas mal non plus.

– Vous lui avez écrit que vous étiez dans la mouise?

– Moi? Non. J'ai ma fierté. Non, il a appris ça tout à fait par hasard. J'ai travaillé comme madame pipi aux toilettes de la Grande Brasserie, rue Puech. Il n'y a pas de honte. Je pensais même qu'un journaliste allait me découvrir là et faire un article dans *France-Dimanche*, tu sais, Cora Lamenaire est devenue madame pipi, et que ça pourrait rappeler mon nom à la surface et me relancer, on ne sait jamais.

J'ai vite regardé, mais non, elle ne disait pas ça pour rire.

– J'y suis restée trois ans et personne ne m'a remarquée. Et puis, un soir, j'étais assise devant ma soucoupe, quand je vois monsieur Salomon qui descend l'escalier et va pour pisser. Il est passé à côté de moi sans me voir, ils sont toujours pressés. J'ai cru mourir. Je ne l'avais pas vu depuis vingt-cinq ans, mais il n'avait pas changé. Il était devenu tout blanc avec une barbiche mais c'était le même homme. Il y en a qui se ressemblent de plus en plus, en vieillissant. Et il avait le même regard noir, avec des lueurs. Il est passé sans me voir, très élégant, chapeau, gants, canne, prince-de-Galles. Je savais qu'il s'était retiré du pantalon et qu'il s'était mis dans *S.O.S.*, tellement il était seul. J'avais pensé l'appeler mille fois, mais j'ai ma fierté et je ne pouvais pas lui pardonner son ingratitude, quand je l'ai sauvé de la Gestapo. Tu ne peux pas imaginer l'effet que ça m'a fait de le voir. Il était toujours le roi Salomon et moi, Cora Lamenaire, j'étais devenue madame pipi. Je ne dis pas ça pour les madame pipi en général, il n'y a pas de sot métier, mais j'ai été quelqu'un, moi, j'ai connu la faveur du public, alors... Tu vois?

– Je vois, mademoiselle Cora.

– Tu peux t'imaginer mon état, pendant que le roi Salomon pissait à côté. Je ne savais pas si je devais me sauver ou quoi. Mais je n'avais pas à avoir honte. Je me suis vite refait une beauté. Je te dirai franchement que j'ai eu un coup d'espoir comme c'est pas possible. J'avais à peine cinquante-quatre ans, je me défendais encore, et lui avait au moins soixante-quatorze ans. J'avais ma chance, quoi. On pouvait refaire notre vie ensemble. Bon, tu l'as compris, j'ai toujours été une romantique, et ça m'a tout de suite repris. On pouvait peut-être tout recommencer, on pouvait tout sauver, une vie à deux, quelque part à Nice. Je me suis donc refait une beauté. Je m'étais levée, je l'attendais. Monsieur Salomon est sorti des toilettes et il m'a vue. Il s'est arrêté tellement que j'ai cru qu'il allait tomber. Il a serré sa canne qu'il tenait à la main avec ses gants. Il a toujours été très élégant des pieds à la tête. Il restait là à me regarder et il ne pouvait pas parler. Et c'est là que je lui ai donné un vrai coup, mais avec le sourire. Je me suis assise sur ma chaise et j'ai poussé vers lui la soucoupe avec les pièces de un franc. Là, je l'ai vu trembler. Je te jure, je l'ai vu trembler comme si la terre le secouait. Il est devenu gris et il a tonné – tu sais quelle voix il a... « Quoi? Vous? Ici! Non! Oh mon Dieu! » Et puis c'est devenu un murmure. « Cora? Vous? Madame pipi! Je rêve, je rêve! » Et puis ses jambes l'ont lâché et il s'est assis sur l'escalier. Moi, j'étais là, à sourire, les mains sur les genoux. Je triomphais. Alors il a sorti son mouchoir et il s'est essuyé le front d'une main tremblante. « Monsieur Salomon, lui dis-je, ce n'est pas un rêve, je peux

vous assurer que c'est même tout le contraire! »
J'étais très calme, et j'ai même fait sonner les pièces
de un franc dans la soucoupe. Il a répété encore
quelques fois « Madame pipi! Vous! Cora Lamenaire! » Et puis tu ne me croiras pas, mais il a eu
une larme qui lui a coulé sur la joue. Une larme,
une seule, mais tu sais comment ils sont...

J'ai dit :

— Oui, ils ne les lâchent pas facilement.

— Et puis il s'est levé, il m'a saisie par le poignet,
il m'a traînée après lui, en remontant l'escalier. On
s'est mis à une table dans un coin et on a parlé.
Non, ce n'est pas vrai, on ne s'est pas parlé, lui, il
n'arrivait pas à dire un mot, et moi j'avais rien à
ajouter. Il a bu de l'eau et il s'est retrouvé. Il m'a
acheté un appartement et il m'a fait une belle rente.
Mais pour le reste...

Elle s'est encore occupée des miettes sur la
table.

J'ai crié au patron deux cafés deux, comme
lorsque j'étais serveur au Bel-Air.

— Pour le reste, mademoiselle Cora...

Pour le reste, le roi Salomon avait pensé à moi.
Et je ne savais même pas si c'était le geste auguste
du moqueur ou s'il y avait de la tendresse, de
l'amitié, et peut-être même un peu plus, dans ce
sourire. Allez savoir. Tout ce que je savais c'était
que j'étais assis dans le sourire du roi Salomon.

— Je suis allé le voir deux ou trois fois. Il m'a fait
visiter.

— Le standard?

— Oui, là où ils reçoivent les appels. Des fois il
s'installe et il répond lui-même. Ils reçoivent tout le
temps des appels des gens qui sont dans le dénuement humain et qui n'ont personne et si tu veux
mon avis, il a besoin de ces appels qu'il reçoit, il se
sent moins seul. Et il n'a jamais pu m'oublier. S'il

m'avait oubliée, il ne serait pas tellement impardonnable, après plus de trente-cinq ans. Mais c'est la rancune. Chaque année il m'envoie des fleurs pour mon anniversaire, pour souligner.

— Une vraie peau de vache, quoi.

— Non, il n'est pas méchant. Mais il est dur avec lui-même.

— Peut-être qu'il fait semblant, mademoiselle Cora. C'est un homme qui s'habille avec la dernière élégance, comme vous n'êtes pas sans remarquer. C'est le stoïcisme qui veut ça. Le stoïcisme, vous savez, c'est quand on ne veut plus souffrir. On ne veut plus croire, on ne veut plus aimer, on ne veut plus s'attacher. Il a peur de vous perdre. A son âge, il a peur de s'attacher. Les stoïques étaient des gens qui essayaient de vivre au-dessus de leurs moyens.

Mademoiselle Cora buvait son café avec tristesse.

— Les stoïques, c'est des gens qui essayent de se retenir.

— Eh bien, il a tort de se retenir, monsieur Salomon. A quoi ça sert de passer sa vie à vivre si on ne peut pas profiter de la vie à la fin? On aurait pu voyager, tous les deux. Je ne sais pas ce qu'il essaye de prouver. Tu as vu ce qu'il a mis sur le mur, au-dessus de son bureau?

— J'ai pas remarqué.

— Il a mis la photo de De Gaulle sur le journal avec ce qu'il a dit des Juifs : « Peuple d'élite, sûr de lui et dominateur. » Il a découpé ça avec de Gaulle et il l'a encadré.

— C'est normal d'avoir la photo de De Gaulle, quand on est patriote.

J'ai eu le fou rire. Je n'ai pas pu me retenir, c'était mon côté cinéphile. Le gag.

Elle parut un peu désorientée et puis elle m'a

caressé la main sur la table, comme si j'étais un peu con, mais ça ne fait rien, maman t'aime bien quand même.

– Nous n'allons pas parler du roi Salomon toute la soirée, Jeannot. C'est un vieux monsieur un peu bizarre et qui est très malheureux. Il m'a dit lui-même que la nuit il se lève pour prendre le standard. Il passe trois ou quatre heures chaque nuit à écouter les malheurs des autres. C'est toujours la nuit qu'on est dans le besoin. Et moi qui pourrais l'aider, je suis pendant ce temps-là à l'autre bout de Paris. Tu comprends ça, toi?

– Je pense qu'il ne veut pas se remettre avec vous parce qu'il a peur de vous perdre. L'autre jour, il n'a même pas acheté un chien pour cette raison. C'est le stoïcisme qui veut ça. Vous devriez regarder dans le dictionnaire. Le stoïcisme, c'est quand on a tellement peur de tout perdre qu'on perd tout exprès, pour ne plus avoir peur. C'est ce qu'on appelle l'angoisse, mademoiselle Cora, plus connue comme pétoche.

Mademoiselle Cora me considérait.

– Tu as une curieuse façon de t'exprimer, Jeannot. On dirait que tu dis toujours autre chose que ce que tu dis.

– Je ne sais pas. Je suis cinéphile, mademoiselle Cora. Au ciné vous êtes là dans le noir à vous marrer comme des baleines et c'est la meilleure chose que vous pouvez faire dans le noir. C'est très difficile pour monsieur Salomon de se rattacher au dernier moment à une femme tellement plus jeune que lui. C'est comme dans *L'Ange bleu* de monsieur Joseph Sternberg, avec Marlène Dietrich, quand le vieux professeur a perdu la tête pour une chanteuse beaucoup plus jeune que lui. Vous avez vu *L'Ange bleu*, mademoiselle Cora?

Ça lui a fait plaisir.

– Oui, bien sûr.

– Voilà. Alors vous comprenez que monsieur Salomon l'a vu aussi et il a peur.

– Je n'ai pas l'âge de Marlène dans le film, Jeannot. Je pourrais le rendre heureux.

– C'est ce qu'il ne veut pas par-dessus tout, mademoiselle Cora. Bon Dieu, je vous l'ai pourtant expliqué. Quand vous êtes heureux, ça donne de l'importance à la vie, et alors on a encore plus peur de mourir.

Mademoiselle Cora avait un petit truc. Elle mouillait son doigt, l'appuyait contre les miettes de pain sur la table et puis les mettait sur sa langue. C'était pour ne pas manger de pain qui fait grossir.

– Si je comprends bien, Jeannot, tu t'es mis avec moi parce que je ne peux pas donner d'importance à la vie? Comme ça, tu es tranquille?

Voilà. C'est toujours la même chose en amour, vous leur donnez un doigt, elles veulent toute la jambe.

– J'aurais beaucoup à dire, mademoiselle Cora.

– Dis-le. Je t'invite.

Je ne pouvais pas lui faire comprendre que c'était une histoire d'amour mais qu'elle n'y était pour rien. Je me suis retenu un moment mais elle était là, devant moi, avec des yeux et un sourire qui étaient tous les deux dans le dénuement.

Je pouvais lui dire, mademoiselle Cora je vous aime vous aussi comme toutes les espèces menacées, mais c'était trop loin pour elle. Si elle avait senti qu'il y avait du goéland et du bébé phoque là-dedans, elle n'aurait pas été heureuse. Le mieux que je pouvais faire, c'était de lui rappeler des souvenirs. Je lui ai lancé :

– Tu vas pas me faire chier, hein?

Elle s'est tout de suite apeurée. Là, elle comprenait. La fille soumise. C'est comme ça qu'on les appelait, dans sa poésie.

— C'est pas une raison parce que tu me refiles du pognon de temps en temps qu'il faut commencer à me les casser!

Elle s'est éclairée et a mis sa main sur la mienne.

— Excuse-moi, Jeannot.

— Ça va.

Elle a eu un petit rire.

— C'est la première fois que tu m'as tutoyée...

Ouf.

Le patron est venu nous offrir un calva sur la maison. Mademoiselle Cora gardait sa main sur la mienne, plus pour le patron qu'autre chose. Elle me cherchait au fond des yeux et se taisait pour plus d'expression. On la voyait très bien à travers, telle qu'elle était à vingt ans, avec son joli sourire espiègle, et les cheveux coupés tout droits au milieu du front. Elle avait pris l'habitude d'être jeune, jolie, populaire et aimée et ça lui est resté. Après, elle s'est admirée dans son sac à main où il y avait un miroir. Elle a pris son bâton de rouge et s'est refait un peu les lèvres.

— Est-ce que vous voulez que je parle à monsieur Salomon?

— Ah non, surtout pas! De quoi j'aurais l'air! Tant pis pour lui.

J'avais du plaisir à regarder mademoiselle Cora. La robe avait des manches longues jusqu'aux bracelets. Le sac était tout neuf en crocodile. Elle avait une ceinture orange avec des petits pois.

— Mademoiselle Cora, je voudrais que vous me laissiez lui parler. Il ne faut pas lui en vouloir parce qu'il est resté quatre ans dans cette cave sans venir vous voir. C'était dangereux. Il a besoin de vous.

Pour ne rien vous cacher, il m'en a parlé l'autre jour.

– Non?

– Bien sûr il ne m'a pas dit qu'il ne peut pas vivre sans vous. Il a sa dignité. Mais il me demande toujours de vos nouvelles. Et quand il prononce votre nom, c'est la lumière sur son visage. Soyez tranquille, je ne vais rien lui promettre. La pire des choses qui peut vous arriver dans ce cas-là, c'est la pitié. Je ne veux pas lui faire sentir que vous avez pitié de lui.

– Ah non, surtout pas! dit mademoiselle Cora en s'écriant. Il a un orgueil!

– Il faut ménager sa virilité masculine. Avec votre permission je vais lui faire imaginer le contraire. Je vais lui faire croire que vous avez besoin de lui.

– Ah non, Jeannot, là, alors...

– Attendez, mademoiselle Cora. Vous avez du sentiment pour lui ou merde?

Elle m'a considéré un moment.

– Je ne comprends pas où tu veux en venir, Jeannot.. Tu veux te débarrasser de moi?

– Bon, alors n'en parlons plus.

– Ne te fâche pas...

– Je ne me fâche pas.

– Si tu m'as assez vue...

Elle allait commencer à chialer alors que j'essayais de la sauver, cette conne. Je ne cherchais pas à m'en débarrasser, je n'ai jamais pu me débarrasser de personne. J'ai encore murmuré :

– Mademoiselle Cora, mademoiselle Cora! en lui prenant la main parce que c'est un geste dont le besoin se fait toujours sentir.

J'ai demandé l'addition et le patron m'a dit que c'était déjà fait. Mademoiselle Cora est allée à la cuisine dire au revoir et on est restés un moment ensemble à être polis.

— Eh oui. C'était quelqu'un, mademoiselle Cora. Et il y a longtemps que vous...

— Non, pas tellement, avant, je travaillais à Rungis.

— Vous êtes trop jeune pour avoir connu ça, mais Cora Lamenaire, c'était un nom... Seulement, elle n'a jamais écouté que son cœur. C'est une femme pour qui il n'y a que la vie sentimentale qui compte...

Je suis allé aux toilettes, ça valait mieux. Quand je suis remonté, mademoiselle Cora m'attendait. Elle m'a pris le bras et on est sortis.

— Il est gentil, le patron, non?

— Formidable.

— Je viens le voir de temps en temps. Ça lui fait plaisir. Il a été amoureux fou de moi, tu peux pas savoir!

— Ah bon?

— Tu peux pas savoir. Il me suivait partout. Je faisais beaucoup de tournées en province et à chaque étape, il était là.

— Ben, il courait le Tour de France, à ce que j'ai compris.

— Tu es drôle. Non, vraiment, il me suivait partout. Il voulait m'épouser. Alors, je viens le voir de temps en temps. Il me fait vingt pour cent de réduction.

— Quand on a aimé quelqu'un, il reste toujours quelque chose.

— Et pourtant c'était il y a près de quarante ans.

— Il reste toujours quelque chose, mademoiselle Cora. Monsieur Salomon aussi, qui n'a jamais pu vous oublier.

Elle prit un petit air dur.

– Oh, celui-là! Une vraie tête de mule. Je n'ai jamais vu un homme aussi têtu.

– Pour vivre quatre ans caché dans une cave, il faut être têtu. Les Juifs sont des gens tellement têtus que c'est même pour ça qu'ils sont encore là.

– Juifs ou pas Juifs, les hommes sont tous pareils, Jeannot. Il n'y a que les femmes qui savent aimer. Les hommes, c'est la vanité masculine avant tout. Des fois je pense à lui et il me fait pitié. Vivre seul comme un vieux loup, à quoi ça ressemble?

– Ah ça, évidemment.

– A son âge, il a besoin d'une femme pour s'occuper de lui. Quelqu'un qui lui ferait des petits plats, qui sait tenir un intérieur, le décharger de tous les soucis. Et pas une étrangère mais quelqu'un qui le connaît bien, parce qu'il doit comprendre qu'à quatre-vingt-quatre ans on ne peut plus commencer avec une personne qu'on ne connaît pas. On n'a plus le temps de se connaître, de s'habituer l'un à l'autre. Il va mourir seul dans un coin. Est-ce que c'est une vie, ça?

– Bien sûr que non, mademoiselle Cora.

– Tu ne me croiras pas, mais il m'arrive de ne pas pouvoir dormir la nuit, tellement je pense à monsieur Salomon tout seul dans sa vieillesse. J'ai le cœur trop sensible, voilà.

– Voilà.

– Remarque, je suis très bien comme je suis. Je n'ai pas à me plaindre. J'ai mon appartement, mon confort. Mais je ne suis pas égoïste. Même si je dois perdre ma tranquillité, j'accepterais de m'occuper de lui, s'il me le demandait. On n'a pas le droit de vivre uniquement pour son propre compte. Des fois, quand je suis restée quelques jours dans mon appartement sans voir personne, je me sens terriblement inutile. C'est de l'égoïsme. Il m'arrive de me trouver assise devant ma table à pleurer, tellement j'ai honte d'être là toute seule à m'occuper de moi-même et de personne d'autre.

– Vous pourriez peut-être travailler à *S.O.S.* comme bénévole, mademoiselle Cora.

– Il n'accepterait pas, tu penses. C'est dans son appartement et il croirait que je lui fais des avances et que j'essaye de le récupérer. Pour ne rien te cacher, je téléphonais souvent à *S.O.S.*, dans l'espoir de tomber sur lui, mais c'est toujours vous autres, les jeunes, qui répondez. Je suis tombée sur lui une seule fois. J'en suis restée tout émue et j'ai raccroché...

Elle a ri et moi aussi.

– Il a une très belle voix au téléphone, monsieur Salomon.

– C'est une chose importante, la voix, au téléphone.

– Il paraît qu'il collectionne des cartes postales et des timbres-poste et des photos de gens qu'il n'a même pas connus. Je ne sais pas s'il a gardé une photo de moi. Autrefois, il en avait des tas et des tas. Il me découpait même dans le journal et puis il me collait dans un album. Une fois, j'ai eu droit à toute une page dans *Pour vous*. Il a acheté cent numéros. Il a dû jeter tout ça dehors, à présent. Je n'ai jamais vu un homme aussi rancunier. Evidemment, il était fou de moi, et alors il a dû détruire tous les souvenirs pour ne pas se rappeler. Tu sais, quand on s'est vus pour la dernière fois et qu'il m'a donné l'adresse de la cave où il s'est retiré pour que je vienne le voir, il tenait ma main dans la sienne et tout ce qu'il pouvait répéter, c'était Cora, Cora, Cora. J'ai fait une bêtise, j'aurais dû aller le voir, mais qu'est-ce que tu veux, quand j'ai rencontré Maurice, ça a été le coup de foudre, j'ai perdu la tête. Je ne suis pas le genre qui calcule et qui pense à l'avenir. Si j'avais été maligne, je serais allée le voir deux ou trois fois, juste pour le cas où les Allemands perdraient la guerre. Mais c'est pas mon genre. C'était le moment où j'avais le plus de succès, je chantais partout, j'étais très demandée. Mais il n'y avait que Maurice qui comptait, et rien d'autre. Un jour, il y a un garçon de café qui est venu me dire vous devriez faire attention, mademoiselle Cora, Maurice est un homme très dangereux. Vous aurez des ennuis, après. C'est tout ce qu'il m'a dit et puis il a eu des ennuis lui-même, la Gestapo l'a ramassé. Je me suis un peu renseignée, et c'est là que j'ai appris que Maurice travaillait pour la Gestapo. Mais c'était déjà trop tard, je l'aimais. Les gens ne comprennent jamais qu'on puisse aimer quelqu'un qui ne vous mérite pas. Moi non plus je ne comprends pas maintenant comment j'ai pu l'aimer. Seulement, en amour, il n'y a rien à comprendre, c'est comme ça, on n'y peut rien. C'est pas un truc où on peut faire ses comptes. C'est la plus belle connerie que j'ai faite dans ma vie mais je n'ai jamais été calculatrice. Je vivais comme si c'était une chanson. Et puis, quand on est jeune, on ne s'imagine pas qu'un jour on va être vieux. C'est trop loin, ça dépasse l'imagination. Une fois, je suis passée aux Champs-Elysées à côté de l'immeuble où monsieur Salomon était dans sa cave et j'ai eu du remords. Je me souviens très bien, j'ai même tout de suite traversé. Si tu m'avais dit à l'époque que j'allais avoir soixante-cinq ans et monsieur Salomon quatre-vingt-quatre, je t'aurais ri au nez. Evidemment, j'aurais pu venir le voir, la nuit, lui apporter du champagne et du foie gras, lui demander comment ça allait et s'il avait le moral. J'y ai pensé. Mais tu sais quoi? Je crois que c'est maintenant seulement que je l'aime vraiment. Avant la guerre, il me couvrait de cadeaux, il était encore jeune, il me flattait, j'aimais aller dans des endroits avec lui, mais ce n'était pas le vrai sentiment. Alors tu comprends que quand j'ai rencontré Maurice et quand ça a été le vrai sentiment, la folie, la passion, quoi, monsieur Salomon, c'était comme s'il n'avait jamais existé. J'avais eu d'autres amants, tu sais. J'étais un peu folle de moi-même quand j'étais jeune. Je me souviens que ce qui me gênait le plus pendant l'occupation, quand je n'allais pas le voir dans sa cave, c'était qu'il était juif. Tu comprends bien que ce n'était pas du tout parce qu'il était juif. Ça m'était bien égal. C'est comme pour Maurice, ça m'était bien égal qu'il était pour les nazis. Un homme est un homme on aime ou on n'aime pas. J'étais trop jeune, je n'ai pas su apprécier monsieur Salomon à sa juste valeur. Il faut la maturité. Mais c'est trop tard. C'est ce qu'il y a de plus bête avec la maturité, ça vient toujours trop tard. Et tu veux que je te dise? Monsieur Salomon, il n'a pas encore la maturité. Sans ça il y a longtemps qu'il m'aurait demandé de vivre avec lui. Il est aussi vieux que possible, et il a encore des passions, des intensités, des colères noires. Il n'a pas su s'adoucir. Parce qu'enfin, il n'y a pas de doute, il m'aime toujours, et c'est la passion qui le rend si rancunier. S'il ne m'aimait plus comme avant et si ce n'était pas la passion, il y a longtemps qu'il m'aurait demandé de venir vivre avec lui, on aurait eu un arrangement. Ce serait la maturité et le bon sens, chez lui. Mais non, mais non, c'est la passion, la rancune, la colère noire. Tu connais bien son regard : ça brûle là-dedans.

J'ai dit :

— *Il y a de la flamme dans l'œil des jeunes gens, mais dans celui du vieillard il y a de la lumière.*

Elle parut étonnée.

— Qu'est-ce que tu racontes?

248

– Monsieur Salomon l'a trouvé dans Victor Hugo.

– En tout cas, c'est un passionné. Il n'a pas su se reconvertir. Je me suis dit pendant longtemps qu'il ne réussirait pas à faire le dur jusqu'au bout, que ça allait s'adoucir, chez lui, et qu'un beau jour, on sonnerait à ma porte, j'irais ouvrir, et il y aurait là sur le palier monsieur Salomon avec un grand bouquet de lilas à la main et il me dirait Cora, tout est oublié, venez vivre avec moi, tout est oublié sauf que je vous aime...

J'ai louché un peu vers mademoiselle Cora et j'ai vu qu'elle n'était pas là, qu'elle souriait dans un rêve. Elle avait un visage de môme, dans l'obscurité, avec sa mèche toute droite sur son front et le sourire naïf qui avait confiance dans l'avenir.

Elle a soupiré.

– Mais non. Il est impardonnable. Tu vois, s'il m'aimait moins, il y a longtemps qu'il se serait arrangé. Si c'était pas la passion, il serait beaucoup moins demandant. Et il a le cœur qui n'a pas su vieillir et c'est ça qui le rend impardonnable. Il ne peut pas me pardonner, comme s'il avait vingt ans et que c'était encore la violence des sentiments, et alors, plutôt crever que de pardonner. Il ne sait pas vieillir. Il ne fait que durcir tout autour, à l'extérieur, comme les vieux chênes, mais à l'intérieur c'est la jeunesse du cœur, ça bouillonne, ça se révolte, ça veut tout casser. Alors il continue à vivre entouré de mes photos et de mes affiches qu'il doit avoir dans un coffre fermé à clé et qu'il sort sûrement la nuit pour les regarder. Si j'étais un peu plus pute, j'irais lui faire la comédie, j'irais lui dire, monsieur Salomon, je sais que vous ne pensez jamais à moi, mais moi je pense à vous tout le temps, j'ai besoin de vous, et je me mettrais à sangloter, si j'étais vraiment pute, je me jetterais à ses genoux, et des fois je crois que c'est ce qu'il attend, ce salaud-là, et je me demande si je ne vais pas le faire un jour, il ne faut pas hésiter parfois à oublier sa fierté, quand c'est pour aider quelqu'un à vivre. Qu'est-ce que tu en penses?

J'ai aspiré l'air, j'en avais besoin.

— C'est vrai que vous êtes un peu dure avec lui, mademoiselle Cora. Il faut savoir pardonner.

— Mais tu te rends compte que ça fait trente-cinq ans qu'il me traite par le silence!

— C'est un peu de votre faute. Il ne sait pas que vous avez commencé à l'aimer vraiment. Vous ne lui avez pas fait savoir. Je suis sûr qu'aujourd'hui, si les Allemands revenaient, et s'il se retrouvait dans sa cave...

— J'irais avec lui.

— Il faut le lui dire.

— Ça le ferait rire. Tu sais comment il est. Il a un rire, on dirait qu'il balaie tout et qu'on est tous des fétus de paille là-dedans. Des fois, on dirait que le rire est tout ce qui lui reste. C'est terrible de ne pas pouvoir aider un homme qui est si malheureux.

— Quand est-ce que vous avez compris pour la première fois que vous l'aimiez vraiment?

— Je ne peux pas te dire. C'est venu peu à peu, chaque année un peu plus. Et puis il a été quand même très gentil quand il m'a sauvée de madame pipi et qu'il m'a donné tout le confort et une rente. Je ne pouvais plus lui en vouloir. C'est venu peu à peu. Ce n'était plus la folie et la passion, comme avec Maurice, j'avais changé, ce n'étaient plus les égarements. Je me suis mise à penser à lui de plus en plus souvent. Ça s'est mis à grandir, quoi.

On s'est quittés devant la porte. Elle ne m'a pas demandé d'entrer. Mais on est restés un bon moment sur le palier. J'ai allumé la minuterie trois fois. La deuxième fois, quand j'ai rallumé, j'ai vu

250

qu'elle pleurait. Je n'avais encore jamais reçu tant de tendresse féminine dans les yeux d'une bonne femme qui aurait pu être ma grand-mère. Elle m'a caressé la joue et elle sanglotait, mais en silence, sans faire de bruit. Heureusement ça s'est éteint. J'ai encore dit :

– Mademoiselle Cora, mademoiselle Cora, et j'ai dégringolé l'escalier. J'avais envie de chialer, moi aussi. Mais ce n'était pas de la pitié. C'était de l'amour. Ce n'était pas de l'amour seulement pour mademoiselle Cora, non, c'était beaucoup plus. Oh putain je ne sais pas du tout ce que c'était.

XXXI

Je n'ai pas voulu courir directement chez Aline, c'était trop minable. Je ne voulais pas non plus rentrer rue Neuve, j'avais dit aux copains que j'allais vivre chez Aline et ils auraient rigolé de me voir rentrer au milieu de la nuit, comme si elle m'avait foutu dehors, je n'avais pas à leur expliquer. Il y avait assez de temps que j'étais bénévole, et si je n'arrivais pas à m'arrêter maintenant que j'avais quelqu'un à moi, je ne m'arrêterais plus jamais, je resterais toujours chez les autres, je finirais quelque part chez les grands singes en voie d'extinction, ou chez les baleines et peut-être encore plus loin, là où il n'y a même plus personne à sauver. Aline l'avait dit pour rire, mais quelquefois c'est en riant qu'on a le plus raison et mademoiselle Cora, et le roi Salomon et tous les petits vieux qui marchent en trottinant, chez moi, c'est écologique. Chuck doit avoir raison lorsqu'il dit que j'ai une sensibilité qui a la folie des grandeurs. Il y a eu un film comme ça, *Robin Hood*, à la cinémathèque, avec Errol Flynn qui prenait aux jeunes et donnait aux vieux, ou qui prenait aux riches et donnait aux pauvres, ça revient au même. Je crois que ce n'est pas seulement la vieille clocharde, c'est tout le monde qui pousse devant lui un tandem vide. J'ai marché un peu les poings serrés dans les poches et je me faisais un phantasme, je m'évadais du quartier de haute surveillance, comme Mesrine. J'étais dans un état que Chuck appelle les deux sources de la morale et de la religion, c'était l'angoisse. Ce qu'il y a de plus vachard chez Chuck, c'est sa façon de vous connaître sur le bout des doigts, en haussant les épaules, en faisant un geste las de la main et en murmurant « c'est classique ». Il me met hors de moi, ce salaud-là, avec sa somme de connaissances. C'est ce qu'on appelle une Encyclopédie vivante. *Encyclopédie vivante : une personne aux connaissances extrêmement étendues en toute espèce de matière.* Je l'ai cherché, parce que c'est comme ça que je me sens parfois, une personne aux connaissances extrêmement étendues en toute espèce de matière. Ce n'est pas difficile, ça vous vient tout seul. Pour devenir une encyclopédie vivante il suffit d'être un autodidacte de l'angoisse, c'est ce qu'on appelle somme totale de toutes les connaissances. Je pensai aller réveiller Chuck et lui foutre une bonne raclée, parce que là, au moins, il y aurait quelque chose qu'il n'aurait pas compris. J'ouvre la porte, j'allume, il roupille comme un bienheureux, je vais à lui, je le soulève, je lui fous une paire de baffes, il est étonné, il gueule : mais quoi, qu'est-ce qui te prend, qu'est-ce que je t'ai fait ? Et moi je me marre et je lui dis : eh bien vas-y, essaye de comprendre, et je m'en vais en sifflotant, les mains dans les poches. Il a pris sur la gueule sans savoir pourquoi, il est complètement ahuri, il interroge, il interpelle, il essaye de comprendre et le voilà une Encyclopédie vivante, *une somme totale de toutes les connaissances.* Ça m'a soulagé rien que d'y penser.

Je suis allé au *Maupou* à Montmartre, qui est une brasserie ouverte toute la nuit et je suis resté là un bout de temps devant ma bière. Il y avait trois putes dont une Antillaise à une table, je m'étais assis à côté comme un petit garçon qui se sent toujours mieux quand maman est là. Ce n'est pas pour péjorer ma mère qui n'était pas une pute du tout et qui choisissait. Mais je trouve que les putes sont maternelles parce qu'elles sont toujours là pour les consolations de l'église. On a parlé un peu mais ce n'était pas une chose à leur dire. Là où Chuck a raison, c'est lorsqu'il soutient que le fascisme avait du bon parce qu'on pouvait être contre. C'était un truc sociologique formidable qui vous permettait de connaître l'ennemi. Quand vous n'avez pas d'ennemis valables vous finissez par vous barricader dans une ferme et par tirer sur n'importe qui. J'ai lu des bouquins sur la résistance et je me suis toujours demandé qu'est-ce qu'ils ont bien pu faire après, les résistants, et contre quoi ils ont vécu depuis. Là où ça devient dur, c'est quand on ne peut plus être antifasciste. On trouve des remplaçants, mais c'est jamais aussi valable. En Italie, ils ont même tué Aldo Moro, tellement ils ont besoin de remplaçants. Lorsque Chuck m'a lancé une fois à la gueule que c'est lyrique, chez moi, et que je suis dans le genre bêlant comme on ne peut pas faire mieux sans talent et que la vieillesse et la mortalité, c'est du dix-neuvième siècle, comme Victor Hugo et Lamartine, que j'avais du retard comme inculte, c'étaient des élégies, chez moi, et que j'étais un élégiaque, j'ai attendu qu'il soit sorti pour ne pas avoir l'air et après j'ai cherché, on ne sait jamais, je tenais peut-être là une explication de l'angoisse du roi Salomon, que j'ai attrapée par fréquentation. J'ai trouvé *élégie : poème lyrique exprimant une plainte douloureuse, des sentiments mélancoliques*, et pour *élégiaque*, j'ai trouvé : *qui est dans le ton mélancolique, tendre de l'élégie*. Je réfléchissais à cela devant mon verre de bière et ça m'a fait du bien, comme chaque fois que je me trouve des références. L'Antillaise à côté avait passé ses vacances à la Martinique et ça m'a intéressé, c'était loin. C'était bon de l'entendre quand elle disait « loin de tout », c'était encourageant de savoir que ça existe, loin de tout. Il y a même des expressions qui l'ont prévu : *comme une pierre dans l'eau* et *filer comme un pet sur une toile cirée*. J'ai dit à la fille qui s'appelait Mauricette :

— On doit être tranquille, là-bas?

— Oui, il y a encore des coins. Il faut connaître.

— A Paris, on n'est jamais tranquille, à cause des grandes métropoles, dit sa copine.

— C'est le paradis terrestre, dit Mauricette. Ça vaut le voyage.

C'est là que j'ai tout de suite pris ma décision. J'allais réveiller Aline et on partait tous les deux. On pourrait emprunter à monsieur Salomon et ouvrir une librairie, là-bas. On se sent toujours soulagé quand on prend une décision et celle-là m'a fait vraiment du bien. J'ai appelé le garçon.

— C'est pour moi.

Elles m'ont remercié, on avait eu une bonne conversation. Je suis sorti, il était près de quatre heures du matin mais une librairie au soleil des Antilles c'est une bonne raison pour réveiller quelqu'un, ce n'est pas de l'angoisse. Il y a encore des coins, mais il faut connaître, comme disait Mauricette. Au bord de la mer des Caraïbes, qui est toujours d'un bleu garanti. Il y a des requins mais ils ne sont pas menacés. Le reste du monde doit être plus loin là-bas que d'habitude. On pourrait même avoir des enfants noirs, Aline et moi. Je me suis assis sur le trottoir et je me suis marré. Les Noirs sont moins angoissés que les Blancs parce qu'ils ont moins de civilisation, c'est connu. Moi j'ai eu trop de civilisation. Là j'ai eu le fou rire. Je me suis amusé comme ça pendant une demi-heure à m'envoyer des tartes à la crème à la figure pour me débarrasser de ma somme totale des connaissances et quand j'ai sonné à la porte d'Aline, ça ne se voyait plus, j'avais retrouvé ma gueule à moi, celle à laquelle on me donnerait la Santé sans confession.

XXXII

Quand Aline m'a ouvert, tout endormie, je suis passé à côté d'elle et je me suis jeté sur le lit, comme chez moi. Elle est rentrée doucement, et elle m'a regardé, les bras croisés, et j'ai tout de suite vu que ce n'était pas la peine de me cacher avec elle et j'ai perdu mon expression, elle m'est tombée du visage. Nu, j'étais. Elle s'est assise au bord du lit et c'était vraiment bizarre chez une fille aussi jeune et qui n'avait pas d'enfants. On s'imaginera que c'est parce que j'ai perdu ma mère très jeune, mais c'est du prêt-à-porter, comme explication, vu que ça faisait déjà quelques millions d'années, ou alors il faut croire que c'est les singes dont on descend qui nous manquent, comme paternité. Aline était jeune et jolie et ça me faisait du bien d'être pour une fois avec quelqu'un qui n'avait pas besoin de moi. Pas de S.O.S., pas d'appels au secours, et c'était de cela que j'avais le plus besoin. Je ne sais pas comment c'est, à la Martinique, quand on connaît les coins, mais je n'irai pas voir, il vaut mieux croire que ça existe. Qu'est-ce qu'on fait quand on ne peut plus supporter son état humain ? On se déshumanise. On se met dans les Brigades rouges et on arrive peu à peu à l'état de désensibilité. C'est le dépassement, selon Chuck. Comme Charlie Chaplin, dans *Le Kid*, qui a trouvé un bébé et ouvre une bouche d'égout et se demande s'il ne va pas s'en désencombrer complètement.

– Aline...

– Essaye de dormir.

– Tu es une vraie pute sans cœur.

– On vit, quoi.

– J'ai pensé qu'on pourrait partir tous les deux aux Antilles. C'est périphérique, là-bas. Qu'est-ce que ça veut dire au juste, périphérique?

– Les lieux éloignés du centre.

– C'est bien ça. C'est périphérique.

– Il y a la télévision.

– On n'est pas obligé de regarder. Je pourrais emprunter de l'argent et on pourrait aller vivre là-bas. Se désencombrer.

– Cela me paraît difficile.

– Rien n'est difficile, quand on est motivé. Regarde Mesrine qui s'est évadé du quartier de haute surveillance.

– Il avait des complicités.

– Toi et moi, ça suffit comme complicité. Tu devrais te laisser les cheveux encore plus longs. Pour qu'il y ait plus de toi.

– Ça se mesure au centimètre?

– Non, mais il n'y en a jamais assez. Tu sais ce que ça veut dire élégiaque?

– Oui.

– Qui est mélancolique et tendre. J'ai un ami qui explique que les étudiants des Brigades rouges ont tué Moro pour se désensibiliser. Tu comprends?

– Non.

– Pour se désensibiliser. Pour aller là où on ne sent plus rien. Le stoïcisme.

– Alors?

– Je n'en suis pas foutu, moi.

Elle a ri.

– C'est parce que tu n'es pas assez littéraire. Tu

n'as pas de théorie. Ou, si tu préfères, pour parler comme toi... tu n'es pas assez théorique pour en arriver là. Il faut beaucoup cogiter. Il faut un système. Tu t'es arrêté où?

— Dans une brasserie à Pigalle.

— Tu t'es arrêté où dans tes études?

— Je suis un autodidacte. C'est comme ça qu'on devient une encyclopédie vivante. J'étais avec mademoiselle Cora, tout à l'heure. Elle est tellement seule, paumée et désespérée que je l'aurais étranglée. Tu vois?

— A peu près.

— Et puis je me suis rendu compte que c'était moi, que c'était pas elle. Elle ne sait pas qu'elle est vieille, paumée et malheureuse. C'est l'accoutumance. La vie, comme drogue, ça se pose un peu là. Elle a son petit confort, comme elle dit. Alors je voudrais savoir : qu'est-ce qu'elle a, la vie? Qu'est-ce qu'elle a, qui lui permet de vous faire tout avaler et d'en redemander? Tu sais : inspire, expire, comme si ça suffisait?

— Viens te coucher, Pierrot.

— Je m'appelle Jean, merde. Tu charries.

— Déshabille-toi, Pierrot lunaire. Viens faire dodo. Viens faire dodo dans les bras-bras de ta maman, mon petit chéri.

— T'es une vraie pute sans cœur, Aline. C'est ce qui m'a tout de suite plu, chez toi. C'est formidable de trouver enfin quelqu'un qui n'a besoin de personne.

Elle a éteint. Le noir, c'est selon. Tantôt ça fait câlin, tranquille, comme on dit pour les mers du même nom, tantôt ça menace. Le silence aussi a des variétés. Ou bien il ronronne ou bien vous tombe dessus et vous ronge comme un os. Il y a des silences qui sont pleins de voix qui gueulent et qu'on n'entend pas. Des silences S.O.S. Des silences comme on ne sait pas ce qui leur arrive, d'où ça vient, il faudrait des ingénieurs. On peut toujours se boucher les oreilles, mais pas le reste. J'ai serré Aline contre moi et je ne lui ai pas dit Aline je suis toujours chez les autres, c'est vexant pour une femme d'être traitée comme une insuffisance. Je la tenais bien au chaud contre moi et c'était le moment bien choisi pour lui parler de tout ce qu'on pouvait à nous deux laisser dehors. Je me taisais, pour que ça chante mieux. S'il nous fallait des mots comme à des étrangers qui n'ont que ça à se mettre, ce n'était pas la peine de se comprendre. Une fois, seulement, alors que j'écoutais des messages que je n'entendais pas, je lui ai parlé des dictionnaires et je lui ai dit que je n'y ai jamais trouvé de mot qui expliquerait. Si tu travaillais huit heures par jour au fond d'une mine... Je me suis endormi avec elle aux Antilles, dans un coin qu'il faut connaître ou alors on n'a aucune chance de le trouver.

XXXIII

Je me suis réveillé avec du soleil, le café qui souriait, les croissants qui brillaient gras et un baiser sur le bout du nez. Les meilleurs moments sont toujours les petits.

– Il y a un chat que j'ai vu dans le journal, il s'est perdu et il a retrouvé la maison après avoir marché mille kilomètres. Il y a des instincts d'orientation étonnants. L'année dernière, ils ont eu un chien, un chow, qui a pris tout seul le train pour aller rejoindre sa maîtresse. C'est affectif, chez eux.

J'ai pris encore un croissant. Elle préférait les tartines. C'est vrai que la France est coupée en deux. Il y a ceux qui préfèrent les tartines et ceux qui préfèrent les croissants.

– Tu me diras quand...

– Je dois être à la librairie à neuf heures trente. Mais tu peux rester ici.

Elle n'a même pas hésité :

– Tu peux venir habiter ici pour de bon.

Je n'ai pas pu parler.

– Tu ne me connais pas assez. Je suis toujours chez les autres. C'est ce qu'ils appellent délit de vagabondage.

– Eh bien, tu seras chez moi.

Calme, assurée, croquant sa tartine. Je me suis d'abord dit merde elle doit être vachement seule pour se jeter à l'eau comme ça, mais c'était encore une idée à moi.

— J'ai vu un film à la cinémathèque, *Le facteur sonne toujours deux fois*, c'est ce que je connais de plus vrai comme titre. Au-delà de deux, c'est plus le même facteur. C'est un autre. C'est un facteur sociologique.

Elle riait dans sa tartine. Elle avait des petites dents animales et un nez un peu en l'air.

— Et tu vis de quoi, à part ça?

— J'ai un tiers de taxi, et je peux dépanner n'importe quoi. Enfin non, pas n'importe quoi, seulement la plomberie, l'électricité, la petite mécanique. Bricoleur. C'est très demandé aujourd'hui. Je me suis un peu arrêté il y a quelques mois, j'ai un copain qui me remplace. J'ai trop de boulot chez monsieur Salomon. C'est du bricolage aussi, des dépannages...

Elle m'écoutait. Au bout d'une heure je me suis aperçu que je parlais depuis une heure. Les voix qui appellent jour et nuit, les gens qu'on veut dépanner, tout ça. Et monsieur Salomon qui se levait parfois la nuit pour répondre aux appels lui-même puisqu'il n'y a personne d'autre. Et qui m'envoyait sur les lieux pour les cas d'urgence, comme mademoiselle Cora.

— Le bricolage et le dépannage, voilà.

Je lui expliquais comment le roi Salomon vivait seul depuis trente-cinq ans pour punir mademoi-selle Cora qui n'était pas venue le voir dans sa cave pendant l'occupation.

— Il paraît que les Juifs ont un Dieu très sévère.

Je lui ai parlé des vieux qu'il fallait aller trouver tous les jours pour voir s'ils étaient encore là. Je me suis arrêté juste avant la vieille clocharde qui poussait devant elle son tandem vide.

– J'ai un ami, Chuck, qui doit bien avoir raison. Il paraît que si je suis tout le temps chez les autres, c'est que je manque d'identité. Je n'ai pas assez d'identité pour m'occuper de moi-même, vu que je ne sais pas qui je suis, ce que je veux et ce que je peux faire pour moi. Tu vois?

– Je vois surtout que ton ami Chuck, apparemment, se suffit à lui-même. La suffisance. Enfin, ce n'est pas beau chez moi non plus. La première chose que j'ai sentie chez toi...

– Quoi?

Elle a ri mais ce n'était pas tellement gai.

– La première chose que j'ai sentie chez toi, c'est qu'il y a beaucoup à prendre.

Elle s'est levée et elle m'a tourné le dos pour s'habiller, mais c'était plutôt parce qu'elle ne s'aimait pas en disant ça.

– C'est pour toi maintenant, Aline. Tout ce que j'ai. Prends.

– Oh, ça va. Mais tu peux venir habiter ici. Tu l'as déjà un peu fait sans me demander, mais maintenant je te le demande. Parfois, on se trompe, et alors la meilleure façon pour se débarrasser l'un de l'autre, c'est d'habiter quelque part ensemble. Je me suis assez trompée comme ça. Je suis le genre de dévoreuse qui se contenterait des miettes.

Elle portait une espèce de blouson et de pantalon olive clair. Je ne l'ai jamais vue autrement. Elle s'est tournée vers moi.

– Si c'est encore pour me casser la gueule, il vaut mieux le faire vite. Je ne suis même pas sûre que je pourrai t'aimer, que je sois capable d'aimer quelqu'un. Il faut vraiment avoir la foi. Alors, viens habiter chez moi.

– Aline.

– Oui?

– De quoi on a tous peur?

– Que ça ne dure pas.

Je suis resté un moment à la regarder pendant qu'elle était encore là.

– Aline.

– Oui?

– Il n'y a plus que toi. Les autres, c'est fini.

Ce qui m'a fait penser à monsieur Geoffroy de Saint-Ardalousier, dans sa mansarde.

– A propos, j'ai un ami qui a soixante-douze ans, et qui écrit. Il a sorti un livre de sa poche.

– A compte d'auteur?

– C'est ça. Il a mis toute sa vie à le finir. Est-ce qu'on ne pourrait pas l'inviter dans ta librairie, lui faire un peu la fête, tu sais, comme quand on a écrit un livre et qu'on est célèbre?

Elle m'observait avec une sorte de... est-ce que je sais, moi, d'amitié, ou même peut-être de tendresse, allez savoir avec des yeux qui sourient toujours quand il fait clair.

– Tu voudrais l'aider?

– Qu'est-ce qu'il y a de drôle?

– Je croyais que tu ne voulais plus t'occuper des autres?

– C'est pour finir, quoi.

– Pour solde de tout compte.

– Si tu veux. Il m'est un peu resté sur l'estomac dans sa mansarde et le livre qu'il a publié de sa poche. Il n'a pas de famille, rien que des assistances sociales et il ressemble à Voltaire. J'ai vu Voltaire à la télé, l'autre jour, et il lui ressemble. Voltaire, c'était quand même quelqu'un, non?

Elle allumait une cigarette en m'examinant.

– Je ne sais pas si tu te moques du monde par désespoir, Jeannot, ou si c'est Dieu qui t'a fait comme ça et que c'est ce qu'on appelle une nature comique...

J'ai réfléchi.

– C'est possible. Ou j'ai peut-être attrapé ça du roi Salomon. Ou alors c'est peut-être cinéphilique, chez moi. Moi je trouve qu'il n'y a rien de plus agréable que d'être assis dans le noir et de rire pour le soulagement.

Je lui ai pris la main.

– Mais ça n'empêche pas le sentiment, lui dis-je.

Elle paraissait effrayée. Elle a même eu un petit frisson.

– Qu'est-ce qu'il y a?

– Il y a comme ça un petit vent glacial qui est passé, dit-elle. Un petit vent de néant et de poussière...

Alors là, je l'ai étonnée. Je l'ai étonnée vraiment. Je me rappelais bien les vers du poète immortel que monsieur Salomon m'avait récités pour la même occasion et j'ai récité, à propos du vent sus-mentionné :

Le vent se lève! Il faut tenter de vivre!
L'air immense ouvre et referme mon livre...

Elle buvait du café mais elle avait oublié et tenait la tasse à mi-air, en me regardant. Je ne me suis même pas arrêté pour souffler et j'ai récité :

Vivez si m'en croyez, n'attendez à demain,
Cueillez dès aujourd'hui les roses de la vie!

– Merde alors, dit-elle, et j'étais content que c'était enfin quelqu'un d'autre qui le disait et pas moi.

J'ai levé un index instructif et j'ai fait :

– Ah!

– Où diable es-tu allé chercher ça, Jeannot?

– C'est le roi Salomon qui me l'a appris. Il me fait

de l'enseignement, histoire de rire un peu. Il m'enseigne pour l'exemple. Il paraît qu'il y a une école de clowns quelque part, mais je ne sais pas où. Partout, peut-être. Il vaut mieux se tordre que de se mordre. Je lui ai dit une fois que j'étais un autodidacte, ça l'a beaucoup amusé et puis il a ajouté pieusement, nous le sommes tous, nous le sommes tous. Nous mourrons tous autodidactes, mon petit Jean, même les plus agrégés d'entre nous. Tu sais, Aline, agrégé, c'est un mot marrant. Le contraire de désagrégé. J'ai regardé. La personne dont je te parle et qui vit dans une mansarde avec l'œuvre de sa vie, monsieur Geoffroy de Saint-Ardalousier, est désagrégée, il est tout seul, il a de l'arthrite, il est coronaire, la vie s'est couverte de dettes contre lui et il ne peut plus se faire rembourser, sauf par la Sécurité sociale. Il est complètement désagrégé. *Agrégé : unir en un tout, adjoindre, rattacher à une compagnie. Désagrégé : détruire par séparation des parties agrégées. Désagrégation : morcellement, pulvérisation, décomposition, désintégration, dépouillement.* Mademoiselle Cora est désagrégée et monsieur Salomon tient un standard téléphonique pour se réagréger à quelqu'un et il cherche même dans les petites annonces, *coiffeuse, vingt-quatre ans, ravissante.* Je n'ai jamais vu un vieux schnock aussi combatif, aussi résolu à ne pas se laisser désagréger. Il s'habille d'un costume élégant d'une étoffe de longue durée et il va chez une voyante avec défi, pour se prouver qu'il a encore un avenir. Le combattant suprême, on appelle ça en Tunisie. Seulement, les combattants combattent pour avancer, et monsieur Salomon combat pour reculer. Je pense que si on lui donnait quarante ans, il les prendrait. Je pense qu'on devrait tous pratiquer les arts martiaux, Aline, pour nous défendre. Ah.

— Oui, ah, dit-elle.

Elle mettait ses collants.

– C'est ce qu'on appelait un cordial, autrefois, lui dis-je. On vous offrait ça pour vous remonter le moral. Quand je te vois mettre tes bas, ça me remonte le moral.

Je l'ai embrassée sur la cuisse.

– Tolstoï a pris la fuite à quatre-vingt-dix ans, dit-elle, mais il est mort avant d'y arriver, à une station de chemin de fer.

– Oui, à Astapovo, lui dis-je.

Je n'aurais pas dû. Ça l'a frappée. J'aurais pas dû la frapper.

– Où diable as-tu appris ça, animal? demanda-t-elle doucement.

– Il n'y a pas que l'école, Aline. Il y a aussi l'enseignement public obligatoire, tu sais. C'est ce qu'on appelle l'œuvre de sa vie, chez les autodidactes.

Elle a mis ses chaussures et elle s'est levée. Elle ne m'a plus regardé une seule fois.

J'ai demandé, pour changer :

– Alors, qu'est-ce qu'on fait pour monsieur Geoffroy de Saint-Ardalousier?

– On peut lui organiser une séance de signature.

– Il faut faire vite, alors. Il est presque terminé.

Elle prit son sac et sa clé. Elle a hésité. C'est ce qu'on appelle l'indépendance, chez les femmes.

– Je te laisserai la clé sous le paillasson.

– Il paraît qu'il y a des coins aux Antilles, mais il faut connaître.

Elle s'est tournée vers moi. Sans trace de rien. Seulement jolie. Ou même belle, ça dépend de l'état dans lequel on se trouve, quand on regarde.

– Jean, dit-elle, ça commence où et ça finit où, chez toi? Nous ne pouvons jouer Dieu que pour les chiens.

– On ne va pas commencer à discuter, Aline. On n'est pas en affaires. Et puis, c'est trop tard. Neuf heures vingt. Le meilleur moment, c'est le petit matin. Après, le jour s'organise.

Elle a répété :

– Jean.

– Jeannot Lapin, c'est comme ça qu'on m'appelle chez les chasseurs. Remarque, il y a un lapin qui s'est rendu célèbre en Amérique, un certain Harvey, qui mordait tout le monde. Tu as lu ?

– J'ai lu.

– Tu vois qu'il y a même des lapins dans les Brigades rouges.

– Je mets la clé sous la porte.

– Et pour mademoiselle Cora, qu'est-ce que tu me conseilles ?

– Je refuse de te conseiller. Je n'ai pas le droit.

– Est-ce qu'il vaut mieux que je continue et que j'amortisse en douceur, ou est-ce que c'est mieux d'un seul coup ?

– Ça ne changera rien. A ce soir, peut-être. Si tu ne reviens plus jamais, je comprendrai. Nous sommes quatre milliards, je crois, j'ai de la concurrence. Mais je voudrais que tu reviennes. Au revoir.

– *Ciao.*

C'est un joli mot *ciao*. Je me demande si les étudiants des Brigades rouges l'ont dit à Aldo Moro. Chez eux non plus, ce n'est pas personnel, c'est général. *Amour*, c'est en train de changer de dictionnaire, ça passe dans le médical.

XXXIV

J'ai appelé Tong pour qu'il me remplace au taxi et je suis allé à la bibliothèque municipale pour lire *Salammbô*, il y a rien de plus rigolo que le gars Flaubert qui faisait l'amour avec les mots et qui se retirait chez eux. Après, je suis allé chez monsieur Geoffroy de Saint-Ardalousier, pour la bonne nouvelle. Il était assis dans son fauteuil avec sa couverture sur les genoux. J'ai dû faire le ménage parce qu'il n'y a personne. Bientôt il n'y aura plus de domestiques. Je lui ai dit qu'il allait avoir une signature dans une vraie librairie. Il est devenu tellement heureux que j'ai eu peur que ça allait le tuer. Il était assis là avec sa calotte d'Anatole France sur la tête et ses longues moustaches bien propres. Il peut encore se lever et faire sa toilette tout seul et après il ira à l'hospice où il ne sera pas mal non plus.

– C'est une bonne librairie, au moins?

Il a ce qu'on appelle une voix chevrotante.

– La meilleure. La jeune femme qui la gère a été emballée par votre livre.

– Vous devriez le lire, Jean.

– Oh vous savez, moi, la lecture... J'ai quitté en communale.

– Je comprends, je comprends. Du reste, notre système éducatif est épouvantable.

– Ça, vous pouvez le dire. On devient tous des encyclopédies vivantes.

Je suis allé lui faire son marché. Il aime les sucreries. J'ai acheté des dattes parce que ça fait exotique, les oasis, ça donne des horizons. Il était content.

– J'adore les dattes.

Bon, c'était toujours ça de gagné et je suis parti. Il y avait une assistante sociale qui venait deux fois par semaine, en cas de. Ce qu'il y a de plus dangereux chez eux, c'est les os. Ils se cassent comme un rien et ils ne peuvent plus se relever. Il faudrait quelqu'un deux fois par jour.

Je suis rentré à la piaule où j'ai trouvé Chuck et Yoko qui discutaient des problèmes de la corne d'Afrique. Ils s'entre-tuaient. Ils ont de plus en plus des problèmes qui s'entre-tuent, là-bas. Chuck approuvait les Cubains et Yoko déplorait. Je regardais Yoko rêveusement, à cause du fantasme noir chez les dames, à ce qu'il paraît, mais si je proposais à mademoiselle Cora de me faire remplacer par Yoko, Aline ne me le pardonnerait pas. J'ai mis le disque où mademoiselle Cora se jette du pont dans la Seine avec son enfant illégitime, et au dos il y en avait un autre, où elle perdait la raison et errait jusqu'à la fin dans les rues de Paris, à la recherche de son amoureux. J'ai essayé d'en parler à Chuck et Yoko mais ils m'ont écouté avec ennui, parce que ce n'était pas la corne de l'Afrique.

– Bon, tu la plaques, et après? dit Yoko. Ça lui donnera des émotions et c'est mieux que rien.

– Il est vrai qu'une femme qui aime la mauvaise littérature, c'est dangereux, reconnut Chuck. Elle va peut-être te loger une balle dans la peau.

J'ai réfléchi.

– Et où veux-tu que je prenne un revolver? Je ne peux pas lui en donner un, je n'en ai pas.

– Et suicidaire, par-dessus le marché, ce connard, grogna Yoko. Tu devrais...

– Je devrais aller travailler huit heures par jour dans une mine, je sais. Comme ça, j'y penserais plus. Moi, si j'étais mineur, je vous foutrais sur la gueule.

– Et d'abord, qu'est-ce qui t'a pris de la baiser, à la fin? grogna Chuck.

– Je me suis exprimé comme ça. Je voulais leur montrer à tous.

– Toi et tes histoires d'amour, c'est quelque chose...

Yoko cracha, mais pas vraiment, en faisant seulement *pff* avec ses lèvres parce qu'il était hygiénique.

– Je t'ai déjà expliqué que j'ai fait ça dans le mouvement. A la disco, ils se sont moqués d'elle, et j'ai voulu leur montrer. Et puis j'ai recommencé pour ne pas avoir l'air. C'est une femme qui a été jeune et belle et il n'y a pas de raison. Et puis il ne s'agit même pas d'elle, tenez.

Ça l'a intéressé, Chuck.

– Tu pourrais peut-être nous expliquer de quoi il s'agit?

J'ai haussé les épaules et je suis parti. J'étais content de leur avoir laissé un peu de mystère.

Je suis allé au gymnase et j'ai tapé sur le sac de sable pendant vingt minutes et ça m'a soulagé. Ça fait du bien à l'impuissance de pouvoir taper sur quelque chose. La seule chose qui pouvait me tirer de là sans douleur c'était si le roi Salomon voulait bien oublier sa rancune et prendre mademoiselle Cora pour son compte. C'était la meilleure solution pour eux aussi, s'ils pouvaient se récupérer. Je comprenais que pour monsieur Salomon, ces quatre années qu'il était resté caché dans une cave sans que mademoiselle Cora lui fasse signe, c'était évidemment un reproche sanglant, mais d'un autre côté il lui devait de la reconnaissance puisqu'elle ne l'avait pas dénoncé comme Juif, alors que c'était bien vu. Il y a des temps, des époques où il ne faut pas être trop exigeant et savoir gré aux gens de ce qu'ils ne font pas contre vous. J'ai été pris d'une juste indignation à l'idée qu'il y avait trente-cinq ans qu'ils gâchaient leur vie et que c'était la rancune, les regrets, le remords, plutôt que d'être assis sur un banc quelque part à respirer les lilas là où il y en a. J'ai sauté sur mon vélomoteur et j'ai filé tout droit chez monsieur Salomon, il n'y avait que lui qui pouvait me tirer d'affaire.

XXXV

J'avais déjà un pied dans l'ascenseur lorsque monsieur Tapu est sorti de sa loge.

– Ah, c'est encore vous!

– Ben oui. C'est moi, monsieur Tapu. J'en ai encore pour un bout de temps, sauf accident.

– Vous devriez demander au roi des Juifs de vous montrer sa collection de timbres-poste, pendant que vous y êtes. Hier, je suis monté pour une fuite et j'ai pu jeter un coup d'œil. Le roi Salomon a dix fois tous les timbres d'Israël, dix fois les mêmes!

J'attendais. J'avais le pressentiment. Je savais qu'avec monsieur Tapu on ne pouvait pas toucher le fond, c'est sans limites.

– Les affaires avant tout, vous comprenez. Tous les Juifs investissent en ce moment dans les timbres d'Israël. Ils se disent que lorsque les Arabes auront supprimé Israël à coups de bombes nucléaires, il ne restera plus que les timbres-poste! Et alors... Vous pensez!

Il leva un doigt.

– Quand l'Etat juif aura disparu, ces timbres-poste auront une valeur énorme! Alors, ils investissent!

On était en plein mois d'août mais j'en avais la chair de poule, tellement c'était profond. Chuck dit

275

que c'est ainsi que le monde a été créé, que la Connerie soit et le monde fut, mais ce sont là des vues de l'esprit et moi je pense qu'il y a eu plutôt quelqu'un qui s'amusait sans penser à mal et c'est sorti comme ça, un gag qui a pris corps. Je ne pouvais pas reculer, j'étais dos au mur, je regardais monsieur Tapu avec respect parce que c'était la puissance et la gloire, je me suis mis à marcher en crabe vers les marches, j'ai ôté ma casquette qui s'était dressée sur ma tête sous l'effet des cheveux et j'ai dit :

— Excusez-moi, majesté, il faut que je vous quitte... Je vous dis majesté parce que c'est l'étiquette et que les rois des cons, il n'y a pas plus vieux comme monarchie!

Il s'est mis à hurler et je me suis senti mieux, j'avais encore fait une bonne action.

J'ai trouvé monsieur Salomon déjà étendu sur son lit mais il avait les yeux ouverts et il respirait. Il avait mis sa robe de chambre magnifique, il avait les mains jointes, il était immobile et j'ai soudain eu l'impression qu'il s'entraînait. La mort est un truc qu'on ne peut pas imaginer, il faut y être pour le comprendre. Alors il se mettait en situation et il cherchait à s'imaginer quel effet ça lui ferait. Même son regard était déjà calme et j'ai failli me mettre à chialer en pensant qu'il allait me laisser seul avec mademoiselle Cora. J'ai vite dit :

— Monsieur Salomon! pour m'assurer, d'une voix suppliante, et il a tourné la tête vers moi et j'ai voulu ajouter monsieur Salomon, il ne faut pas y penser tout le temps, et surtout il ne faut pas vous mettre dans cette position anticipatoire horizontale pour vous entraîner, avec le mot *training* écrit en lettres anglaises sur la poitrine de votre survêtement sous votre robe de chambre magnifique. Je voulais lui dire, monsieur Salomon, vous devez me tirer de là parce que c'est vous qui m'y avez mis, c'est votre devoir humanitaire de reprendre mademoiselle Cora à votre compte et d'être heureux avec elle comme c'est pas possible et de finir votre traversée tous les deux dans la sérénité et la main dans la main et un coucher de soleil paisible et de la musique, au lieu de m'avoir envoyé chez elle dans un but ironique. Mais je n'ai rien dit. Il me regardait avec ses mille ans de plus que moi dans le regard, ce qui lui donnait de petites lueurs de connaisseur et je me sentais à poil, vu et connu, à jour et percé, ce n'était pas la peine, il était insuppliable et je n'allais quand même pas tomber à genoux pour qu'il reprenne mademoiselle Cora à son compte.

— Qu'est-ce qu'il y a, mon petit Jean? Tu parais soucieux.

Et il eut dans ses yeux encore plus de petites lueurs.

— C'est rien, monsieur Salomon, je vous ai déjà parlé de ce goéland englué dans la marée noire et qui bat encore des ailes et essaye de s'envoler. C'est écologique, chez moi.

— Il faut parfois savoir se limiter et prendre ses distances, mon petit. Il y a maintenant des groupes de méditation qui permettent d'oublier. On se met tous ensemble en position de lotus, et c'est la transcendance. Tu devrais essayer.

— Je n'ai pas vos moyens, monsieur Salomon.

— Quels moyens?

— Je n'ai pas vos moyens ironiques.

Il détourna un peu la tête mais ça se voyait même de profil, aux coins des yeux et des lèvres, ça s'est creusé un peu davantage et encore une fois c'était comme si c'était un sourire qu'il avait eu il y a trente-cinq ans quand il est allé dire au comité d'épuration que mademoiselle Cora lui avait sauvé la vie et qu'il lui en était resté quelque chose.

Je me suis assis.

– Elle parle de vous tout le temps, monsieur Salomon. Moi je pense que c'est une chose terrible de gâcher sa vie pour des raisons de propreté. Moi je pense que l'amour-propre c'est le plus mauvais de tous. Surtout quand on est un homme de votre hauteur, monsieur Salomon. Je sais qu'elle aurait dû venir vous voir, de temps en temps, pour voir si vous ne manquiez de rien, dans votre cave, ou le 31 décembre pour vous souhaiter une bonne année, ou vous apporter du muguet au mois de mai, mais vous savez comment elle est, chez elle c'est toujours le cœur qui commande, et elle était mal tombée avec ce julot, avec le cœur c'est toujours des histoires d'aveugle. Vous êtes trop stoïque, monsieur Salomon, vous pouvez vous en assurer dans le dictionnaire. Moi je trouve que plutôt crever que d'être heureux, c'est pas une politique. Vous vous dites peut-être que vous êtes trop vieux et que c'est donc plus la peine d'être heureux, mais je peux vous assurer que vous pouvez vivre encore jusqu'à cent trente-cinq ans, si vous allez dans cette vallée de l'Equateur, ou en Géorgie ou dans le pays de Gunza, j'ai même noté exprès ces noms pour vous dans le journal, pour le cas où vous auriez des projets de longue durée, puisque vous faites de l'entraînement dans votre survêtement et que vous n'êtes pas du genre qui se laisse faire. Et je suis heureux de voir que je vous amuse, monsieur Salomon, mais vous feriez beaucoup mieux d'être heureux, au lieu de sourire. Avec tout le respect que je vous dois, moi, le stoïcisme, c'est comme si vous pouviez crever tous la bouche ouverte et les quatre fers en l'air, je suis contre, c'est un truc beaucoup trop humain pour moi. A quoi ça sert de ne pas souffrir, si ça vous fait souffrir encore davantage?

Mais il n'y avait rien à faire. Le roi Salomon demeurait impardonnable. Il était resté si longtemps dans le prêt-à-porter qu'il ne voulait plus en entendre parler. Et je ne sais même plus si je lui parlais, si je lui faisais écouter ma prière, si c'est à haute voix ou dans un murmure ou pas du tout, car on était un peu un père et un fils ensemble et quand on se comprend vraiment, il n'y a plus rien à dire.

J'ai attendu un moment, assis, en espérant qu'il allait quand même me jeter quelque chose que je pourrais porter à mademoiselle Cora, mais ce n'était pas pour cette fois. Il a même fermé les yeux, pour terminer. Il paraissait encore plus gris dans l'immobilité et les yeux fermés que lorsqu'il était en circulation.

XXXVI

Il y avait un message pour moi au standard, rappeler d'urgence mademoiselle Cora. J'ai rappelé et elle s'est tout de suite exclamée.

– Jeannot! C'est gentil de m'appeler.

– Justement, j'allais le faire.

– Il fait si beau, alors j'ai pensé à toi. Tu vas rire mais...

Elle a ri.

– Je me suis dit que ce serait bien d'aller canoter au bois de Boulogne!

– Ça quoi?

– Canoter. C'est une belle journée pour faire du canotage au Bois.

– Nom de Dieu!

Ça m'est parti comme ça, j'ai même gueulé.

Elle était contente.

– Oui, tu n'y aurais jamais pensé, n'est-ce pas?

Je regardai les autres au standard, Ginette, Tong et les deux frères Masselat, qui étaient étudiants dans la vie ordinaire.

– Mademoiselle Cora, vous êtes sûre que ça existe? Je n'ai jamais entendu parler de ça de nos jours.

– Le canotage? Mais j'ai souvent canoté au bois de Boulogne.

J'ai bouché le micro. Je leur ai dit d'une voix sourde, tellement j'étais ému :

– Elle veut canoter. Au bois de Boulogne. Nom de Dieu!

– Ben va canoter, quoi! dit Ginette.

– Non mais sans blague, elle est devenue dingue, ou quoi? Je ne vais quand même pas canoter en plein jour! Elle est folle à lier.

Je lui ai proposé avec tact :

– Mademoiselle Cora, je peux vous amener au Zoo, si vous préférez. Ça vous fera du bien. Et puis on ira manger une glace.

– Pourquoi veux-tu aller au Zoo, Jeannot? Quelle idée!

– Vous pourriez vous habiller gentiment, avec une ombrelle, on irait voir les jolis zanimaux! Les jolis lions et les jolis zéléphants et les jolies girafes et les jolis zhippopotames. Hein? Les jolis zoiseaux.

– Mais enfin, Jeannot! Qu'est-ce que c'est que cette façon de me parler comme à une petite fille! Qu'est-ce qui te prend? Si je t'embête, il faut le dire...

Sa voix s'est cassée.

– Excusez-moi mademoiselle Cora, mais je suis sous le coup de l'émotion.

– Mon Dieu, il t'est arrivé quelque chose?

– Non, je suis toujours sous le coup de l'émotion. Eh bien, c'est entendu, nous n'irons pas au Zoo, mademoiselle Cora. Merci d'y avoir pensé. A bientôt, mademoiselle Cora!

– Jean!

– Je vous assure, mademoiselle Cora, c'est vraiment gentil d'y avoir pensé!

– Je-ne-veux-pas-aller-au-zoo, na! Je veux aller canoter au bois de Boulogne! J'avais un ami qui m'y emmenait toujours. Tu n'es pas gentil!

Bon, il faut ce qu'il faut.

– Dis donc Cora, tu as fini, oui? Ou je vais à la maison et je te fous une de ces raclées!

Et j'ai coupé. Elle devait être tout heureuse. Il y avait encore un mec qui se souciait vraiment d'elle. Je regardais les autres, qui me regardaient.

– Est-ce qu'il y a parmi vous un enfoiré qui a déjà canoté? Il paraît que ça se faisait autrefois.

Il y a l'aîné des Masselat qui s'est rappelé vaguement quelque chose.

– C'est chez les Impressionnistes, dit-il.

– Où ça?

– Ça doit être à l'Orangerie. Elle veut sûrement aller voir les Impressionnistes.

– Elle veut aller canoter au bois de Boulogne, gueulai-je. Y a pas à chier, c'est ça qu'elle veut. C'est pas les Impressionnistes.

– C'est vrai, dit le cadet des Masselat. Les Impressionnistes, c'était sur la Marne. Maupassant et tout ça. Ils déjeunaient sur l'herbe et après ils allaient canoter.

Je me suis assis là et je me suis caché le visage dans les mains. J'aurais jamais dû aller sur place. C'est une chose que de répondre au téléphone et une autre que d'aller sur les lieux, là où ça se passe. J'ai pris les écouteurs de Ginette pour me changer les idées. Le premier appel que j'ai reçu était Dodu. Bertrand Dodu. On le connaissait par cœur à *S.O.S.* Il appelait depuis des années, plusieurs fois par jour et la nuit. Il ne vous demandait rien et ne disait rien. Il avait besoin de s'assurer qu'on était là. Qu'il y avait là quelqu'un. Il n'en demandait pas plus.

– Bonjour, Bertrand.

– Ah, vous me reconnaissez?

Le bonheur.

– Mais bien sûr, Bertrand. Bien sûr qu'on te reconnaît. Ça va?

Il ne répondait jamais ni oui ni non. Je l'imaginais toujours bien habillé, gris sur les tempes.

– Vous m'entendez? C'est bien vous, ami *S.O.S.*?

– Tout ce qu'il y a de plus, Bertrand. On est là. Et comment! On est vraiment là.

– Merci. Au revoir. Je vais vous rappeler plus tard.

Je me demandais toujours ce qu'il faisait le reste du temps. Quand il n'appelait pas. Ça devait être quelque chose.

J'ai eu encore deux ou trois malheurs au bout du fil et ça m'a calmé. Ça me sortait, quoi. J'étais moins. J'ai appelé Aline dans la librairie pour lui parler. Je n'avais rien à lui dire, je voulais entendre sa voix, c'était tout. Elle avait reçu l'accord de la direction pour organiser une séance de signature lundi. J'ai téléphoné à monsieur Geoffroy de Saint-Ardalousier.

– Voilà, ça y est, c'est pour lundi en huit. Ils ont sauté sur l'occasion, vous pensez.

– Mais c'est trop court, lundi. Il faut faire de la publicité avant!

– Monsieur Geoffroy, il ne faut pas trop attendre. Vous avez déjà assez attendu comme ça. Il faut vous dépêcher. N'importe quoi peut arriver!

– Qu'est-ce que vous voulez qu'il arrive?

J'en suis resté con. C'était toujours moi qui y pensais, jamais eux.

– Je ne sais pas, monsieur Geoffroy, ce qui peut arriver. N'importe quoi. Vous pouvez être tué par un terroriste, la librairie peut brûler, ils ont maintenant des systèmes nucléaires qui peuvent frapper en quelques minutes. Il faut vous dépêcher, quoi.

– J'ai soixante-seize ans, j'ai attendu toute ma vie, je peux encore attendre un peu!

– Je vous souhaite de tout cœur d'attendre un peu, monsieur Geoffroy. C'est toujours à la fin qu'on gagne. Vous avez le bon esprit. Mais c'est lundi en huit. Ils feront la publicité. On préparera ça mieux pour votre prochain livre, mais on ne peut rien changer. C'est comme ça. C'est votre tour. Il faut vous préparer.

– C'est l'instant le plus important de ma vie, mon cher ami.

– Je le sais bien. Il faut vous y préparer avec courage. Il y aura un service.

– Un service de presse?

– Je ne sais pas quel service, je n'y connais rien, mais il y en a toujours un!

– Et comment je vais m'y rendre?

Là je me suis marré. Cette idée qu'il lui fallait avoir des moyens de transport.

– Vous n'aurez à vous occuper de rien, monsieur Geoffroy, on viendra vous chercher.

Je me marrais encore quand j'ai raccroché. J'aurais dû m'occuper des naissances, des nativités, des promesses d'avenir, des trucs gais et roses qui commencent au lieu de finir. C'est vraiment dommage que monsieur Salomon ne soit pas dans les pouponnières.

– Merde, leur dis-je. La prochaine fois, je m'occuperai des bébés.

J'ai rappelé mademoiselle Cora.

– Mademoiselle Cora, on va canoter, c'est entendu.

Elle s'est écriée :

– Jeannot Lapin, tu es un amour!

– Je vous prie de ne pas m'appeler Jeannot Lapin, mademoiselle Cora. Ça me fait chier et c'est

Marcel. Marcel Kermody. Tu te le notes quelque part.

— Ne te fâche pas.

— Je ne me fâche pas, mais j'ai le droit de m'appeler comme tout le monde.

— Tu viens me chercher à quelle heure?

— Pas aujourd'hui, j'ai des états d'urgence. La prochaine fois qu'il fait beau.

— C'est promis?

— Voui.

J'ai coupé. Il faisait chaud à crever mais on ne pouvait pas ouvrir la fenêtre du standard à cause des bruits extérieurs. J'écoutai un moment le cadet des Masselat qui se dépensait sans compter.

— Je sais, je comprends. J'ai vu le programme. Oui, bien sûr, c'était horrible. Je n'ai pas dit qu'on n'y peut rien, Maryvonne. Il y a des organisations puissantes qui s'en occupent. Il y a Amnesty International et la Ligue des Droits de l'Homme. Attends une seconde...

Il a pris une cigarette et l'a allumée.

— Elle a vu les horreurs au Cambodge à la télévision, hier, dit-il.

— Elle n'avait qu'à ne pas regarder, dit Ginette.

— Je pense que ça ne sert à rien de protester contre les programmes de la deuxième chaîne, Maryvonne, étant donné que ce n'était pas différent de la première. Si ce n'est pas au Cambodge, c'est au Liban. Je sais que tu voudrais faire quelque chose. Nous voulons tous faire quelque chose. Tu as quel âge? Eh bien, à quatorze ans, il ne faut pas rester seule. Tu dois te réunir avec des jeunes de ton âge et discuter de tout ça, tu te sentiras beaucoup mieux après. J'ai là une liste des amicales spécialement prévues dans ce but. Prends un crayon, je vais te la dicter. Je sais, je sais. Je sais qu'en discutant on ne change rien aux massacres mais au moins on a les idées plus nettes et on apprend la géographie. On se sent toujours beaucoup mieux quand on a les idées nettes. Tu ne veux pas te sentir mieux? Oui, je comprends cela, je comprends cela. C'est toujours ainsi quand on est sensible et qu'on a du cœur. Mais il faut te réunir avec d'autres jeunes, c'est très important. Vous n'y pourrez rien, en premier temps, bien sûr, tu as raison. Mais en deuxième ou troisième temps, avec des idées nettes, avec de la patience, de la persévérance, on y arrive peu à peu et on se sent beaucoup mieux. L'important est de ne pas rester seule et de se réunir avec d'autres et se rendre compte que d'autres ont du cœur aussi et qu'il y a beaucoup de bonnes volontés. Je sais que j'ai l'air de te consoler et que ce n'est pas ce que tu cherches. Est-ce que je peux te parler franchement? Tu m'appelles parce que tu te sens isolée et malheureuse. Oui, et parce que tu voudrais faire quelque chose pour le Cambodge ou contre, enfin, contre le Cambodge – tu vois que tu n'as pas les idées nettes – et que tu ne sais pas comment t'y prendre. Tu as donc deux problèmes : un, tu es isolée et tu es malheureuse, deux, tu as le Cambodge. Les deux problèmes sont liés. Mais il faut commencer par le premier. Tu *peux* ne pas te sentir isolée et malheureuse, en un premier temps, et c'est très important, parce que ça te donnera du courage. Et en un deuxième temps, tu passeras aux autres problèmes qui te préoccupent. De toute évidence, si tu nous appelles, c'est que tu ne sais pas à qui t'adresser. Alors prends un crayon et note la liste des organisations qui peuvent t'aider... Les noms, attends... T'aider *toi* à aider les *autres*...

On avait la liste des organisations mise à jour chaque semaine. Je commençais à sentir que j'avais fait le tour. Aider les autres pour s'oublier un peu soi-même, pour se perdre de vue. On recevait tout le temps des demandes de personnes qui voulaient venir travailler comme bénévoles.

Ginette donnait à quelqu'un l'adresse de l'organisation des femmes battues.

J'ai appelé Aline.

– Il y a mademoiselle Cora qui veut faire du canotage. Elle a vu ça chez les Impressionnistes.

– Eh bien, c'est sympa. Elle a des goûts simples.

– Tu te fous de moi, toi aussi.

– Je t'ai laissé la clé sous le paillasson, Marcel Kermody.

XXXVII

J'avais encore plus la marée noire que jamais, je me sentais englué des pieds à la tête et je ne savais pas comment m'en tirer. J'avais envie de disparaître, mais alors vraiment, ne plus être là du tout. Je suis allé à la bibliothèque et j'ai demandé *L'Homme invisible*, de H.G. Wells, mais ce n'était pas du tout ce que je croyais et même si je pouvais me rendre invisible, je continuerais à les voir tous, avec mademoiselle Cora aux premières loges. Et puis j'ai eu un sursaut d'indignation parce qu'enfin quoi, j'ai ma vie à moi, il y en a marre de Jeannot Lapin. C'est Chuck qui a raison lorsqu'il dit que j'ai la névrose des autres, je ne suis jamais chez moi, toujours chez eux. Et si mademoiselle Cora voulait canoter au bois de Boulogne, je pouvais lui arranger ça. Je suis sorti, fort de ma résolution, j'ai sauté sur mon vélomoteur et je suis revenu boulevard Haussmann. Je suis monté, j'ai traversé la petite salle d'attente et j'ai frappé à la porte de monsieur Salomon. Il était vêtu avec sa dernière élégance et donnait une interview à un journaliste qui s'intéressait.

— Vous n'insisterez jamais assez sur cette question du téléphone, monsieur. Vous pensez bien qu'un homme isolé ne va pas aller au tabac à côté pour nous appeler, surtout la nuit. Si la France avait un réseau téléphonique digne de sa mission spirituelle et de ses traditions humanitaires, ce serait un pas considérable dans la lutte contre l'isolement et la solitude. C'est tout ce que j'ai à dire.

— Je voudrais vous poser une question délicate. On peut se demander s'il n'y a pas dans votre démarche un certain côté paternaliste.

— Peut-être paternel. Pas paternaliste.

Et là il m'a étonné. Vraiment étonné de la part d'un homme de son âge et déjà si bien habillé. Il y eut dans ses yeux sombres un éclair qui ne les rendait pas plus clairs, au contraire, et c'est tout juste si je n'ai pas entendu un coup de tonnerre.

— De toute façon, cher monsieur, paternaliste ou pas, c'est quand même mieux que de rester tout seul dans son coin à bouffer de la merde.

Le journaliste était resté percuté. C'était un tantinet. J'appelle des tantinets ceux qui le sont un tantinet mais ne veulent pas l'être à part entière. Le gars a remercié et il est parti. Monsieur Salomon l'a accompagné à la porte avec sa grande courtoisie.

Je m'étais assis dans le fauteuil pour plus d'assurance.

— Alors, Jeannot, des problèmes?

— C'est vous qui allez en avoir, monsieur Salomon. Vous allez canoter avec mademoiselle Cora.

— *Quoi?*

— Elle a envie de canoter comme chez les Impressionnistes.

— Qu'est-ce que c'est que cette histoire?

— Elle vous aime et vous aussi. Assez de faire le con.

Jamais je ne lui avais parlé comme ça depuis que le monde existe.

— Mon petit Jean...

— C'est Marcel.

– Depuis quand?

– Depuis que Jeannot Lapin est mort écrasé.

– Mon petit Jean, je ne te permets pas de me parler sur ce ton-là...

– Monsieur Salomon, j'ai déjà pas assez de courage pour vous oser, alors foutez-moi la paix et ne faites pas le con. Mademoiselle Cora vous aime.

– Elle vous l'a dit?

– Non seulement elle me l'a dit, mais elle me l'a confirmé. Vous devriez vous marier et avoir une longue vie heureuse ensemble.

– C'est elle qui t'envoie?

– Non. Elle a sa dignité.

Monsieur Salomon s'assit. Il s'est assis comme je ne l'ai encore jamais vu faire. Je peux même dire qu'il s'était assis alors qu'il était encore debout. Et quand il a atteint le fond du fauteuil, il s'est passé sur les yeux sa main manucurée. C'est Arlette du coiffeur en face qui le manucure.

– Ce n'est pas possible. Je ne peux pas lui pardonner.

– Elle vous a sauvé la vie.

Il a encore eu un éclair noir.

– Parce qu'elle ne m'a pas dénoncé?

– Parfaitement, elle ne vous a pas dénoncé, il n'y a pas à chier. Elle vous savait pendant quatre ans dans cette cave aux Champs-Elysées comme Juif, elle ne vous a pas dénoncé par amour. Elle aurait pu vous dénoncer par amour pour le julot de la Gestapo avec qui elle vivait mais elle a préféré ne pas vous dénoncer par amour pour vous, monsieur Salomon.

Là, je l'avais écrasé.

– Oui, c'est une femme au grand cœur, murmura-t-il, mais il n'avait pas la voix de l'ironie.

– Et maintenant, elle veut canoter avec vous.

Il s'est révolté.

– Je n'irai pas.

– Monsieur Salomon, il ne faut pas vous priver pour le principe. C'est pas gentil. C'est pas gentil pour elle, pour vous, pour la vie et même pour le principe.

– Et qu'est-ce que c'est que cette idée de canoter, à son âge, enfin? Elle va avoir soixante-six ans vendredi prochain.

– Soixante-quatre, je croyais.

– Elle ment. Elle essaye de gratter. Vendredi prochain, c'est son soixante-sixième anniversaire.

– Eh bien, allez la canoter, justement.

Il se tapotait le front. J'ai demandé :

– Est-ce que vous l'aimez encore, monsieur Salomon? C'est pour savoir.

Il fit un geste de la main et puis la main revint sur son front.

Et il sourit.

– Ce n'est même plus une question d'amour, maintenant, dit-il. C'est beaucoup plus.

Je n'ai jamais su ce qu'il voulait dire. Chez un homme qui vivait avec ses timbres-poste depuis trente-cinq ans et qui collectionnait des cartes postales qui ne lui étaient même pas adressées, et qui se levait la nuit pour répondre à des S.O.S. des autres, il avait peut-être des besoins tellement grands et désespérés que je devais attendre d'avoir quatre-vingt-quatre ans pour le comprendre.

Il eut encore un geste fatigué de la main.

– J'irai canoter, dit-il.

Alors là, je n'ai pas pu me retenir. J'ai sauté et je l'ai embrassé. C'était quand même un sacré poids qui me tombait des épaules.

XXXVIII

J'ai voulu tout de suite courir chez mademoiselle Cora, pour la bonne nouvelle, mais il m'avait donné une course à faire. Un certain monsieur Alekian, qui était un habitué, n'avait plus téléphoné depuis quatre jours et ne répondait plus au téléphone. Il fallait voir s'il était encore là. Il y en a qui tombent, se cassent et ne peuvent plus se lever. Mais monsieur Alekian était tout ce qu'il y avait de plus là. Oui, il n'avait pas téléphoné. C'était parce qu'il n'était plus du tout angoissé, depuis quelques jours. Il m'a même ouvert lui-même. Il prenait des risques en marchant. Il ne voulait jamais dire son âge, il recevait mille deux cents francs par mois et il avait deux fois par semaine une assistance sociale. Il se caressait la moustache.

— Je vous remercie, mais je ne me suis jamais mieux senti.

C'était mauvais. Le soulagement, chez eux, il n'y a rien de pire, comme signe. Il fallait maintenant que quelqu'un vienne le voir matin et soir.

— A bientôt, à bientôt.

Il éprouva le besoin de me confier qu'il avait encore de la famille en Arménie soviétique.

— Des petits cousins.

— Ce serait gentil, monsieur Alekian, si vous

pouviez me donner leur adresse. Pour les avertir. Je vais peut-être voyager là-bas cet été.

Il m'a regardé et il m'a souri. Merde. Il fallait toujours faire gaffe de ne pas éveiller leurs soupçons. Peut-être qu'il souriait pour autre chose. Jésus Marie pleine de grâce, comme on disait autrefois.

– Mais bien sûr...

Il trotta jusqu'à une commode et ouvrit un tiroir. C'était une enveloppe avec une adresse au dos.

– J'ai toujours voulu visiter l'Arménie, monsieur Alekian. Il paraît qu'ils ont encore le folklore, là-bas. Comme ça, je pourrai faire signe à vos petits cousins quand...

– Eh bien, je vous souhaite un bon voyage!

On s'est serré la main. Au moins maintenant on avait le nom d'une personne à prévenir, en cas de. J'ai dégringolé l'escalier, j'ai téléphoné du premier bistrot.

– C'est pour monsieur Alekian, rue de la Victoire. Il ne s'est jamais mieux senti, il est tout content, tout propre, tout prêt. Il s'agit seulement de passer matin et soir pour voir...

On avait toute une liste d'associations pour ça aussi. Après, j'ai porté une livre de caviar de la part de monsieur Salomon à la princesse Tchchetchidzé, une ci-devant, à la maison de retraite pour dames de bonne société à Jouy-en-Josas. Monsieur Salomon disait qu'il n'y avait rien de pire que de déchoir. Après j'ai couru à la municipale avec la liste de bouquins que Chuck m'avait indiqués comme indispensables. Il avait écrit dans l'ordre Kant, Leibniz, Spinoza et Jean-Jacques Rousseau. Je les ai pris, je les ai mis sur la table, et j'ai passé là une bonne heure sans les ouvrir. Ça m'a fait du bien de ne pas y toucher, c'était quand même un souci de moins.

Après je suis passé voir les copains et il y avait tout le monde : Chuck, Yoko et Tong et ils faisaient une drôle de gueule. Il y avait par terre sur un papier d'emballage un maillot de corps rouge et blanc, un canotier, une large ceinture de cuir et quelque chose que je n'ai pas compris d'abord et qui s'est révélé une fausse moustache. Ils étaient tous autour de ça, à regarder.

– C'est pour toi.

– Comment, pour moi?

– C'est ta copine qui te l'a apporté. Une blonde.

– Aline?

– On n'a pas cherché à savoir.

– Mais c'est pour quoi foutre, ce truc?

– Pour canoter.

J'ai sauté sur le téléphone. J'ai eu du mal à parler tellement je m'étranglais.

– Qu'est-ce qui te prend?

– Je t'ai apporté un canotier, un maillot de corps et tout.

– Et tout?

– C'est comme ça qu'ils s'habillaient, chez les Impressionnistes. C'est ce qu'elle veut, non? Ça lui rappellera des souvenirs de jeunesse.

– Ne sois pas vache, Aline.

– Tu mets le maillot, le canotier, et tu es tout pareil. Allez, salut.

– Noon. Ne raccroche pas! Et la ceinture? Pourquoi la ceinture?

– Pour que tu te la mettes.

Plouc. Ça a fait plouc au téléphone, en raccrochant. J'ai nettement entendu.

Ils me regardaient tous avec intérêt.

– C'est pas possible! j'ai gueulé. Elle peut pas être jalouse d'une bonne femme qui va avoir soixante-six ans à la première occasion!

– Ça n'a rien à voir, dit Yoko. Il y a toujours le sentiment.

– Oh là alors, c'est drôle, Yoko. Oh là alors, tu as de l'esprit!

– Moi bon nègre, dit Yoko.

– Nom de Dieu, elle sait que c'est seulement bénévole chez moi. C'est humanitaire, non? Elle le savait et elle n'a pas abjecté.

Chuck a rectifié :

– Objecté, tu veux dire.

– Et qu'est-ce que j'ai dit?

– Abjecté.

Ça m'a achevé. Je me suis assis.

– Je veux pas la perdre!

– Mademoiselle Cora? s'enquit Chuck.

– Non mais tu veux mon poing sur la gueule?

Ils nous ont séparés pragmatiquement. Yoko me tenait d'un côté et Tong de l'autre.

Je ne pouvais pas imaginer Aline jalouse de mademoiselle Cora. Ou alors il faut qu'elle soit jalouse de toutes les espèces menacées et en voie d'extinction. J'ai pris la photo de mademoiselle Cora sous mon oreiller, j'ai sauté du lit et dans l'escalier et dehors et sur mon Solex et c'est tout juste si je ne suis pas entré dans la librairie avec. Il y avait du monde et ils ont tous compris que c'était elle et moi. Je ne pouvais pas parler, je croyais pourtant qu'on s'était compris pour la vie, la nuit dernière, et que j'avais une vie. Elle m'a tourné le dos et on est allés dans l'arrière-boutique sous les rayons de l'Histoire universelle.

– Je t'ai apporté la photo de mademoiselle Cora.

Elle a jeté un coup d'œil. C'était le géoland englué dans la marée noire, qui n'y comprenait rien, ne savait pas qu'il était foutu et essayait encore de voler en battant des ailes.

– Quelqu'un a déjà essayé de sauver le monde, Jean. Il y a même eu autrefois une Eglise comme ça, qui s'appelait catholique.

– Donne-moi un peu de temps, Aline. Il faut du temps. J'ai jamais eu personne, alors c'était tout le monde. Je me suis tellement lancé loin de moi que maintenant je tourne en roue libre. Je ne suis pas pour mon propre compte. Je ne me suis pas encore établi pour mon propre compte. Donne-moi un peu de temps et il n'y aura plus que toi et moi.

Je la faisais rire, maintenant. Ouf. J'aime être une source de comique.

– Et tu es pute comme ce n'est pas permis, Jeannot.

– On va s'établir à notre propre compte, toi et moi. On va ouvrir une petite épicerie à deux. Peinards. C'est fini, pour moi, les grandes surfaces. Il paraît que le Zaïre à lui seul est deux fois plus grand que toute l'Europe.

– Ecoute-moi. Tout à l'heure, quand je t'ai apporté ton déguisement impressionniste, j'ai parlé à un de tes copains...

– Chuck est une ordure. Tout dans la tête, rien ailleurs.

– D'accord, Jean. Il ne nous reste plus que l'affectivité. Je sais que la tête a fait faillite. Je sais que les systèmes ont fait faillite, surtout ceux qui ont réussi. Je sais que les mots ont fait faillite et je comprends que tu n'en veuilles plus, que tu essayes d'aller au-delà et même de t'inventer un langage à toi. Par désespoir lyrique.

– Ce Chuck est la plus grande ordure que j'ai rencontrée depuis la dernière, Aline. Je ne sais pas ce qu'il t'a raconté, mais c'est lui.

– L'autodidacte de l'angoisse...

– C'est lui. C'est lui. Il passe son temps à se branler sur moi. Tantôt il dit que je suis métaphysique, tantôt il dit que je suis historique, tantôt il dit que je suis hystérique, tantôt il dit que je suis névrotique, tantôt il dit que je suis sociologique, tantôt il dit que je suis clinique, tantôt il dit que je suis comique, tantôt il dit que je suis pathologique, tantôt il dit que je ne suis pas assez cynique, tantôt il dit que je ne suis pas assez stoïque, tantôt il dit que je suis catholique, tantôt il dit que je suis mystique, tantôt il dit que je suis lyrique, tantôt il dit que je suis biologique et tantôt il ne dit rien parce qu'il a peur que je lui casse la gueule.

Je me suis assis sur un tas de livres qui étaient là pour ça. Elle s'appuyait contre l'Histoire universelle en douze volumes et elle m'observait comme si je n'étais que ça.

— Mais c'est beaucoup plus simple que ça, Aline. C'est l'impuissance. Tu sais, la vraie, celle où tu ne peux rien quand tu ne peux rien, d'un bout du monde à l'autre, et avec les voix d'extinction qui viennent de toutes parts. Et c'est l'angoisse, l'angoisse du roi Salomon, de Celui qui n'est pas là et laisse crever et ne vient jamais aider personne. Alors, quand tu trouves quelque chose ou quelqu'un, quand tu peux aider un tout petit peu à souffrir, un vieux par-ci un vieux par-là, ou mademoiselle Cora, alors, je me sers. Je me sens un peu moins impuissant. J'ai eu tort de baiser mademoiselle Cora mais ça ne lui a pas fait trop de mal, elle s'en est remise. Et il y a mon ami, le roi du pantalon bien connu, qui est déjà tout habillé pour sortir, et qui n'a jamais oublié mademoiselle Cora, alors j'essaye d'arranger ça entre eux, pour la fin du parcours. Je ne peux pas être de salut public, c'est trop grand, alors je bricole. Et quand Chuck te sort que j'ai la névrose des autres et le complexe du Sauveur, il déconne. Je suis un bricoleur. C'est tout ce que je suis. Un bricoleur.

– Je vais te donner un livre à lire, Jean. C'est d'un auteur allemand d'il y a cinquante ans, qui écrivait sur la république de Weimar. Erich Kästner. Un humoriste, lui aussi. Ça s'appelle *Fabian*. A la fin du livre, Fabian passe sur un pont. Il voit une fillette en train de se noyer. Il se jette à l'eau pour la sauver. Et l'auteur conclut ainsi : « *La petite fille a regagné le rivage. Fabian s'est noyé. Il ne savait pas nager.* »

– J'ai lu.

Ça l'a désorientée.

– Mais comment? Toi? Où? C'est épuisé depuis longtemps...

J'ai haussé les épaules.

– Je lis n'importe quoi. C'est autodidacte, chez moi.

Elle n'en revenait pas. C'était comme si elle me connaissait moins, maintenant. Ou encore plus.

– Tu es un faux jeton, Jean. Où as-tu lu ça?

– A la bibliothèque municipale d'Ivry. Qu'est-ce que tu as? J'ai pas le droit de lire? Ça va mal avec la gueule que j'ai?

Je regardais les douze volumes d'Histoire universelle, derrière Aline. Je n'aurais pas fait comme Fabian. Je me serais attaché les douze volumes d'Histoire universelle autour du cou, pour être sûr de couler tout de suite.

– Tu n'aurais pas dû parler à Chuck, Aline. Il est trop systématique. Ce n'est pas un bricoleur. Les pièces détachées qui se paument par-ci par-là et qui pourrissent dans leur coin, ça ne l'intéresse pas. Avec lui, c'est toujours la théorie des grands ensembles, des systèmes. Ce n'est pas un bricoleur. Et s'il y a une chose que j'ai apprise comme autodidacte, c'est qu'il faut apprendre à bricoler, dans la vie. On peut se bricoler une vie heureuse, toi et moi. On peut avoir de bons moments. On va s'établir pour notre compte, tous les deux. Il paraît qu'il y a des coins comme ça aux Antilles, il faut connaître.

Elle a eu de l'amitié pour moi dans la voix.

— Je croyais que le Front du Refus, c'était en Palestine, dit-elle. Je n'ai pas l'intention de vivre ma vie contre la vie, Jeannot. L'indignation, la protestation, la révolte sur toute la ligne, ça ne donne jamais qu'un choix de victimes. Il faut une part de révolte mais aussi une part d'acceptation. Je suis prête à me ranger, jusqu'à un certain point. Je vais te dire jusqu'à quel point je suis prête à me ranger : j'aurai des enfants. Une famille. Une famille, une vraie, avec deux bras et deux jambes.

J'en ai eu la chair de poule. Une famille. C'est descendu le long du dos jusqu'aux fesses.

Elle a ri, et s'est approchée de moi et m'a mis une main sur l'épaule, pour le réconfort.

— Excuse-moi. Je t'ai fait peur.

— Non, ça va aller, un peu plus, un peu moins...

Elle m'a rendu la photo de mademoiselle Cora en goéland.

— Maintenant, va canoter.

— Non, pas question.

— Vas-y. Mets ta jolie tenue impressionniste et vas-y. J'ai été irritée, mais ça m'est passé.

— Ce n'était pas vrai pour la ceinture?

— Non. Je laisse la clé sous le paillasson.

— Bon, j'irai, puisque tu y tiens. Ce sera pour lui faire mes adieux.

Je me suis rappelé la moustache.

— Pourquoi la moustache?

— Ils en portaient tous, au temps des cerises.

J'étais heureux. Il y avait maintenant dans le comique que je lui inspirais plus de gaieté que de tristesse et même quelque chose de plus, pour ma peine. Ce n'était pas grand-chose mais il faisait bon d'y être et de pouvoir y revenir.

XXXIX

Mademoiselle Cora a ri en me voyant avec mon canotier et le maillot de corps d'époque. J'ai eu du plaisir à m'habiller ainsi comme il y a quatre-vingts ans et j'aurais voulu y être vraiment, garanti d'époque, quand on ne vous mettait pas encore les cadavres à domicile par satellites et qu'on pouvait ignorer, ce qui faisait beaucoup pour la joie de vivre. J'avais téléphoné à Tong pour qu'il vienne nous chercher à domicile, et avant je me suis arrêté à l'Orangerie pour voir si j'étais ressemblant. Il y avait en effet un gars qui me ressemblait sur un tableau, à table avec une jolie môme et une moustache et c'est tout juste si le tableau ne chantait pas de bonheur. Ça m'a remonté le moral, d'avoir plaisir à l'œil, et je roulais à travers les rues en dessinant des spaghetti sur la chaussée entre les bagnoles.

Mademoiselle Cora avait mis une jolie robe qui ne se voyait pas trop, avec des couleurs qui étaient rose et bleu pâle et son turban blanc proverbial, avec la mèche de cheveux tout mignons sur le front, des talons hauts et son sac en vrai crocodile. Elle m'a pris le bras et on est descendus. C'était un crève-cœur de la voir si gaie et encore si prête à être heureuse, alors que je me préparais à lui dire que je ne pouvais plus l'assurer. Elle avait gardé sa silhouette jeune et quand on nous regardait il y avait des expressions comme « une petite vieille » et « elle pourrait être sa grand-mère » qui ne lui allaient pas du tout et ne pouvaient même pas venir à l'esprit de personne, ce qui faisait qu'on était tranquilles. Elle était vraiment très bien entretenue. Je ne savais pas quels étaient les projets de durée de monsieur Salomon, mais ils pouvaient avoir un joli coucher de soleil ensemble, à Nice, et une vie calme comme la mer du même nom. J'avais de la chance d'être tombé sur mademoiselle Cora, au lieu de quelqu'un qui n'aurait que moi au monde. Je crois que Yoko a raison lorsqu'il prétend que les personnes âgées ont des tas de choses que nous n'avons pas, la sagesse, la sérénité, la paix du cœur, un sourire pour l'agitation de ce monde, sauf monsieur Salomon, qui a un côté mal éteint, indigné et furax, et qui se fait du mouron comme si la vie le concernait encore au premier chef. Mais c'est parce qu'il a raté sa vie sentimentale, c'est plus triste de s'éteindre quand on a brûlé pour rien.

On a attendu en bas, Yoko est arrivé avec le taxi et j'ai vu qu'il y avait aussi Tong, Chuck et la grosse Ginette, ils ne voulaient pas rater mon canotage, ces salauds-là, sous prétexte qu'il faisait beau. On s'est entassés là-dedans, Yoko au volant, Tong, qui était le plus petit, sur les genoux de Ginette à l'avant et Chuck, mademoiselle Cora et moi à l'arrière. Il faut reconnaître que Chuck a été plutôt correct et il nous a fait un cours sur les Impressionnistes qui ont été suivis par la peinture cubaine, dont le principal était braque. J'ai loué un canot et on s'est lancés sur les eaux pendant que Chuck, Yoko, Tong et la grosse Ginette s'étaient alignés au bord pour nous admirer, et Chuck a pris des photos parce que c'est un grand documentaire. Mademoiselle Cora se tenait bien sagement en face de moi, elle avait ouvert son ombrelle blanche au-dessus d'elle.

J'avais déjà fait toutes sortes de boulots mais c'était la première fois que je ramais. J'ai ramé une demi-heure et même plus, en silence, j'avais décidé de le faire d'un seul coup, mais au moins qu'elle profite avant.

— Mademoiselle Cora, je vais vous quitter.

Elle s'inquiéta un peu.

— Tu dois partir?

— Je vais vous quitter, mademoiselle Cora. J'aime une autre femme.

Elle n'a pas bougé, elle est même devenue encore plus immobile, sauf les mains qui battaient des ailes en serrant le sac sur ses genoux.

— J'aime une autre femme.

Je l'ai répété exprès parce que j'étais sûr que cela lui ferait moins de peine si elle savait que je la quittais par amour.

Elle s'est tue longuement sous son ombrelle. Je continuais à ramer et c'était lourd.

— Elle est jeune et jolie, n'est-ce pas?

C'était injuste, même avec le sourire.

— Mademoiselle Cora, vous n'y êtes pour rien, ce n'est pas à cause de vous que je vous quitte. Et vous êtes jolie à voir. Vous êtes jolie sous votre ombrelle blanche. Je ne vous quitte pas à cause de vous. Je vous quitte parce qu'on ne peut pas aimer deux femmes à la fois quand on aime quelqu'un.

— Qui est-ce?

— Je l'ai rencontrée.

— Ben ça, je m'en doute. Et... tu lui as dit?

— Oui. Elle vous connaissait des chansons, mademoiselle Cora.

Ça lui a fait plaisir.

— J'ai pas fait exprès, mademoiselle Cora. Je l'ai

rencontrée. C'est arrivé tout seul, je n'ai pas cherché. Et j'ai une bonne nouvelle pour vous.

– Encore une ?

– Non, vraiment. Monsieur Salomon, il voudrait bien que vous lui pardonniez.

Elle s'est réanimée. Elle eut même plus d'émotion que pour moi, tout à l'heure. Allez donc comprendre.

– Il te l'a dit ?

– Comme je vous vois. Il m'a téléphoné ce matin pour que je vienne le voir. D'urgence. Oui, c'est ce qu'ils m'ont dit au téléphone, monsieur Salomon veut vous voir d'urgence. Il était couché dans sa robe de chambre magnifique. Les rideaux fermés, tout. La vraie déprime. Il était très pâle et il n'avait pas touché à un timbre-poste depuis deux jours. Je ne l'ai encore jamais vu aussi descendu, mademoiselle Cora, il en avait perdu sa valeur-refuge...

– Quelle valeur-refuge ? Il a perdu à la Bourse ?

– L'humour juif, mademoiselle Cora. Ça leur sert de refuge encore plus qu'Israël. Vous n'êtes pas sans savoir qu'il a toujours des petites lueurs dans le noir, dans ses yeux noirs, qui s'allument dans ses yeux quand il se penche de ses hauteurs sur nos futilités. Eh bien, rien. L'œil sombre, mademoiselle Cora, et qui regardait comme s'il n'y avait plus rien à voir nulle part. Je me suis assis et j'ai attendu et comme il se taisait encore plus profondément, j'ai demandé : « Monsieur Salomon, qu'est-ce qu'il y a ? Vous savez bien que je ferais n'importe quoi pour vous et vous m'avez souvent dit vous-même que je suis un bon bricoleur. » Alors il a soupiré comme pour fendre le cœur. C'est une expression proverbiale, mademoiselle Cora, je l'ai tout de suite reconnue, c'était bien elle. Et alors notre roi Salomon m'a dit : « Je ne peux pas vivre sans elle. Ça fait trente-cinq ans que j'essaye, à cause de cette histoire dans la cave, tu sais, quand mademoiselle Cora m'a sauvé la vie... » Et puis il m'a regardé comme c'est pas possible et il a murmuré : « Laisse-la-moi, Jeannot! »

Mademoiselle Cora ouvrait de grands yeux, comme l'expression l'exige.

— Mon Dieu, il est au courant?

— Il est au courant de tout, le roi Salomon. Il n'y a rien qui lui échappe dans le prêt-à-porter, depuis le temps qu'il se penche sur tout ça de ses hauteurs augustes. Il m'a posé la main sur l'épaule d'un geste ancestral et il a murmuré : « Laisse-la-moi! »

Mademoiselle Cora ouvrit son sac en vrai crocodile et prit un petit mouchoir. Elle le déplia et le porta à ses yeux. Elle ne pleurait pas encore et j'ai dû répéter :

— Laisse-la-moi.

Là elle s'essuya une larme et respira profondément.

— Il y a une chanson comme ça, dit-elle. En 1935. *Rosalie*. C'était avec Fernandel.

Elle a chantonné :

— Rosalie, elle est partie, si tu la vois, ramène-la-moi!

— Il y a toujours une chanson pour tout, mademoiselle Cora.

— Et après? Qu'est-ce qu'il t'a dit après?

— Il a gardé la main sur mon épaule le temps qu'il faut et il a répété : « Je ne peux pas vivre sans elle. J'ai essayé, Dieu sait que j'ai essayé, mais c'est au-dessus de mes moyens, Jeannot. Je ne suis pas le genre qui aime deux fois. J'aime une fois. Quand j'ai aimé une fois, ça me suffit. Ça me suffit pour toujours. Jamais plus. Une seule fois, toujours la même, il n'y a pas de plus grande richesse. Va la voir, Jeannot. Va lui parler délicatement, comme tu sais le faire. Qu'elle me pardonne d'être resté quatre ans dans cette cave sans aller la voir! »

Mademoiselle Cora avait le choc.

— Il a pas dit ça!

— Je vous jure sur la tête de tout ce que j'ai de plus saint, mademoiselle Cora, vous n'avez qu'à choisir! Et il a même versé une larme, ce qui demande beaucoup, à son âge, à cause de leur état glandulaire. Une larme grosse comme je ne l'aurais jamais cru, si je n'avais pas mon témoignage.

— Et après? Et après?

Bon enfin quoi quand même.

J'ai ramé encore un petit peu.

— Et après, il a murmuré des choses douces et tendres à votre égard, tellement que j'en étais gêné.

Mademoiselle Cora était heureuse.

— Quel vieux fou, dit-elle avec plaisir.

— Justement, il n'a qu'une peur, c'est que vous le trouviez trop vieux.

— Il n'est pas si vieux que ça, dit mademoiselle Cora, énergiquement. Les temps ont changé. Ce n'est plus le même âge.

— Ça c'est juste. On n'est plus sous les Impressionnistes.

— Ces histoires d'âge, ça rime à quoi, à la fin?

— A rien, à la fin, mademoiselle Cora.

— Il peut encore vivre vieux, monsieur Salomon.

J'ai failli lui dire la cave, ça conserve, mais il fallait garder quelque chose pour une autre fois. J'ai seulement pris la fausse moustache dans ma poche et je me la suis mise pour plus de bonne humeur.

Mademoiselle Cora a ri.

— Oh toi alors! Un vrai Fratellini!

Je connaissais pas, mais ça pouvait attendre.

Je donnai encore quelques coups de rame. Maintenant que j'avais fait du bien, j'y prenais même du plaisir.

Mademoiselle Cora réfléchissait.

— Il peut encore vivre longtemps, mais il a besoin de quelqu'un pour s'occuper de lui.

— C'est ça. Ou il a besoin de s'occuper de quelqu'un. C'est pareil.

Je n'avais encore jamais ramé mais je m'en tirais bien. Mademoiselle Cora m'avait oublié. Je me suis mis à ramer plus doucement pour ne pas la déranger et pour qu'elle ne se souvienne pas de moi. C'était pas le moment de me faire sentir. Elle fronçait les sourcils, elle était préoccupée, elle faisait comprendre à monsieur Salomon qu'elle n'était pas du tout décidée.

— Je voudrais rentrer, maintenant.

J'ai atteint la côte et on s'est trouvés sur la terre ferme. On s'est tous embarqués dans le taxi, Yoko au volant, la grosse Ginette à côté avec Tong sur ses genoux et mademoiselle Cora à l'arrière, entre Chuck et moi. Elle était radieuse, comme si elle ne m'avait pas perdu. Les autres se taisaient et je sentais que j'étais aussi haut dans leur estime que c'est possible à mon égard. Ils devaient se demander, comment il a fait, ce salaud-là, pour s'en dépatouiller. Moi je les méprisais de toute ma hauteur comme le roi Salomon et c'était presque comme si j'étais moi-même le roi du prêt-à-porter. Mademoiselle Cora était tellement en forme qu'elle nous a offert un verre à une terrasse, et moi j'allais proposer les Champs-Elysées mais elle nous a informés qu'elle ne mettait jamais les pieds aux Champs-Elysées, à cause de ce qu'ils avaient fait souffrir à monsieur Salomon. Elle avait les yeux qui brillaient, mademoiselle Cora, et c'était la première fois de ma vie que je rendais une femme heureuse.

Quand on l'a ramenée devant chez elle, après trois fines et une demi-champagne, elle a commencé à nous parler d'une grande vedette d'autrefois qu'elle était trop jeune pour connaître elle-même, Yvette Guilbert, et elle a même commencé à chanter sur le trottoir et ça m'est resté gravé sous l'effet de l'émotion, car il n'y a pas mieux pour le soulagement que l'émotion. On est tous sortis du taxi, Yoko, Tong, Chuck, la grosse Ginette et elle a chanté pour nous :

Ermite hypocrite sortir veux-tu du couvent
Retourne chez ton père et redeviens mon galant !

Je l'ai aidée à monter, et elle ne m'a même pas fait entrer, elle m'a dit au revoir dans l'escalier. Elle m'a tendu la main, de loin.

— Merci pour la promenade, Jeannot.

— C'est toujours avec plaisir.

— Tu diras à monsieur Salomon que j'ai besoin de réfléchir. C'est trop soudain, tu comprends.

— Il ne peut plus sans vous, mademoiselle Cora.

— Je ne dis pas non, bien sûr, vu le passé qui nous unit, mais je ne peux pas me lancer comme ça dans l'aventure. J'ai besoin de réfléchir. J'avais ma petite vie bien tranquille, bien organisée, je ne peux pas, comme ça, d'un seul coup... J'ai fait assez de folies, dans ma vie. Je ne veux pas recommencer à perdre la tête.

— Il comprendra ça très bien, mademoiselle Cora. Vous pouvez faire confiance au roi Salomon pour comprendre. C'est sa spécialité, comme qui dirait.

Quand je suis redescendu, les autres m'attendaient.

— Comment tu as fait ?

Je leur ai fait le doigt à l'italienne, j'ai repris mon Solex et je suis rentré chez moi. Je me suis jeté sur le lit. J'ai enlevé ma fausse moustache. J'ai demandé à Aline :

— Qui c'était, Fratellini?

— Une famille de clowns.

J'ai essayé de lui raconter mais elle ne voulait pas parler de mademoiselle Cora. Elle avait un vrai talent pour le silence, on pouvait se taire avec elle sans jamais sentir qu'on n'avait rien à se dire. Lorsqu'elle ne m'avait pas encore, elle mettait parfois la radio qui est toujours mieux pour les états d'urgence que la télé, mais à part ça elle recevait peu de monde extérieur. On s'est donc à peine parlé et je suis resté une bonne heure à la regarder pendant qu'elle allait et venait pour s'occuper de ses affaires, son deux pièces avec quatre-vingts mètres carrés et c'était bien assez. Elle m'a bien posé une question, une vraiment drôle qui m'a beaucoup étonné, elle m'a demandé si je n'avais tué personne.

— Non, pourquoi?

— Parce que tu te sens toujours coupable.

— C'est pas personnel. C'est en général.

— Mais c'était toujours toi, à cause de ton caractère humain, c'est ça?

— Quel caractère humain? Tu te fous de moi ou quoi?

Elle s'est taillé une belle tranche de tarte à la framboise et elle est venue la manger à côté de moi au lit, ce qui était même vexant pour ce que j'avais à offrir.

— Tu sais, Jeannot Lapin, en France, on avait autrefois le juste milieu.

— C'est où ça? Moi, la géographie, c'est pas mon fort.

— Le juste milieu. Quelque part entre s'en foutre et en crever. Entre s'enfermer à double tour et laisser entrer le monde entier. Ne pas se durcir mais ne pas se laisser détruire non plus. Très difficile.

Je restais là à la regarder et à m'habituer à être pour deux. Quand vous n'avez personne dans votre vie, ça fait beaucoup de monde. Et quand vous avez quelqu'un ça fait moins. Je me contentais et je ne foutais plus le camp tous azimuts chez les autres. Elle me dit qu'elle n'avait jamais vu un mec plus insuffisant en lui-même et que les chiens auraient fait avec moi la meilleure affaire de leur vie. Elle ne disait d'ailleurs rien mais c'est ce qu'elle voulait dire. Parfois elle plaquait les occupations auxquelles elle vaquait et venait m'embrasser en réponse aux regards de ma part. Vaquer. Je vaque, tu vaques, il vaque. Exemple : elle vaquait aux soins du ménage. *Vaquer :* du latin *vacare, être vacant, sans titulaire.* Il y a des mots qu'on a sur le dos sans même le savoir. J'en ai trouvé un très joli en cherchant au hasard, *pronoas, portique qui précède le sanctuaire,* que j'ai mis de côté, et *potlatch, don ou destruction de caractère sacré* et qu'on peut trouver entre *potiron* et *potomètre.* Je n'ai jamais lu le dictionnaire d'un bout à l'autre, comme je devrais le faire au lieu de rester vacant, du latin *vacare, sans titulaire.* C'était la première fois que j'étais avec quelqu'un à moi à part entière et la nuit j'étais un peu inquiet, personne ne savait où j'étais et en cas de besoin on ne pouvait pas m'atteindre au téléphone. Mais enfin, ça gueulait moins autour de moi dans le silence, je n'entendais plus les voix d'extinction, ce qui prouve que j'étais heureux. Je ne me faisais pas de reproche, j'essayais de ne pas y penser mais j'étais vraiment amoureux. Du point de vue de la moralité, les malheureux sont plus heureux que les heureux, on ne leur prend que leur malheur. Je pensais au roi Salomon et j'ai trouvé qu'il était dur avec mademoiselle Cora. S'il y a une chose impardonnable, c'est de ne pas pardonner. Ils pourraient aller à Nice où il y a beaucoup de retraités qui vivent encore.

XL

Le lendemain était le quatre-vingt-cinquième anniversaire de monsieur Salomon. J'ai mis le drapeau noir et je suis allé le voir. Je l'ai trouvé de très bon poil.

— Ah, Jeannot, c'est gentil d'y avoir pensé...

— Monsieur Salomon, permettez-moi de vous féliciter pour votre belle performance.

— Merci, mon petit, merci, on fait ce qu'on peut, mais on s'occupe de nous, on s'occupe de nous... Tenez, regardez ça, il y a de l'espoir...

Il a trotté jusqu'à son bureau et il a pris *Le Monde*.

— On dirait qu'ils ont fait exprès, pour mon quatre-vingt-cinquième anniversaire. Lisez, lisez!

C'était une page qui s'appelait *Vieillir. Tous les centenaires bien-portants vivent une vie active dans une région montagneuse propice à l'exercice. L'art et la manière de mieux vieillir,* par le docteur Longueville... *Ce petit livre pratique, facile à lire, et illustré de quelques dessins de Faizant, aborde les problèmes d'hygiène et de mode de vie afin d'inciter les personnes âgées à...*

Monsieur Salomon se penchait sur mon épaule, avec sa loupe de philatéliste. Il lut de sa très belle voix :

— ... *afin d'inciter les personnes âgées à acquérir*

une attitude entreprenante dans une nouvelle étape de l'existence... Une attitude entreprenante, tout est là! Mais il y a mieux...

Il avait souligné au crayon rouge.

— *...de nombreux végétaux et certains poissons ont une durée de vie illimitée...*

Il braqua sur moi sa loupe.

— Tu savais, toi, que de nombreux végétaux et certains poissons ont une durée de vie illimitée, Jeannot?

— Non, monsieur Salomon, mais ça fait plaisir.

— N'est-ce pas? Je me demande pourquoi on nous cache des choses importantes.

— C'est vrai, monsieur Salomon. La prochaine fois, ce sera peut-être nous.

— De nombreux végétaux et certains poissons, dit monsieur Salomon, avec haine.

J'ai fait quelque chose que je n'avais encore jamais fait auparavant. Je lui ai mis les bras autour des épaules. Mais il continuait à râler.

— ... afin d'encourager les personnes âgées à acquérir une attitude entreprenante dans une nouvelle étape de l'existence, gronda-t-il.

Ça faisait plaisir de l'entendre gronder, de le voir en colère. Il ne fallait pas compter sur lui pour aller à Nice. Il avait un vrai tempérament de lutteur, dans sa catégorie.

— Un petit livre pratique, facile à lire...

Il tapa du poing sur le bureau.

— Je te leur foutrai un de ces coups de pied au cul, monzami!

— Ne gueulez pas, monsieur Salomon, ça sert à quoi?

— Un petit livre facile à lire et illustré de quelques dessins de Faizant qui aborde des problèmes d'hygiène et de mode de vie, afin d'inciter les personnes âgées à acquérir une nouvelle attitude entreprenante dans cette nouvelle étape de l'existence! Nom de Dieu de nom de Dieu!

Il tapa encore quelques coups de poing sur le bureau et il y eut sur son visage royal une expression de détermination implacable.

— Amenez-moi chez les putes, dit-il.

J'ai d'abord cru que j'avais mal entendu. Ce n'était pas possible. Un homme de cette hauteur ne pouvait pas demander une chose pareille.

— Monsieur Salomon, excusez-moi, mais j'ai entendu des choses que je n'ai sûrement pas entendues et que je ne veux même pas entendre!

— Amenez-moi chez les putes! gueula monsieur Salomon.

Je n'aurais pas été plus effrayé si monsieur Salomon m'avait demandé l'extrême-onction en tant que Juif.

— Monsieur Salomon, je vous en supplie, ne dites pas des choses pareilles!

— Je veux aller chez les putes! gueula monsieur Salomon, et il s'est remis à taper sur son bureau.

— Monsieur Salomon, s'il vous plaît, ne faites pas des efforts pareils!

— Quels efforts? gronda le roi Salomon. Ah, parce que vous aussi, mon petit ami, vous faites des insinuations?

— Ne gueulez pas comme ça, monsieur Salomon, ça peut claquer à l'improviste!

Le roi Salomon m'a foudroyé de sa hauteur. Enfin, c'était ce que la foudre aurait fait, s'il pouvait en disposer par le regard.

— Qui est le patron, ici? Qui est le patron de S.O.S.? J'ai exprimé un souhait. Je suis en excellent état et ça ne va pas claquer à l'improviste! Je désire être amené chez les putes? C'est clair?

Je me suis mis à chialer. Je savais que c'était seulement son angoisse mais je n'aurais pas cru

315

qu'elle pouvait le mener à un tel acte de désespoir. Un homme déjà si auguste, un vieillard qui retourne à la source première... Je lui ai saisi le bras.

— Courage, monsieur Salomon. Rappelez-vous monsieur Victor Hugo!

J'ai gueulé :

Le vieillard qui revient vers la source première
Entre aux jours éternels et sort des jours changeants...

Et l'on voit de la flamme aux yeux des jeunes gens
Mais dans l'œil du vieillard on voit de la lumière.

Monsieur Salomon avait saisi sa canne et j'ai vu qu'il allait me foutre sur la gueule.

— Monsieur Salomon, dans l'œil du vieillard on voit de la lumière! Le jeune homme est beau, mais le vieillard est grand! Vous ne pouvez pas aller chez les putes, de là où vous êtes!

— C'est une tentative d'intimidation, gueula monsieur Salomon. En tant que patron de *S.O.S.*, j'ai donné un ordre! Je veux qu'on m'emmène chez les putes!

Je me suis précipité dans le standard. Il y avait là la grosse Ginette, Tong, Yoko, Chuck et les deux frères Masselat, dont l'aîné était absent. Ils ont tout de suite vu qu'il s'était passé quelque chose d'épouvantable. J'ai gueulé :

— Monsieur Salomon veut aller chez les putes!

Ils sont restés baba, sauf l'aîné des Masselat, qui n'était pas là.

— C'est de la démence sénile, dit Chuck tranquillement.

— Eh bien, va le lui dire.

— Il paraît que lorsqu'ils sont vieux, ils ont souvent des envies de femme enceinte, dit Ginette.

On l'a tous regardée.

— Enfin, je veux dire...

— Oui, tu veux dire, mais tu ferais mieux de la fermer, gueulai-je. C'est déjà assez effrayant de penser que le malheureux monsieur Salomon veut aller chez les putes sans lui donner des envies de femme enceinte! Qu'est-ce qu'on fait?

— Il n'a plus sa tête à lui, dit Chuck. C'est son quatre-vingt-cinquième anniversaire qui lui a causé un choc. Jamais je n'ai vu un mec qui a autant peur de mourir!

— Il n'a pas la sagesse orientale, ça c'est certain! dit Tong.

— Il a peut-être envie d'aller chez les putes, tout simplement, supposa Yoko.

— Il n'a jamais été chez les putes de sa vie! gueulai-je. Pas lui! Pas un homme de sa hauteur.

— On peut appeler le docteur Boudien, proposa le cadet des Masselat, en l'absence de son frère.

— Il n'y a qu'à l'amener chez les putes, dit Tong. Il va peut-être se passer quelque chose.

C'est à ce moment-là que le roi Salomon fit son entrée dans le standard, déjà coiffé de son chapeau proverbial et tenant à la main ses gants et sa canne à tête de cheval hippique.

— Une petite conspiration, hein! dit-il.

Il n'y avait qu'à le voir pour comprendre qu'il n'était pas bien. Ses yeux avaient un éclat panique. Il serrait les lèvres si fort qu'on ne les voyait pas. Et il avait la tête qui tremblait.

— On y va, on y va! gueulai-je, et j'ai couru vite voir ce que le roi Salomon avait dans la salle de bains pour lutter contre son angoisse. Rien. Il n'y avait rien. Il faisait face à l'ennemi les mains nues, le roi Salomon. J'avais vu un film comme ça où un chevalier invite la mort, venue le chercher, à lutter au bras de fer. Quand je suis revenu au standard, j'ai trouvé le roi Salomon la tête haute, la canne légèrement levée et en pleine possession de sa colère.

– Je vous préviens que ça ne se passera pas comme ça. Il est exact que je viens d'avoir quatre-vingt-cinq ans. Mais de là à me croire nul et non avenu, il y a un pas que je ne vous permets pas de franchir. Il y a une chose que je tiens à vous dire. Je tiens à vous dire, mes jeunes amis, que je n'ai pas échappé aux nazis pendant quatre ans, à la Gestapo, à la déportation, aux rafles pour le Vél' d'Hiv', aux chambres à gaz et à l'extermination pour me laisser faire par une quelconque mort dite naturelle de troisième ordre, sous de miteux prétextes physiologiques. Les meilleurs ne sont pas parvenus à m'avoir, alors vous pensez qu'on ne m'aura pas par la routine. Je n'ai pas échappé à l'holocauste pour rien, mes petits amis. J'ai l'intention de vivre vieux, qu'on se le tienne pour dit!

Et il a levé le menton encore plus haut et avec encore plus de défi et c'était la vraie crise d'angoisse, la vraie, la grande angoisse du roi Salomon. Et c'est là qu'il a gueulé encore, avec son air de majesté :

– Et maintenant, je désire aller chez les putes!

Il n'y avait rien à faire. On a laissé au standard le frère Masselat qui ne voulait pas voir une chose pareille, puis on s'est tous entassés dans le taxi, même Ginette, qui était là pour la présence féminine. C'est moi qui conduisais, Tong était assis sur les genoux de la grosse Ginette et on avait placé monsieur Salomon à l'arrière entre Chuck et Yoko. Je voyais son visage dans le rétroviseur et il n'y avait qu'une expression dans le dictionnaire, et c'était implacable. *Implacable : dont on ne peut apaiser la fureur, le ressentiment, le violence. Voir : cruel, impitoyable, inflexible. Voir : acharné.* On était tous autour de lui comme des gardes du corps. Jamais on n'avait encore vu un homme transporté dans un tel état chez les putes. Pour moi c'était plus terrible que pour les autres, parce que j'aimais monsieur Salomon plus que n'importe qui dans le taxi. Je comprenais ce qu'il avait dû éprouver en se réveillant le matin pour son quatre-vingt-cinquième anniversaire, vu que c'est ce que j'éprouve moi-même en me réveillant tous les matins. La première chose qu'il aurait dû faire en se réveillant c'est d'aller pisser, parce qu'il y en a à son âge qui ne peuvent plus pisser pour des raisons prostatiques, mais lui il pissait encore comme un roi et ça le rassurait chaque fois. On se taisait tous, on n'avait rien à lui offrir. Qu'est-ce qu'on pouvait lui dire ? Qu'il pissait encore très bien ? Qu'il y en avait à son âge qui étaient déjà morts depuis longtemps ? Il n'y avait pas d'arguments en sa faveur. On ne pouvait même pas accuser les nazis ou les méthodes de torture de la police en Argentine, là-bas il y avait une raison, c'était la Coupe du monde, on était obligé d'y boire. Sous de vagues prétextes démocratiques, on faisait au roi Salomon un coup impardonnable et on le traitait comme n'importe quel mortel. L'argument qu'il avait présenté tout à l'heure était si juste qu'il était sans réponse. Il s'était caché pendant quatre ans dans un cave, il avait échappé triomphalement à l'extermination des nazis et à la police française du même nom, ce n'était pas pour mourir comme un con d'une quelconque mort naturelle. Il avait triomphé par la volonté, la détermination, la ruse, la prudence, la force de l'âme, le caractère, et maintenant c'était comme si les nazis lui avaient dit qu'il ne perdait rien pour attendre.

— Afin d'encourager les personnes âgées à acquérir une attitude entreprenante dans une nouvelle étape de l'existence! gueula brusquement monsieur Salomon et c'est seulement lorsqu'il ajouta, en brandissant le poing :

— O rage, ô désespoir, ô vieillesse ennemie! que j'ai commencé à me méfier et que je me suis demandé s'il n'était pas en train de se marrer et s'il n'y avait pas chez lui des intentions homériques.

— Monsieur Salomon, on a retrouvé le cercueil que Charlie Chaplin s'est fait voler et il est resté intact à l'intérieur, c'est une bonne nouvelle, la justice triomphe.

— Monsieur Salomon, dit Chuck, vous qui aimez la musique, vous devriez aller à New York, il y a Horowitz qui va donner un dernier concert...

— Mais qu'est-ce qui vous dit que ce sera le dernier? gueula monsieur Salomon. C'est lui qui l'a décidé? Qu'est-ce qui vous dit qu'il ne sera plus là encore dans vingt ans, Horowitz? Pourquoi doit-il mourir avant? Parce qu'il est juif? On prend toujours les mêmes, hein?

C'était la première fois que je voyais Chuck le sifflet complètement coupé, il est resté là dans le plus grand étonnement. Je roulais très lentement, j'espérais que monsieur Salomon allait avoir un trou de mémoire, comme c'est souvent le cas chez les grands vieillards, et qu'il oublierait son funeste projet, mais on était déjà rue Saint-Denis et c'est alors que j'ai entendu monsieur Salomon gueuler. Il était penché par la portière et il pointait. C'était une grande blonde, en mini-jupe et bottes de cuir qui s'appuyait contre le mur, avec décontraction. Il y avait là cinq ou six autres putes qui s'appuyaient aussi et je ne sais pourquoi monsieur Salomon avait choisi celle-là. J'ai un peu dépassé mais il m'a donné un coup de canne sur l'épaule et j'ai freiné.

— Faites-moi descendre!

– Monsieur Salomon, vous ne voulez pas qu'on aille lui parler avant? proposa Yoko.

– Et qu'est-ce que vous comptez lui dire? gueula monsieur Salomon. Que c'est interdit aux mineurs? Je vous emmerde. Je suis le roi du prêt-à-porter, je n'ai pas de conseils à recevoir. Attendez-moi ici.

On a tous sauté et on l'a aidé à descendre.

– Monsieur Salomon, le suppliai-je, il y a des maladies blennorragiques!

Il n'écoutait pas. Il avait pris une attitude entreprenante, comme dans *Le Monde*, le chapeau un peu de travers, l'œil vif et décidé, les gants à la main et la canne déjà levée. On était tous à le regarder. La pute blonde a eu une bonne intuition féminine, elle lui a fait un grand sourire. Monsieur Salomon sourit aussi.

Ginette a commencé à pleurer.

– On va pas le revoir vivant.

C'était terrible, en plein jour, en pleine lumière, un homme aussi auguste. Ça me fend le cœur, mais je suis obligé de dire que le roi Salomon avait un sourire égrillard. Il était là, au ras de terre et pas du tout sur ses hauteurs proverbiales d'où il se penchait avec tant d'indulgence sur nos futilités microscopiques. La pute a pris le roi Salomon sous le bras et elle l'a dirigé vers la porte de l'hôtel en ligne droite. Yoko avait enlevé sa casquette avec respect. Tong était devenu jaune pâle et Chuck avait la pomme d'Adam qui avalait. La grosse Ginette sanglotait. C'était une chose abominable de voir le roi Salomon tomber de si haut dans un lieu pareil.

On a attendu. D'abord sur le trottoir, ensuite comme ça se prolongeait, dans le taxi. Ginette était en larmes.

– Vous auriez dû faire quelque chose!

Encore vingt minutes.

– Mais c'est de la non-assistance à une personne en danger! cria Ginette. Elle est en train de le tuer, cette salope! On devrait monter voir!

– Il ne faut pas s'affoler, dit Tong. Elle a dû l'allonger pour qu'il se repose. Elle essaye peut-être de lui remonter le moral. Ça fait partie des soins qu'elles prodiguent.

Encore dix minutes.

– Moi, je vais appeler les flics, dit Ginette.

C'est alors que monsieur Salomon apparut à la porte de l'hôtel. On avait tous le nez dehors à l'observer. On ne pouvait rien dire, ni oui ni non. Il se tenait là avec sa canne et ses gants dans une main et le chapeau dans l'autre et il n'avait rien perdu de sa dignité proverbiale. Puis il a mis son chapeau d'un petit geste gaillard, un peu de travers, et il s'est dirigé vers nous. On a tous sauté dehors et on a couru vers lui mais on n'a pas eu à le soutenir. J'ai démarré et on a roulé en silence, sauf Ginette qui avait des soupirs et qui lui jetait parfois des regards de reproche. Brusquement, alors qu'on était rue de la Chaussée-d'Antin, monsieur Salomon a souri, ce qui était une bonne chose, après toutes ces émotions, et il a murmuré :

– Le vieillard qui revient à la source première...

Et puis encore :

– De nombreux végétaux et certains poissons ont une durée de vie illimitée...

Après quoi, il est retombé dans un silence noir, et quand on est rentré, on l'a allongé sur son sofa et on a téléphoné au docteur Boudien pour qu'il vienne vite parce que monsieur Salomon avait des envies d'immortalité. On était tous très secoués, sauf Chuck, qui disait que l'angoisse du roi Salomon était typiquement élitiste et aristocratique, et qu'il y a déjà suffisamment de malheurs auxquels on peut remédier au lieu de se perdre en imprécations et en fulminations contre l'irrémédiable. Il nous a informés que déjà sous la Haute-Egypte le peuple était descendu dans les rues et avait organisé un Mai 68, en lapidant les prêtres pour réclamer l'immortalité et que le roi Salomon, avec ses revendications et ses imprécations, était anachronique. *Anachronique : qui est déplacé à son époque, qui est d'un autre âge.* J'ai haussé les épaules et j'ai laissé tomber. Chuck avait raison et ce n'est pas la peine de discuter avec des gens qui ont raison. Il n'y a rien à faire avec eux. Pauvres types.

J'ai attendu le docteur Boudien qui a trouvé une tension convenable et pas d'autres menaces à l'horizon que ce qui est normal, il n'y avait pas à s'inquiéter outre mesure. Je lui ai fait part de l'indignation et de la juste colère du roi Salomon lorsqu'il avait appris que de nombreux végétaux et certains poissons jouissaient d'une durée de vie illimitée mais pas nous, et le docteur nous a expliqué qu'en France on négligeait la recherche scientifique, on avait encore diminué les crédits et monsieur Salomon avait raison de s'indigner, on ne faisait pas assez d'efforts dans le domaine de la gérontologie. Je me suis assuré que monsieur Salomon ne manquait de rien et qu'il inspirait et expirait normalement et j'ai repris mon Solex.

XLI

La clé n'était pas sous le paillasson et quand
Aline m'a ouvert j'ai tout de suite compris qu'il y
avait un malheur à l'intérieur. J'avais déjà remarqué qu'Aline se mettait en colère lorsqu'elle était
malheureuse.

– Elle est là.

J'ai demandé qui? parce qu'avec toutes les émotions de la journée, mademoiselle Cora était la
dernière chose à laquelle j'aurais pensé. Mais c'était
bien elle et même beaucoup plus habillée que
d'habitude et maquillée comme pour le grand soir.
Elle avait des yeux qui ressemblaient à des arai-
gnées qui remuent les pattes, tellement ses cils
étaient longs et noirs de produit, quand ils bou-
geaient. Mais il y avait aussi du bleu au-dessus, et
du rouge et du blanc partout qui ne reculait que
devant les lèvres. Elle portait un turban noir avec le
petit poisson du zodiaque en or au milieu, et une
robe qui changeait de couleur quand elle remuait
et qui passait du violet au mauve et au pourpre. Il y
a eu tout de suite un silence comme si j'étais le
dernier des salauds.

– Bonjour, Jeannot.

– Bonjour, mademoiselle Cora.

– J'ai voulu connaître ton amie.

Je me suis assis, j'ai baissé la tête et j'attendais les

reproches et le chagrin mais c'était plutôt chez moi que chez elle. Aline me tournait le dos et mettait dans le vase les fleurs que mademoiselle Cora lui avait apportées et je suis sûr qu'elle m'aurait tué, tant elle me détestait entre femmes. Je me demandais depuis combien de temps elle était là et ce qu'elles s'étaient raconté et si j'allais encore trouver la clé sous la paillasson.

– Vous êtes jeune, vous êtes heureuse et ça m'a rappelé de bons souvenirs, dit mademoiselle Cora.

J'ai dit :

– Mademoiselle Cora, mademoiselle Cora, et puis je me suis tu et Aline aussi mettait les fleurs dans le silence.

Mademoiselle Cora pleurait un peu. Elle a pris dans son sac un petit mouchoir tout propre et j'ai été soulagé de voir qu'il n'avait pas encore servi et qu'elle n'avait pas déjà pleuré avant. Elle s'est essuyé les yeux en faisant attention à son maquillage. Elle était vraiment maquillée et habillée comme pour un gala, peut-être qu'elle allait à une fête, après.

– Excusez-moi, mademoiselle Cora.

– Tu es drôle, mon petit Jean. Tu crois que je pleure parce que tu m'as laissé tomber? Je me suis un peu émue, parce que ça m'a rappelé de vieux souvenirs, de vous voir. Ma jeunesse et quelqu'un que j'ai aimé. Quand j'étais jeune, j'étais capable de perdre la tête. Plus maintenant. C'est même ça qui me fait pleurer. Toi...

Elle a eu un sourire un peu dur.

– Toi, tu es un bon petit.

Elle s'est levée, elle est allée à Aline et elle l'a embrassée. Elle a gardé sa main dans les siennes.

– Vous êtes mignonne. Venez à la maison, un jour. Je vous montrerai des photos.

Elle s'est tournée vers moi et elle m'a touché la joue, avec bonne humeur.

— Toi, p'tite tête, tu as un physique qui trompe son monde. On dirait un vrai mec et...

Elle a ri.

— ... et c'est Jeannot Lapin!

— Excusez-moi, mademoiselle Cora.

— J'ai jamais vu un gars qui se ressemble moins!

— Je fais pas exprès, mademoiselle Cora.

— Je sais. Pauvre France!

Et elle est sortie. Aline l'a raccompagnée. Je les ai entendues encore qui se promettaient de se revoir. Je suis allé boire un verre d'eau à la cuisine et quand je suis revenu, Aline n'était pas encore là. J'ai ouvert la porte et j'ai vu mademoiselle Cora qui sanglotait dans les bras d'Aline. J'ai gueulé :

— Mademoiselle Cora! et je suis entré dans l'ascenseur. Aline pleurait aussi. Moi je ne pouvais pas, j'étais trop ému.

— Si vous saviez ce qu'il m'a fait baver!

— Moi, mademoiselle Cora? Moi?

— S'il n'était pas descendu pisser un soir, je serais encore aux toilettes, et pourtant je n'ai jamais aimé avant un homme comme je l'aime maintenant! Vous ne pouvez pas savoir, on ne peut pas comprendre, quand on est jeune. Mais qu'est-ce qu'il peut être rancunier, celui-là!

J'étais tellement soulagé d'être acquitté et lavé de tout soupçon dans son amour que je l'ai embrassée.

— Il n'est pas rancunier, mademoiselle Cora, il n'ose pas! Il voulait vous téléphoner, mais il n'ose pas. Il croit qu'il est trop vieux pour vous!

— Il t'a vraiment dit ça ou est-ce que c'est pour me faire plaisir?

— Pas plus tard que tout à l'heure! Il a même dû

se coucher, tellement il s'est fait du mouron à cause de son âge. Il vient d'avoir quatre-vingt-cinq printemps, mais enfin quoi, il y en a qui vivent beaucoup plus vieux que ça à Nice.

— Ça c'est vrai.

— Il voudrait recommencer sa vie avec vous, mais il n'ose plus se le permettre!

— Eh bien, dis-lui...

Elle n'a même pas pu parler et c'était seulement dans le regard. J'ai gueulé :

— Je lui dirai, mademoiselle Cora! Vous pouvez compter sur moi!

Elle s'est encore essuyée, et puis elle est descendue, en nous faisant un petit signe avant de s'enfoncer avec l'ascenseur. On est rentrés. Aline s'est appuyée contre la porte. Elle avait besoin d'un remontant. Un cordial, ça s'appelait autrefois. Il n'y en a pas de meilleur que le rire. Je lui ai dit :

— On l'a échappé belle.

Elle a ouvert les yeux.

— Comment?

— On aurait pu être vieux, nous aussi.

— Tu as fini, oui? Tu as fini?

— Mais c'est vrai, quoi! On ne se félicite jamais assez!

J'ai même voulu mettre ma fausse moustache mais je ne la trouvais plus.

XLII

J'ai prévenu *S.O.S.* que c'était fini et que je reprenais le dépannage, mais seulement pour la plomberie, le chauffage, l'électricité, de bons petits trucs pas humains.

Je passais dix heures par jour à bricoler chez des gens et c'était bon pour mon moral, de réparer là où c'est possible. J'aime une bonne fuite d'eau, un tuyau qui claque, les carreaux cassés qu'on peut remplacer, une clé qui se coince. Le reste, c'était seulement Aline. J'ai même voulu déchirer la photo du goéland englué dans la marée noire, tellement je m'en foutais, mais au dernier moment j'ai pas pu. J'aimais mademoiselle Cora encore plus chaque jour qui passait même si elle n'y était pour rien et c'était seulement mon état général. Je n'arrivais pas encore à me limiter à un deux pièces, quatre-vingts mètres carrés. Je me suis réveillé une nuit en rigolant parce que j'avais rêvé que j'étais debout à une entrée de métro à distribuer des tickets de bonheur. J'allais tous les jours chez monsieur Salomon pour voir comment il se remettait de son quatre-vingt-cinquième anniversaire et j'attendais le bon moment pour faire mon dernier bricolage. Je le trouvais tantôt assis dans son fauteuil de vrai cuir, tantôt à son bureau de philatéliste, la loupe à l'œil, tantôt penché sur sa collection de cartes postales avec des tendres baisers et des mots affectueux. Il était resté plus gris de visage depuis sa dernière émotion. Les yeux étaient encore plus sombres et avaient moins de fumerolles, mais je sentais qu'il ne s'était pas entièrement éteint à l'intérieur et qu'il reprenait seulement son souffle. Il me dit qu'il songeait à vendre sa collection de timbres-poste.

— Il est temps de passer à autre chose.

— Il ne faut pas y penser, monsieur Salomon. Avec votre constitution de fer, vous n'avez pas à y penser.

Ça l'a amusé, j'ai vu une petite lueur. Il tapota. Je me souviendrai toujours de ses mains, aux doigts longs, blancs, fins, qu'on appelle des mains de virtuose.

— Je me souviendrai toujours de vos mains, monsieur Salomon.

Il s'est éclairé encore davantage. Il aimait quand je n'avais rien de sacré. Ça minimise.

— Tu es un farceur, Jeannot.

— Oui, je vous dois beaucoup, monsieur Salomon.

— Je vais peut-être passer à autre chose. Avec les timbres-poste, j'ai à peu près fini. Je suis assez tenté par les vieux ivoires...

On s'est marrés tous les deux.

— Je voulais vous parler de mademoiselle Cora.

— Comment va-t-elle ? Tu continues à t'en occuper, j'espère ?

— Merci, monsieur Salomon, c'est gentil d'avoir pensé à moi.

Les fumerolles revenaient. Juste une petite lueur ironique, un petit parcours sur les lèvres.

— C'est curieux comme le passé redevient vif quand on devient vieux, dit-il. Je pense de plus en plus souvent à elle.

Il portait un costume de flanelle gris clair, des bottillons noirs, une cravate rose, et c'était étonnant d'être si élégant avec soi-même. Il y avait un petit livre sur le bureau, des poésies de monsieur José Maria de Heredia qu'il aimait de plus en plus, parce qu'elles avaient beaucoup vieilli, elles aussi.

– Oui, dit-il, en voyant mon regard.

Et il a récité par cœur :

De celle qu'il nommait sa douceur angevine
Sur la corde vibrante erre l'âme divine.
Quand l'angoisse d'amour étreint son cœur troublé;

Son visage s'est encore adouci.

Et sa voix livre aux vents qui l'emportent loin
                                        [d'elle,
Et la caresseront peut-être, l'infidèle...

Il se tut, et puis il eut un geste.

– C'était une autre époque, Jeannot. Le monde prenait moins de place. Oui, il y avait beaucoup plus de place pour le chagrin intime qu'aujourd'hui...

– Moi je pense que vous êtes bien impardonnable avec elle, monsieur Salomon. Trente-cinq ans, ça suffit comme rancune. C'est même pas élégant, vous qui êtes si bien habillé. Vous devriez l'emmener avec vous.

Il a plissé un peu les yeux.

– Et où, exactement, veux-tu que je l'emmène avec moi, mon petit Jeannot? me demanda-t-il avec un rien de suspicion et d'une voix un peu désagréable.

Mais je n'ai pas pipé.

– A Nice, monsieur Salomon, seulement à Nice.

Il s'est assombri. J'ai fait encore un pas prudemment.

– Vous devriez lui pardonner, monsieur Salomon, avec votre indulgence proverbiale. Elle ne veut même plus consommer sur les Champs-Elysées, vous savez. Ça lui est resté. Et elle est souvent passée devant cette cave, sous les Allemands...

– Et pourquoi n'est-elle pas entrée, cette pute? gueula monsieur Salomon avec désespoir et en tapant même du poing, et c'était un mot qui manquait de respect sur ses lèvres. Pourquoi, pas une fois, elle n'est venue me voir?

– C'est de la rancune, ça, monsieur Salomon, voilà ce que c'est. C'est pas bien.

Monsieur Salomon inspira et expira.

– Tu ne peux pas savoir ce que j'ai souffert, dit-il, après un silence pour se calmer. Je l'aimais.

Il a encore inspiré et expiré et dans ses yeux c'était la flamme du souvenir.

– J'aimais sa naïveté, sa voix un peu rauque des faubourgs, son petit visage de conne. On avait toujours envie de la sauver et de la protéger, entre deux conneries. On n'a pas idée de gâcher sa vie comme elle l'a fait. Et pourtant... Et pourtant, je l'admire, parfois. Gâcher sa vie pour un béguin, ce n'est pas donné à tout le monde.

– Eh bien, monsieur Salomon, vous devez alors vous admirer vous-même.

Il parut interloqué. J'étais content parce que je connaissais. *Interloqué : décontenancé, déconcerté.*

Il m'a dévisagé longuement, comme si c'était la première fois qu'il me voyait.

– Tu es un garçon... inattendu, Jean.

– Il faut s'attendre à tout et surtout à l'inattendu, monsieur Salomon.

C'est alors qu'ils sont entrés tous. Il y avait la

grosse Ginette, Tong, Yoko, les deux frères Masselat, sauf Chuck, qui n'était pas là, et ils faisaient tous des têtes comme en cas de malheur. Nous avons tous l'habitude des coups durs au téléphone mais j'ai tout de suite senti que c'était personnel. Ils nous regardaient et ils se taisaient comme pour gagner un peu de temps avant de sévir.

— Eh bien, qu'est-ce qu'il y a? demanda monsieur Salomon avec un peu d'irritation, parce que c'est toujours énervant de se trouver en butte à des effets dramatiques.

— Il y a mademoiselle Cora Lamenaire qui a essayé de mettre fin à ses jours, dit Ginette.

C'était si fort que d'abord je n'ai rien senti. Et puis la première pensée qu'on a eue, monsieur Salomon et moi, c'était la même. J'avais la gorge trop coupée pour pouvoir parler et j'ai entendu la voix de monsieur Salomon qui ne dit d'abord rien et puis qui murmura :

— *C'est pour qui?*

Ils ne comprenaient pas. Ils étaient tous là à nous regarder, sauf Chuck, qui n'était pas là. Ginette ouvrait et fermait la bouche comme un poisson hors de l'eau quand ce n'est plus l'élément naturel.

— Elle l'a fait pour qui? demanda monsieur Salomon, encore une fois avec plus de force, et je voyais dans ses yeux que c'était l'angoisse.

— Pour lui ou pour moi?

Son visage était immobile, un visage de pierre, comme celui des rois de France sur leurs têtes coupées, sauf qu'il avait tout son nez. Il était devenu complètement gris et ça faisait encore plus pierre. Je n'ose pas y penser encore maintenant, même quand j'y pense. Je sais bien que ça existe, passionnément, mais quand c'est à quatre-vingt-cinq ans et trente-cinq ans après, dont quatre ans dans une cave, et toujours aussi passionnément qu'aux plus beaux jours, l'eau était transparente ainsi qu'aux plus beaux jours, ma commère la carpe y faisait mille tours avec le brochet, son compère, alors ce n'est même plus de la jeunesse du cœur, c'est l'immortalité. Le roi Salomon voulait savoir si mademoiselle Cora avait essayé de se suicider pour lui ou pour moi.

Alors il s'est levé de toute sa hauteur.

Il s'est penché vers eux.

Il a levé vers moi un doigt imprécateur et il a gueulé :

— Elle a fait ça pour qui, nom de Dieu? Pour lui ou pour moi?

— Monsieur Salomon, dit Ginette, mais monsieur Salomon...

Nous y sommes allés tous les deux à l'exclusion de tout le monde. On nous a fait entrer tous les deux dans la grande salle où il y avait d'autres cas. Nous nous sommes assis tous les deux sur deux chaises des deux côtés du lit. Mademoiselle Cora était couchée dans le blanc jusqu'au menton. Elle ne paraissait pas trop émue. L'infirmière-chef nous dit qu'elle avait avalé trop de médicaments pour le désespoir. Il y avait d'autres infirmières pour s'occuper d'autres cas dans la salle et il y avait un paravent pour plus d'intimité. On nous a expliqué que mademoiselle Cora était là depuis trente-six heures et qu'elle était hors de danger, mais c'était une façon de parler. Je pensais qu'on avait de la chance, elle ne s'était pas jetée sous le métro ou dans la Seine, elle n'avait pas fini comme dans ses chansons réalistes. Elle avait seulement pris trop de médicaments contre le désespoir, grâce à quoi on a pu la sauver. La femme de ménage, car elle s'en permettait une, avait sonné sans réponse et elle avait appelé la police, à cause des agressions contre les personnes âgées. Elle avait laissé un petit mot d'explication sur sa table de chevet, mais il n'était adressé à personne et c'est toujours dans ce cas que c'est le plus grave. Et quand plus tard on lui a demandé s'il y avait quelqu'un à prévenir, elle avait simplement prié qu'on appelle *S.O.S. Bénévoles*, elle y connaissait quelqu'un. Il ne fallait pas trop lui parler car les émotions étaient mauvaises pour elle. Monsieur Salomon avait demandé s'il pouvait voir l'explication par écrit qu'elle avait laissée, mais on lui avait refusé, parce qu'il n'était pas de la famille. Il s'est indigné et il a dit hautement :

— Je suis le seul homme qu'elle a au monde, et il ne m'a même pas regardé, tellement il avait raison.

L'infirmière-chef avait hésité et elle lui aurait donné le papier, si je ne lui avais pas fait des gestes non, non, non, de la main et de la tête. On ne pouvait pas savoir ce qu'elle avait mis, dans son billet. Elle avait peut-être écrit que monsieur Salomon était une peau de vache. C'était une occasion, c'était une dernière chance, il ne fallait pas la gâcher, maintenant qu'elle était sauvée, on pouvait la sauver encore davantage, et monsieur Salomon aussi, malgré sa tête de lard. On était assis des deux côtés du lit dans le silence des circonstances et mademoiselle Cora, ainsi couchée avec du blanc jusqu'au menton et ses deux petits bras sur la couverture, ressemblait encore plus à ses photos de jeunesse que dans la vie ordinaire. Elle souriait un peu avec la satisfaction du courage accompli et elle regardait tout droit devant elle, ni l'un ni l'autre. Moi j'avais envie de crever mais on ne peut pas crever chaque fois qu'il y a une raison, on n'en finirait plus. On se taisait donc tous les trois, comme l'avait recommandé le corps médical. Je leur jetais parfois à l'un et à l'autre un coup d'œil suppliant, mais chez mademoiselle Cora c'était toujours sa fierté féminine, et chez monsieur Salomon ses quatre ans dans une cave. J'avais envie de me lever et de casser quelque chose, ils n'avaient pas le droit d'être si juvéniles, elle à soixante-cinq ans et même davantage et lui à quatre-vingt-cinq ans, que Dieu nous garde.

Et comme je me tenais là, les yeux baissés, à fulminer à l'intérieur, monsieur Salomon demanda d'une voix caverneuse, d'une voix qui paraissait venir du fond de sa putain de cave.

– C'était pour qui, Cora? Pour lui... ou pour moi?

J'ai fermé les yeux et j'ai presque prié. J'ai dit presque, parce que je ne l'ai pas fait, je suis cinéphile mais pas à ce point. Si mademoiselle Cora disait que c'était parce que je l'avais laissé tomber pour une autre, c'était foutu. Tout ce qu'il fallait pour les sauver l'un et l'autre dans toute la mesure du possible, c'était que mademoiselle Cora murmure « pour vous, monsieur Salomon » ou encore « c'est pour toi, mon Salomon », vu qu'il n'y a pas de diminutif et que « mon Salo », ça prête à des interprétations.

Elle se taisait. C'était mieux que rien, car si elle disait mon nom ou si seulement elle me jetait un de ces regards tendres comme elle en était capable, monsieur Salomon se lèverait définitivement, se dirigerait vers la porte et se retirerait sur ses hauteurs pour toujours. Et moi je rattraperais définitivement mon physique extérieur et je deviendrais un tueur de bébés phoques. Tout ce que je pouvais faire, c'était de baisser le nez et d'attendre que ça se passe comme à la parade d'identification à la police, quand la victime est invitée à reconnaître son agresseur.

Elle n'a rien dit. Pendant tout le temps qu'on est restés là, elle ne nous a même pas regardés, ni l'un ni l'autre, mais droit devant elle, là où il n'y avait personne. Elle n'a pas voulu répondre et elle est restée là sans daigner, avec la couverture blanche ramenée jusqu'au menton et sa fierté féminine. Heureusement l'infirmière est venue nous informer que c'était assez et nous nous sommes levés. J'ai fait un pas pour sortir mais monsieur Salomon ne bougea pas. On ne voyait même pas son visage, rien que le désespoir. Il dit :

— Je reviendrai.

Dans l'ascenseur, il a inspiré et expiré plusieurs fois, avec profondeur. Il s'est appuyé d'une part sur sa canne et d'autre part sur mon bras et nous sommes sortis. Je l'ai fait monter dans la voiture, à côté de moi, et on aurait pu mettre n'importe quoi dans son silence, mademoiselle Cora et tout ce qu'on n'attend plus de la vie et pourtant tout ce qu'on attend encore d'elle.

Je l'ai ramené boulevard Haussmann et je suis revenu à toute vitesse. J'ai acheté un bic, une feuille de papier, une enveloppe et je suis monté. L'infirmière a voulu m'empêcher mais je lui ai dit que c'était une question de vie ou de mort pour tout le monde et elle a compris que c'était vrai, vu que c'est toujours vrai. J'ai traversé la salle jusqu'au coin de mademoiselle Cora et je me suis assis.

— Cora.

Elle a tourné la tête vers moi et elle a souri, il y avait longtemps qu'elle avait décidé que j'étais drôle.

— Qu'est-ce que tu me veux encore, Jeannot Lapin ?

Merde. Mais je ne l'ai pas dit. Pour lui faire plaisir, j'aurais même remué mes grandes oreilles.

— Pourquoi tu as fait ça? A cause de lui? Ou à cause de...

— A cause de toi, Jeannot Lapin? Oh non!

Elle a secoué la tête.

— Non. Ce n'est ni pour toi ni pour lui. C'était... oh je ne sais pas, moi. C'était en général. J'en avais assez d'être à la merci. Vieille et seule, ça s'appelle. Tu vois?

— Oui. Je vois. Alors je vais t'indiquer un truc.

— Il n'y en a pas. Je sais bien qu'il y en a qui se font tirer la peau... mais pour qui?

— Je vais t'indiquer un truc, Cora. Quand tu te sens seule et vieille, pense à tous ceux qui sont eux aussi seuls et vieux mais dans la misère et dans les hospices. Tu te sentiras de luxe. Ou alors, tu mets la télé, les derniers massacres en Afrique, ici, là ou ailleurs. Tu te sentiras encore mieux. Il y a la sagesse populaire qui a une expression très bien pour ça : à quelque chose malheur est bon. Et maintenant, prends ça et écris.

— Qu'est-ce que tu veux que j'écrive? A qui?

Je me suis levé et je suis allé voir l'infirmière.

— Mademoiselle désire récupérer son billet d'adieu.

Et j'ai tendu la main. Elle a hésité mais avec la gueule que j'ai elle n'a pas eu confiance. Pour elle, c'était moi l'assassin. Elle m'a regardé en battant des cils et puis elle m'a tout de suite donné l'enveloppe.

C'était adressé à personne.

A l'intérieur, il y avait seulement, *Adieu, Cora Lamenaire*. On ne savait pas si c'était *Adieu à Cora Lamenaire* ou si c'était *Adieu* et je signe. Les deux, probablement. J'ai déchiré le billet.

— Ecris-lui.

— Qu'est-ce que tu veux que je lui dise?

— Que tu t'es suicidée pour lui. Que tu en avais

338

assez de l'attendre, que tu l'aimais chaque année davantage depuis trente-cinq ans et que maintenant ce n'est plus le béguin mais le vrai amour et que tu ne peux pas vivre sans lui, tu te fous en l'air, adieu, pardonne-moi comme je te pardonne. C'est signé Cora.

Elle a gardé un moment le crayon et la feuille à la main, puis elle les a posés.

— Non.

— Vas-y, signe, ou je te fous une de ces raclées...

— Non.

Elle a même déchiré la feuille où il n'y avait rien pour plus de refus.

— Je n'ai pas fait ça pour lui.

Je me suis levé et je me suis mis à hurler, en regardant le ciel, enfin le plafond. Je n'ai rien gueulé d'articulé, ce n'était pas pour plaidoirie, c'était pour me soulager. Après, j'ai pu m'organiser :

— Vous n'allez pas continuer votre querelle d'amoureux encore trente-cinq ans, non? Ça doit être vrai, ce qu'il dit, Brel, plus ça devient vieux, plus ça devient con!

— Oh, Brel, ça se disait déjà avant lui mais il l'a mis en poésie.

Je me suis rassis.

— Mademoiselle Cora, faites ça pour nous, faites ça pour nous tous. On a besoin d'un peu d'humanité, mademoiselle Cora. Ecrivez quelque chose de joli. Faites ça pour la gentillesse, pour la sympathie, faites ça pour les fleurs. Que ce soit un rayon de soleil dans sa vie, nom de Dieu. Il y en a ras le bol de vos vieilles putes de chansons réalistes, mademoiselle Cora, faites-nous quelque chose de bleu et de rose, je vous jure qu'on en a besoin! Un susucre, mademoiselle Cora, un susucre à la vie, elle a besoin de quelque chose de doux, pour changer. A votre bon cœur, mademoiselle Cora. Ecrivez-lui quelque chose comme au temps des cerises, comme si c'était encore possible. Que vous ne pouvez plus, sans lui, et que le remords vous rongeait depuis trente-cinq ans, et que tout ce que vous demandez avant de mourir, c'est qu'il vous pardonne! Mademoiselle Cora, c'est un très vieil homme, il a besoin de quelque chose de joli. Donnez-lui un peu de joie au cœur, un peu de tendresse, merde. Mademoiselle Cora, faites-le pour les chansons, faites ça pour la vieillesse heureuse, faites ça pour nous, faites ça pour lui, et faites ça...

Et c'est là que j'ai eu cette idée géniale :

– Faites ça pour les Juifs, mademoiselle Cora.

Alors là ça lui a fait le meilleur effet. Tout son petit visage est parti en capilotade, ça s'est froissé, ça s'est ridé, ça s'est fripé et elle a commencé à sangloter et à se fourrer le poing dans les yeux.

C'était l'ouverture.

– Faites ça pour Israël, mademoiselle Cora.

Elle se cachait le visage dans les mains et alors là, quand on ne le voyait pas en entier, elle était vraiment comme une fillette, fillette, dans cette chanson qu'elle avait chantée au *Slush. Si tu t'imagines Fillette, fillette. Si tu t'imagines Qu'ça va qu'ça va qu'ça...* Je ne me souvenais plus. J'étais claqué, j'avais envie de me lever et de tout changer, de prendre les choses en main et de sauver le monde, du début jusqu'à la fin, en réparant tout depuis le début qui a été mal fait jusqu'à présent et qui n'a pas été sans causer des torts, et de revoir tout ça en détail, en bricolant des améliorations, de revoir tout en détail, tous les douze volumes de l'Histoire universelle et de les sauver tous jusqu'au dernier des goélands. Ça ne pouvait pas durer dans l'état où ça se trouvait. J'allais retrousser mes manches de bricoleur et je reprendrais ça depuis le début et je répondrais à tous les S.O.S. qui se sont perdus dans la nature depuis les tout premiers et je les dédommagerais avec ma générosité proverbiale et leur rendrais justice et je serais le roi Salomon, le vrai, pas le roi du pantalon et du prêt-à-porter ni celui qui coupe les enfants en deux, mais le vrai, le vrai roi Salomon, là-haut où ça manque de roi Salomon comme c'est pas permis et à tous égards et je prendrais les choses en main et je ferais pleuvoir sur leurs têtes mes bienfaisances et mon salut public.

— Mademoiselle Cora! Ecrivez-lui des mots d'amour! Faites ça pour l'amour, faites ça pour l'humanité! On peut pas, sans ça. Il faut de l'humanité pour vivre! Je sais que vous avez raison d'être vache avec lui après tout ce qu'il vous a fait en restant quatre ans dans cette cave comme un vivant reproche, mais ce n'est même pas gentil pour les vaches d'être vache à ce point. Merde, il va finir par croire que vous êtes antisémite!

— Ah non, alors! dit mademoiselle Cora. Si j'étais antisémite, je n'aurais eu qu'un mot à dire... et il n'aurait pas passé quatre ans dans une cave, crois-moi! Même quand c'était légal et bien vu et qu'ils ont fait cette rafle au Vel' d'Hiv', pour envoyer les derniers Juifs en Allemagne, je n'ai rien dit.

— Mademoiselle Cora, écrivez! Adoucissez ses derniers jours et les vôtres aussi! Vous ne savez même pas à quel point vous avez besoin de douceur, tous les deux! Ecrivez, cher monsieur Salomon, puisqu'il n'y a rien à faire et que vous ne voulez pas de moi à tire définitif, je soussignée Cora Lamenaire, mets fin à mes jours! Signé et daté d'avant-hier, parce qu'il est méfiant. Mademoiselle

Cora, écrivez pour que ça finisse avec le sourire, entre vous deux!

Mais il n'y eut rien à faire.

– Je ne peux pas. J'ai ma fierté de femme. S'il veut que je lui pardonne, il n'a qu'à venir s'excuser. Qu'il m'apporte des fleurs, qu'il me baise la main comme il sait le faire et qu'il dise, Cora, pardonnez-moi, j'ai été dur, injuste et impardonnable et je le regrette amèrement et je serais heureux si vous me repreniez et si vous acceptiez de vivre avec moi à Nice dans un appartement avec vue sur la mer!

J'ai dû négocier pendant dix jours. Je courais de l'un à l'autre et je négociais. Monsieur Salomon n'allait pas faire des excuses, il voulait bien exprimer des regrets pour le malentendu. Il voulait bien lui apporter des fleurs, mais les deux parties s'engageaient à ne pas discuter les torts réciproques. On est tombé d'accord sur les fleurs : trois douzaines de roses blanches et trois douzaines de roses rouges. Les Champs-Elysées ne seront jamais mentionnés et il ne sera plus fait aucun reproche à cet égard. Mademoiselle Cora voulait savoir si elle allait avoir droit à un domestique et monsieur Salomon s'est engagé. En attendant le départ pour Nice, monsieur Salomon n'allait plus se lever la nuit pour répondre aux S.O.S. lui-même, puisqu'il n'allait plus jamais être seul. Mademoiselle Cora allait détruire les photos de son julot qu'elle gardait sous un tas de vieux papiers dans le deuxième tiroir de sa commode. Comment monsieur Salomon savait qu'elle avait gardé cette photo, je n'ai jamais osé lui demander. Il faut croire qu'il avait gardé traîtreusement une clé quand il avait offert l'appartement à mademoiselle Cora et qu'il était venu fouiller, par jalousie. Je ne veux même pas y penser, ça dépasse l'imagination, une passion comme ça, à quatre-vingts ans et quelques. Monsieur Salomon ne voulait plus jamais remettre les pieds dans l'appartement de mademoiselle Cora, et pourtant même Sadate était allé à Tel-Aviv. Je ne comprenais pas pourquoi, il m'a expliqué que ça lui avait coûté les yeux de la tête, pas au point de vue argent, mais au point de vue crève-cœur, l'idée que l'appartement scellait leur séparation définitive. Mademoiselle Cora ne voulait pas non plus faire les premiers pas en se rendant chez monsieur Salomon, à cause de son passé de femme et de la fierté que cela comporte. J'ai négocié encore deux jours et ils sont tombés d'accord pour se rencontrer amicalement en canotant au bois de Boulogne. On les y a amenés un dimanche, Tong, Yoko et la grosse Ginette pour monsieur Salomon, dans sa Citroën personnelle, et Chuck, Aline et moi-même dans le taxi, pour mademoiselle Cora. Aline voulait voir ça, elle disait que c'était probablement la dernière fois que cela pouvait se voir, mais je trouvais que c'était une idée bien triste et qu'ils pouvaient encore canoter sur la mer Méditerranée pendant de longues années.

On s'est rencontrés au bord de l'eau, monsieur Salomon était porteur du premier bouquet de roses et il l'a présenté à mademoiselle Cora, qui l'a remercié. Après, on les a poussés sur l'eau et ils ont canoté. C'était monsieur Salomon qui ramait, car il avait encore le cœur solide. Ce qui me fait penser que monsieur Geoffroy de Saint-Ardalousier est mort quelques jours après la séance de signature à la librairie, qui a été un grand succès à tous égards. Nous avions réuni tous nos amis par S.O.S. et il a signé plus de cent trois exemplaires, comme quoi parfois tout finit bien. Je le dis vite en passant, car lorsque les choses s'arrangent, j'en ai de l'angoisse, je me demande toujours ce que l'avenir a en tête. Ils ont parlé plus d'une demi-heure en canotant et monsieur Salomon a dû se montrer plein de tact, car elle a accepté d'aller vivre chez monsieur Salomon, en attendant leur départ. Elle a accepté aussi que monsieur Salomon garde ses timbres-poste, tellement elle avait pris de l'assurance. Mais elle ne voulut rien entendre pour *S.O.S.*, elle disait que ça faisait trop de monde chez elle. Monsieur Salomon a fait mettre un répondeur automatique qui renvoyait les appels à une autre permanence.

Je continuais mes dépannages, mais seulement les autres, plomberie, chauffage et électricité. Pour le reste je vis chez Aline. Chuck est rentré en Amérique où il va ouvrir un nouveau parti politique. Yoko a eu son diplôme de masseur et il apporte des soulagements musculaires. Tong a acheté le taxi à part entière et Ginette n'a pas réussi à maigrir. Elle a fait une demande pour travailler au Secours catholique. Je saute un peu dans l'avenir, parce qu'il faut se dépêcher avant que ça finisse. J'allais voir tous les jours monsieur Salomon et mademoiselle Cora pendant qu'ils étaient encore là, et une fois, quand j'ai frappé, j'ai entendu le piano et mademoiselle Cora qui chantait. J'ai frappé encore mais ils étaient tout à leur fête et j'ai poussé la porte. Monsieur Salomon était au piano, vêtu avec sa dernière élégance, et mademoiselle Cora au milieu de la pièce. Elle chantait :

Avec des gestes de gamine
Elle vendait des mandarines
Et dans les rues de Buenos Aires
De sa voix claire
Vous les offrait...

C'est de M. Lucien Boyer, musique de M. René Sylviano, pour les retenir un peu.

J'étais content. J'avais vraiment réussi mon bricolage. Mademoiselle Cora paraissait beaucoup plus
jeune et monsieur Salomon un peu moins vieux.

> *Dans sa corbeille*
> *On choisissait*
> *Et à l'oreille*
> *Elle vous glissait...*

Là, mademoiselle Cora souriait d'un petit air
espiègle et faisait mine de se toucher les nénés
comme pour les soulever.

> *Prenez mes mandarines*
> *Elles vous plairont beaucoup*
> *Car elles ont la peau fine*
> *Et d'jolis pépins au bout!*

Là, elle élevait vraiment la voix et monsieur
Salomon, tout éclairé du visage et même franchement jouasse, tapait sur son piano comme un
sourd :

> *Prenez mes mandarines*
> *Et dites-moi où vous perchez*
> *A moins qu' ça vous chagrine*
> *J'irai vous les éplucher!*

Là, monsieur Salomon a donné un coup final sur
le clavier, il en a perdu la cendre de son cigare. J'ai
pas voulu être de trop, tellement ils étaient l'un à
l'autre, et je suis parti. Je me suis assis dans
l'escalier et j'ai écouté de loin le reste de la chanson
et lorsque ce fut fini, j'ai écouté le silence, car c'est
toujours lui qui chante le dernier.

Quand je suis descendu, monsieur Tapu était là

comme d'habitude, avec son béret, son mégot et son air universellement renseigné.

– Vous avez vu? Il a enfin trouvé quelqu'un! Depuis qu'il cherchait dans les petites annonces!

– Oui, il ne pensait qu'à ça.

– Je la connais. Elle s'appelait Cora Lamenaire, autrefois. Elle chantait à la radio. Ils lui ont fait des ennuis, après.

– Oui, elle a caché monsieur Salomon pendant la guerre. Dans une cave.

– Ah, cette histoire de cave, je l'ai assez entendue! Il ne parle que de ça.

– Elle venait le voir tous les jours et lui faisait des petits plats. Tous les jours pendant quatre ans. C'est une jolie histoire, monsieur Tapu. Il en faut. Monsieur Salomon a beaucoup souffert, pendant l'occupation, et maintenant c'est un homme heureux! Il en faut.

– Beaucoup souffert, beaucoup souffert...

Il n'était pas content du tout. Et il cherchait quelque chose, ça ne venait pas. Et puis il a trouvé.

– Souffert, vous voulez rigoler, non! Car enfin, où est-ce qu'il l'avait choisie, cette cave? Aux Champs-Elysées, pardi! Le plus beau quartier de Paris! Il s'est réservé ce qu'il y a de meilleur et de plus cher, vous pensez bien, avec leurs moyens!

J'ai eu encore un moment révérenciel, comme toujours lorsqu'on vient en ce temple adorer l'Eternel.

XLIII

Ils partaient le surlendemain et on est tous allés
à la gare, Chuck qui était encore là, la grosse
Ginette, Tong, Yoko, les deux frères Masselat, sauf
l'aîné, qui passait des examens, tout le vieux *S.O.S.*
Aline est venue aussi. Elle était dans son troisième
mois. Ils partaient par le train. Mademoiselle Cora
voyageait comme autrefois. Elle était habillée et
maquillée de couleurs douces. Ils avaient douze
valises, monsieur Salomon s'était fait une nouvelle
garde-robe. Tout pour la mer et la montagne et des
tenues de yachtman, pour le cas où il prendrait la
mer. Ils se penchaient vers nous par la fenêtre et
faisaient plaisir à voir. Mademoiselle Cora avait mis
ses lunettes noires dernier modèle qui lui cachaient
la moitié du visage. Je ne l'avais encore jamais vue
aussi jeune, et personne n'aurait donné à monsieur
Salomon ses quatre-vingt-cinq ans, même si on
savait qu'il se retirait à Nice.

Ginette pleurait un peu.

— Ça ne fait rien, ils ne devraient pas aller vivre à
Nice. Pauvre monsieur Salomon, c'est comme s'il
ne voulait pas lutter.

— Pourquoi? A Nice, l'âge moyen est beaucoup
plus élevé qu'ailleurs.

— Il y a même une université du troisième âge,
pour les recycler!

— Ça ne fait rien, il ne devrait pas y aller!

— Tu n'y comprends rien. Tu ne connais pas le roi Salomon. C'est un défi. Il va à Nice pour prouver qu'il n'a peur de rien. Ce gars-là, il faudra qu'ils l'arrachent avec les racines!

Monsieur Salomon était vêtu de son célèbre costume de longue durée à carreaux et il s'ornait d'un nœud papillon azur à pois jaune. Il avait incliné un peu son chapeau sur l'oreille, avec beaucoup d'allant. Son visage avait déjà la sérénité des meilleurs jours. Mademoiselle Cora le tenait tendrement sous le bras et ils se tournaient vers nous de la fenêtre du wagon-lit de première classe qui allait les emporter à Nice. Mademoiselle Cora avait reçu de nous un bouquet de fleurs de toutes les couleurs qu'elle serrait contre elle de son bras encore libre. Monsieur Salomon se pencha vers moi et nous nous sommes serré la main.

— Eh bien, ami Jean, nous allons nous quitter, car se sont là des choses qui arrivent, me dit-il avec bonne humeur. Quand tu verras poindre à ton tour l'aube du grand âge, viens me trouver à Nice et je t'aiderai à adopter une attitude entreprenante qui te permettra d'aborder dans de bonnes conditions l'étape suivante.

On s'est marrés tous les deux.

— Courage, monsieur Salomon! Vivez, si m'en croyez, n'attendez pas à demain, cueillez-les dès aujourd'hui, les roses de la vie!

Là, on s'est vraiment marrés comme des baleines qu'on extermine.

— C'est bien, Jeannot! Continue à te défendre et à t'instruire toi-même par tous les moyens dont la vie dispose et tu deviendras une encyclopédie vivante!

Il gardait encore ma main dans la sienne, mais ça

avait déjà sifflé et c'était d'un moment à l'autre. Le train s'est ébranlé, je me suis mis à marcher à côté, monsieur Salomon a lâché ma main par la force des choses, il a levé son chapeau en l'air comme pour saluer l'éternel, la grosse Ginette sanglotait, Chuck, Tong, Yoko et tous les *S.O.S.* sauf les frères Masselat qui n'étaient pas là, se taisaient comme si c'était déjà fini et qu'il n'y avait rien à faire, monsieur Salomon saluait, le chapeau levé, mademoiselle Cora faisait des signes gracieux de la main, comme la reine d'Angleterre.

Ça s'accélérait, je me suis mis à courir.

— Tenez bon, monsieur Salomon!

J'ai vu dans ses yeux sombres les petites lueurs proverbiales.

— Mais comment donc, mais bien sûr! Déjà de nombreux végétaux et certains poissons ont une durée de vie illimitée!

On a eu encore un bon rire, tous les deux.

— Adieu, Jeannot! Le vieillard qui retourne à la source première entre aux jours éternels et sort des jours changeants!

— C'est ça, monsieur Salomon! Ecrivez-moi, quand vous y serez!

— Comptez sur moi, ami! Je vous enverrai de là-bas des cartes postales!

Ça s'accélérait encore, je courais, mais je n'y pouvais rien, ni moi ni personne, j'avais le sourire qui me fendait la gueule et le reste, et je ne savais même plus si c'était le train qui grondait ou la voix de monsieur Salomon, dans sa fureur noire :

— Car il y a de la flamme dans l'œil des jeunes gens, mais dans celui du vieillard il y a de la lumière!

Ils sont partis depuis longtemps, nous sommes allés deux fois à Nice, notre fils crie et pleure déjà, c'est le prêt-à-porter qui commence, je lui parlerai un jour du roi Salomon que j'entends rire parfois, penché sur nous de ses hauteurs augustes.

DU MÊME AUTEUR

Aux Éditions Gallimard

LE GRAND VESTIAIRE, *roman* (Folio).

LES COULEURS DU JOUR, *roman*.

ÉDUCATION EUROPÉENNE, *roman* (Folio).

LES RACINES DU CIEL, *roman* (Folio).

LA PROMESSE DE L'AUBE, *récit* (Folio).

TULIPE, *récit*.

JOHNNIE CŒUR, *théâtre*.

GLOIRE À NOS ILLUSTRES PIONNIERS, *nouvelles*
(repris en Folio sous le titre LES OISEAUX VONT
MOURIR AU PÉROU, n° 668).

LADY L., *roman* (Folio).

FRÈRE OCÉAN :
   I. POUR SGANARELLE, *essai*.
  II. LA DANSE DE GENGIS COHN, *roman* (Folio).
 III. LA TÊTE COUPABLE, *roman* (Folio).

LA COMÉDIE AMÉRICAINE :
   I. LES MANGEURS D'ÉTOILES, *roman* (Folio).
  II. ADIEU GARY COOPER, *roman* (Folio).

CHIEN BLANC, *roman* (Folio).

LES TRÉSORS DE LA MER ROUGE, *récit*.

EUROPA, *roman*.

LA NUIT SERA CALME, *récit*.

LES TÊTES DE STÉPHANIE, *roman*.

AU-DELÀ DE CETTE LIMITE VOTRE TICKET
N'EST PLUS VALABLE, *roman* (Folio).

CLAIR DE FEMME, *roman* (Folio).

CHARGE D'ÂME, *roman* (Folio).

LA BONNE MOITIÉ, *théâtre*.

LES CLOWNS LYRIQUES, *roman* (Folio).

LES CERFS-VOLANTS, *roman* (Folio).

VIE ET MORT D'ÉMILE AJAR.

L'HOMME À LA COLOMBE, *roman*.

L'ÉDUCATION EUROPÉENNE, *suivi de* LES RACI-
NES DU CIEL *et de* LA PROMESSE DE L'AUBE
(coll. « Biblos»).

Au Mercure de France,
sous le pseudonyme d'*Émile Ajar* :

GROS CÂLIN, *roman* (Folio).

LA VIE DEVANT SOI, *roman* (Folio).

PSEUDO, *récit*.

L'ANGOISSE DU ROI SALOMON, *roman* (Folio).

ŒUVRES COMPLÈTES D'ÉMILE AJAR (coll. « Mille
Pages »).

Impression Brodard et Taupin
à La Flèche (Sarthe),
le 11 mai 1998.
Dépôt légal : mai 1998.
1er dépôt légal dans la collection : janvier 1987.
Numéro d'imprimeur : 1497U-5.

ISBN 2-07-037797-0 / Imprimé en France.

86733